沈黙の終わり

上

堂場瞬一

角川春樹事務所

上巻目次

装幀　岡 孝治
写真　木村 直

沈黙の終わり

㊤

第一章　終わりの始まり

1

　さて……コーヒーメーカーをセットして、松島慶太《まつしまけいた》は自分のデスクについた。壁の時計を見上げると、午前八時半、警察署が当直から日勤に切り替わった直後の時間である。受話器を取り上げ、いつものように、まずお膝元《ひざもと》の柏《かしわ》署に電話を入れる。

「東日《とうにち》の松島です」

「お疲れ様です」

　副署長の安木《やすき》が丁寧《ていねい》に挨拶《あいさつ》する。それで松島は、今やほとんどの警察官が自分より年下なのだと意識した。

「昨夜は……」

「特に何もありませんよ。軽傷の交通事故が一件。広報するような事案じゃないですね」安木が軽い口調で言った。

「そうですか」

「暇《ひま》で鈍《にぶ》ってるんじゃないですか」

「いやいや、もう定年間際のオッサンですから」松島は軽く笑った。「何もない方がありがたいですよ」

「たまにはこっちへも顔を出して下さいよ」

「そうですね……ただ、若い記者の邪魔はしたくないんでねえ」

しばらく無駄話をして電話を切った。切ると同時に溜息《ためいき》をつく。松島が支局長を務める東日新聞柏支局には、松島以外には入社三年目の若手記者・梶山美菜《かじやまみな》がいるだけで、交代で管内の四つの警察署に警電——警戒《けいかい》電話をかける。今日は松島の当番だった。電話を入れるだけなら家からでもいいのだが、何となく支局に出て来ないと仕事が始まらない感じがしている。どうせ車で五分しかかからないのだし。

こういう生活には、まだ完全に慣れきったわけではない。

ここへ来る前、長く東日新聞の編集委員を務めていた松島の出勤時間は、だいたい午前十時頃《ごろ》だった。そもそも編集委員には決まった出勤時間はなく、毎日社へ出て来る必要さえなかった。そういう傾向は、近年ますます加速し、去年のコロナ禍《か》で「原則出社停止」になった時には、本当に一ヶ月以上、会社へ顔を出さない同僚《どうりょう》の編集委員もいた。

編集委員の仕事は生ニュースを扱うのではなく、その背景について解説記事を書くことだ。これまでの蓄積や人脈があるので、電話やメールで取材が済んでしまう場合がほとんどである。メールでの取材は証拠が残るから間違いがないし、原稿や写真は家や出先から社の編集システムに直接送信して、ゲラはPDFでもらえばどこでもチェックできる。

定年が間近い松島も、こういうIT化の恩恵《おんけい》をありがたく享受すると同時に、これまでいかに時間を無駄にしていたかを痛感することが多い。昔は——一九九〇年代半《なか》ばまでは電子メールも一般的ではなかったから、「会わないで取材」と言えば電話やファクスだったし、ゲラが出てくるのを本社で夜中まで待っていることも多かった。その頃はそれが普通だと思っていたのだが、今考えると本当にロスが大きかった。

だいたい、この警電もまったく無駄である。県警本部では情報を集約して記者クラブに提供しているし、所轄《しょかつ》も何かあれば、担当の支局や通信局にすぐファクスを送ってくる。重大な事件・事故の場合は、夜中でも直接電話がかかってくるので、発生を逃すことはまずない。警電は、今では単なる習慣でしかないのだが、「やめよう」という提案を、松島は聞いたことがない。広報担当の副署長と毎日話して顔をつないでおくのが大事、ということだと判断しておくか。

順番に電話をかけ、最後が野田《のだ》署になった。お決まりのやり取り――野田署も昨夜は平穏だった――を終えた後、副署長の田村《たむら》が、「署長がご挨拶したいと言ってますよ」と切り出す。おっと、そうだな……三十数年前、記者としてのスタートが千葉支局だった松島には、今でも県警に知り合いがいて、現在野田署長を務める小野《おの》もその一人だった。赴任《ふにん》してきて一週間、挨拶に行かなければならないと思いながら、何となく面倒で先延ばしにしていたのだ。しかし向こうは、自分が数十年ぶりに千葉に戻って来たのを知っている……それも当然か。東日の柏支局は、組織的には「親支局」の千葉支局にぶら下がる「ミニ支局」なのだが、支局長が代われば必ず千葉県版に人事の記事が載る。そして警察官という人種は、新聞を一面から最終面まで舐《な》めるように読むのが習慣なのだ。

「だったら今日、これから挨拶に伺いますよ。署長のご予定は？」

「一日在署です」

「では、午前中に行きますから」

大昔の知り合いに挨拶回りをするのは何となく気が進まないのだが――思い出話に終始するだけで

何も出てこない――いつまでも知らんぷりしているわけにもいかないだろう。偉くなった人たちには、こちらの名前と顔をちゃんと売っておかないと。小野は、松島より二歳年下の五十七歳。三十年以上前は気安い呑《の》み友だちだったが、今は立場が違う。警察署長と言えば、地域の顔、名士でもあるのだ。妙にくすぐったいような、面倒臭いような感覚。そういうのは、知り合いに会う度《たび》に湧《わ》き上がりそうだ。

車の運転も悪くないものだ。

松島はここ何十年も、たまの休みの家族旅行以外では、自分で車を運転することはなかった。仕事では常に公共交通機関か、社が契約しているハイヤーでの移動。千葉県内の道路は交通量が多いし、概して運転の荒いドライバーが多いので、仕事で車を乗り回すのは不安だったが、一週間でどうにか慣れてきた。今日も支局から野田署まで、国道十六号線をひたすら北西へ向かえばいいだけなので楽だった。渋滞《じゅうたい》に巻きこまれはしたが、スピードを出さずに運転すればいいと思うと、むしろ安心できる。ノロノロ運転の車に苛立《いらだ》つような年齢は過ぎた。

野田署は、国道十六号線から一本西にある日光東往還《にっこうひがしおうかん》沿いにある。若い頃は、県内全《すべ》ての警察署に顔を出していたのだが、野田署の庁舎はこんな感じだっただろうか……正面から見ると、屋根が蒲鉾《かまぼこ》形になっていて、役所の建物らしくない。それほど古くないようだから、自分が前回千葉支局を去った後で建て替えられた、あるいは移転してきたのかもしれない。署の横は鬱蒼《うっそう》とした森で、警察署というより、山のリゾート地の美術館か体育館のようでもあった。

東日の社章がついた大きめのカードを、ダッシュボードの上に置く。これがあれば駐車違反を許してもらえるわけではないが、役所の駐車場などで追い出されることはない。

さて……しっかり気合いを入れて、車の外へ出る。三月、まだ寒さが感じられる季節だが、敢《あ》えてコートは着なかった。ただし、新型コロナ対策でマスクはつける。鬱陶《うっとう》しくて仕方がないのだが、これも自分と相手の身を守るためだ。

副署長の田村に挨拶すると、すぐに署長室に通される。途端《とたん》に松島は、数十年昔に引き戻された。小野の体形はほとんど変わっていない。小柄で引き締まった体には緩みがなく、制服がよく似合っている。署長ともなると、若い警察官と柔道や剣道の稽古《けいこ》もするだろうから、それで鍛《きた》えているのだろう。

ただし顔は、昔と同じというわけではない。顔の肉はたるみ、短く刈《か》り揃《そろ》えた髪はほぼ白くなっている。嫌でも、三十年以上の歳月の流れを感じざるを得なかった。

「どうも——早くにご挨拶に来るべきだったんですが」松島は頭を下げ、名刺を差し出した。

「うちは後回しで大丈夫ですよ」小野がにこやかに言って、自分の名刺を取り出す。「基本的に暇ですからね」

「署長がちゃんと治安を守ってるからでしょう」

「治安を守ってるのは、うちの署員たちですよ」小野が急に真顔になった。「私はそれを見ているだけだから——どうぞ」

名刺を交換すると、松島は応接セットのソファに腰を下ろした。署長室の雰囲気《ふんいき》は、昔とは微妙に違う。灰皿がないせいだ、とすぐに気づいた。松島が千葉支局で警察回りをしていた八〇年代半ばの警察署の署長室には、必ず大きなガラス製の灰皿が置いてあったものだ。時には中身がたっぷり入った煙草《たばこ》入れも。おそらく今は、そういうものは全て撤去《てっきょ》されてしまったのだろう。煙草を吸う署長——警察は今でも他の業界に比べて喫煙率《きつえん》が高いはずだ——は、他の署員に混じって、駐車場の一角に設《もう》けられた喫煙スペースで肩身の狭い思いをしているのではないか。

小野は松島の名刺をとっくりと眺めながら「松島さんが支局長ねえ」と感心したように言った。

「支局長と言っても、ご存じの通り、ただの記者みたいなものだから」

「何でこの歳《とし》になってわざわざ？　もう定年間近でしょう」

「自分探し」

松島の言葉に、小野が一瞬戸惑《とまど》いの表情を浮かべる。

「いや、ほら、それこそ定年も近いから」松島は慌てて説明をつけ加えた。「そろそろ、辞めた後のことも考えたいと思って」

「それで、地元の千葉に戻って来たわけですか。今も柏に住んでるんですよね？」

長年会っていなかったが、ずっと年賀状はやり取りしていたので、小野はこちらの住所も把握《はあく》しているのだろう。

「自宅から職場まで、車で五分ですよ」

「そいつは便利だ。だけど、本社でずっとやってきた人が、この歳になって地方支局はきつくないですか」小野がずけずけと聞いてきた。こういうのも昔と変わらない。ある意味この大胆さが、彼を出世させたのではないだろうか。

「取材して原稿を書くのは、どこでも同じですからね。それに今は、年寄りの記者も増えた」

どこの新聞社もそうだが、東日もリストラで記者を減らしている。減らせばその分、取材は甘くなる。定年で辞めた記者経験者を、「シニア記者」として一人勤務の通信局などで働かせるのが減員対策になっていた。動きの鈍いオッサン記者を配置するぐらいなら、若手を多く採用すればいいと思うのだが、会社上層部の考えはまた違うのだろう。若手一人の給料で、給料を抑《おさ》えたシニア記者を二人は雇える。そういう事情を話し、「新聞社もなかなか厳しくて」とつけ加える。

「でも本社では、ハイヤー使い放題でしょう」

「まさか」松島は声を上げて笑った。確かに九〇年代からゼロ年代にかけて警視庁、警察庁を長く担当していた頃には、ハイヤーも使い放題だった。しかし徐々に会社の締めつけが厳しくなり、編集委員になってからは、取材はほぼ電車とバスだった。もっとも、そんなことを小野に詳しく説明してもしょうがない。夕刊を廃止し、地方取材網を大幅に整理縮小している日本新報《にほんしんぽう》に比べれば東日はまだましだが、新聞業界の窮状《きゆうじよう》を部外者に知られるのが、急にひどく恥ずかしくなった。

松島はしばらく、小野の管内情勢報告を聞いた。野田市一市だけを管轄するこの署は、小野が言うように比較的平穏で、事件・事故も少ない。市の真ん中を国道十六号線が通っているので、他の所轄に比べて交通事故が少し多いぐらいだという。

「そういうわけだから、柏辺りで忙しくなって疲れたら、こっちへ遊びに来て下さいよ」

「柏も、そんなに忙しいわけじゃないようですけどね」

「何か……昔の方が忙しそうにしてませんでしたか」

「それはそうですよ」松島は同意した。「俺《おれ》が駆け出しの頃は、ちょっとした交通事故でも必ず現場に行っていた。そういう風にしこまれましたからね」

「どこの現場にも東日さんがいてねえ」小野がどこか嬉《うれ》しそうに言った。

「私が新人の時は、千葉支局には四人配属されましたからね」

「要するに、数で圧倒していたわけだ。物量作戦ですな」

記者を「物」扱いされても、と松島は苦笑した。しかし、現場で必死に駆けずり回る若手の刑事だった小野から見れば、現場を荒らし回る新聞記者など、うるさい蠅《はえ》のようなものでしかなかっただろう。

　二人はそれから、共通の知り合いの噂話《うわさばなし》をして時間を潰《つぶ》した。当時の捜査一課長がまだ健在だと聞いて驚く。しかし考えてみれば、まだ八十歳を超えたばかりなのだ。今時、元気な八十歳は珍《めずら》しくもない。

「ということは、当時はまだ四十代だった？」松島は頭の中で計算した。

「柴山《しばやま》さんは、特に優秀な人だったから、一課長になったのも早かったんですよ。それで最後は、総務部長までやりましたからね」

「じゃあ、警視長で上がりだったんですね。地方県警で警視長まで行けば、大変なことだ」

　地方県警本部の各部長は、警察庁から送りこまれるキャリア組が務めることが多い。しかし地元採用のノンキャリア組に開かれた部長職もある。口が固く、「ノーコメント」攻撃で松島たちを散々苦しめた柴山は、警察内部では極めて高い評価を得ていたわけだ。

　話しているうちに、三十年以上前に散々やりあった警察官たちの顔を次々に思い出す。ほとんどが幹部で、小野が例外的な存在だった。彼も当時は平刑事――まだ巡査で、松島とはたまたま現場で知り合って呑み友だちになったのだ。ただし、彼からネタをもらったことは一度もない。ネタ元ではなく、あくまで友だちだった。

「うちの梶山はどうですか」松島は話題を変えた。

「よくやってますよ。女性記者で警察《サツ》回りはきついだろうけど、熱心だ。ここへもよく来ます」

「よろしくお願いしますよ」松島は頭を下げた。「うちとしても期待の星なんで。何とか手柄を立てさせて、本社へ送り出したい」

「支局は腰かけですかね」

まずいことを言った、と松島は後悔した。実際、多くの記者にとって支局勤務は腰かけなのだが、取材される側としては、そんな風に思われるのは侮辱《ぶじょく》だろう。

「――まあ、三年目ですから、基本は分かってます。可愛《かわい》がってやって下さい」

「記者さんへの対応は分け隔《へだ》てなく、ですよ。だいたいうちみたいな田舎《いなか》の警察署では、そんなに忙しいこともないから、そもそも取材してもらう機会も少ないでしょうが」

「どこで何が起きるか、分かりませんよ」

「まあねえ」

その時、ノックの音が響いた。小野が「はい」と声を張り上げる。松島は振り向き、先ほど挨拶を交わしたばかりの副署長の田村がドアを開けて顔を覗《のぞ》かせているのを確認した。その瞬間、何か事件だと確信する。顔つきが、先ほどとは明らかに違う。

「ちょっと待って下さい」一声かけて小野が立ち上がる。

松島は耳に意識を集中した。二人の会話がかすかに漏《も》れ伝わってくるが、内容までは分からない。ただし、ピリピリした雰囲気が一気に高まってきた。こいつはまずい――間違いなく事件だ。それもかなり重大な事件。

二人の話し合いは、たっぷり一分続いた。警察の原則は「簡潔を基本にすべし」で、副署長から署長への報告が一分以上かかるのは、いかにも怪しい。そして、話し合いが終わって戻って来た小野の表情は、明らかに変わっていた。昔はよく見た顔――事件発生直後に現場へ入ろうとする時の表情だ。

実際小野は、さっそく制服の上を脱《ぬ》いで、ロッカーを開けた。

「現場はどこですか?」松島はさりげなく訊《たず》ねた。

「松島さん、それを話すのは俺の役目じゃないんだ」小野の声も、先ほどまでとはすっかり変わっていた。

「だったら、事件は何ですか」

「広報は副署長の仕事でね」

その原則は、松島もよく分かっている。しかし署長は署の最高責任者であり、しかも二人きりというこの状況……隠すことはないはずだ。とはいえ小野は、昔から原理原則の人だった。ネタを振るチャンスは何度もあったはずなのに、一度もそうしなかったのは、警察の原則や決まりごとを一つも破りたくないと考えていたからに違いない。若い頃胸に抱いていた固い思いは、歳を取るごとに柔らかくなり、最後には跡形《あとかた》もなく消えてしまったりするのだが、残る——むしろ強固になる場合もある。

小野が、ロッカーから爽《さわ》やかな青の現場服を取り出した。署長自ら現場に出動となると、やはり相当な大事件だ。署長には決済の仕事や来客も多いから、基本的にはあまり署を出ない。小野が、現場服の袖《そで》に腕を通しながら、松島にうなずきかけた。

「野田市今上《いまがみ》。神社だ」それだけ言うと、もう一度うなずき、無言で「これで終わり」の合図を送ってくる。ここはしつこく食い下がらないのが礼儀だと、松島は退室した。

現場は分かったからこのまま出動してもいいのだが、状況がはっきりしないままでは行きたくない。ばたつく現地で警察官から取材するのは、意外に難しいのだ。ましてやこの署では、話ができる顔見知りは小野しかいない。取《と》り敢《あ》えず概要を把握して、美菜と県警記者クラブに連絡しなければ……若い記者に現場に行ってもらう方がいいだろう。年寄りの自分が現場を歩き回っても、ろくな仕事ができるとは思えない。

副署長席の前のソファに腰を下ろす。丸顔で温厚そうな田村が一瞬表情を歪《ゆが》めたのを、松島は素早く見て取った。ほどなく小野が現場服に身を固めて、署長室から出て来る。田村に軽くうなずきかけた後、足早に庁舎を出て行った。

「で、何ですか？」松島は小野の姿が見えなくなった後、田村に訊ねた。

「もう少し状況がまとまってから広報したいと思ってたんですけどね」田村が抵抗する。

「私がここにいたのは、しょうがないでしょう。たまたまラッキーだった記者に、ちょっと早くネタをくれてもいいんじゃないですか」

「しょうがないですね」

田村が手元に視線を落とした。ソファに座っている松島からは見えないが、正式の報告書ではなくメモだろう。小野の慌てようを見た限り、正式な報告書が上がってくる余裕はなかったはずだ。

「行方《ゆくえ》不明。殺し」

「どっちですか？」分かりにくい言い方に、松島はかすかな苛立ちを覚えた。

「行方不明になってから、遺体で発見されたんですよ」

「被害者は？」

「七歳の女の子」

松島は即座に立ち上がった。これはヤバい事件《ヤマ》だ。子どもが犠牲《ぎせい》になる事件は、普通の殺しよりも見出しが二段分大きくなる。

「いつから行方不明なんですか？」

「今朝、届出があったんです」

「どうも」必要な情報を引き出すと、田村に礼を言い、松島はすぐに署を出た。昔なら駆け出しているところだが、五十九歳ともなるとそうはいかない。しかし、緊張感は昔と変わらなかった。新聞記者になった三十数年前に比べると、事件記事の扱いは小さくなり、若い頃のようには張り切れないのだが、それでも殺人事件が放つ独特の緊張感は変わらない。

車に落ち着くと、松島はすぐに美菜に連絡を入れた。

「梶山です」

「殺しだ」

「どこですか？」美菜の声がいきなり緊張した。

「野田市今上——分かるか？」

「だいたいは。江戸川《えどがわ》沿いの田園地帯だと思います」

さすが、地方記者は現地の状況をよく分かっている。美菜は去年の春に柏支局に異動になったのだが、それから一年ほどで管内の地理をしっかり把握したようだ。

「目印は水神宮《すいじんぐう》だ。現場がそこなのか、その近くなのかはまだ分からない。被害者は七歳の女の子だ」

「マジですか」美菜が一瞬息を呑む気配が感じられた。

「ああ」

「支局長、今どこなんですか」

「野田署だ。たまたま挨拶回りに来ていて、出くわしたんだ」

「私、野田市役所にいます」

「そいつはいい。うちはついてるぞ」松島は胸を撫《な》で下ろした。これで、自分一人が現場で張り切る必要はないわけだ。「すぐ現場へ向かってくれるか。俺は県警クラブに連絡してから、もう少し署で情報収集していく」

「分かりました」

美菜の返事は快活だった。記者三年生――もうすぐ四年生だ――ともなると、何が起きても一喜一憂しなくなるものだが、七歳の女の子が殺されたとなったら話は違う。しかし彼女は冷静、かつ事態を重視していて、いかにも頼りになりそうだ。これなら自分は現場に行かずに済むのではないか、と松島は密《ひそ》かに期待した。

いや、そうはいかないだろう。こういう大きな事件の場合、司令塔はあくまで親支局、そして県警本部の記者クラブだ。自分たち出先の人間は指示に従い、とにかく現場で歩き回るのみ。

それを面倒臭く感じるのは、年齢のせいばかりではない。今のところ、特に問題はないのだが、いつまでも元気に現場を走り回ることはできないだろう。

いずれは何もできなくなる日が来る。それを考えると、少しだけ寂《さび》しくなった。

2

「殺し？　初耳ですけど」県警キャップの諸田《もろた》は、少しだけ声に焦《あせ》りと怒りを滲《にじ》ませた。

「まだ広報前だよ。俺はたまたま、署にいたんだ。被害者は七歳の女の子。今朝、行方不明届が出されて、捜索が始まってすぐに遺体が発見されたらしい」

「そういう話だったら、こっちにもロスなく連絡が回ってきそうなものですけどね」諸田の怒りはまだ引っこまない。自分だけ情報の網から漏れた、とでも思っているのだろう。

こういうのは懐かしいな、と松島は一人微笑《ほほえ》んでしまった。事件・事故に関する広報の主導権は警察が完全に握っているのだが、マスコミ側も事あるごとに注文は出す。三十年ほど前に松島が東日の千葉県警キャップをしていた時は、「詳細は分からなくても、発生ものの一報だけはできるだけ早く」と県警に正式に申し入れていた。何度か広報が遅れて、県警とマスコミ側の関係がギスギスしてしまったことを受けての交渉だった。警察側としては、発生の広報さえできるだけ遅くしたいのだろうが……現場に記者が大挙して押しかけると、捜査の邪魔になることもある。

しかしこの事件に関しては、諸田の怒りはもっともだ。七歳の女の子が行方不明になって捜索が始まったら、マスコミの報道も必要なはずだ。報道されて、何らかの情報が入ってくることもあるのだから。行方不明届が出されたタイミングで、即座に広報すべきだった——結果がどうあれ。

「時差みたいなもんだよ」松島は諸田を慰《なぐさ》めた。

「時差?」

「広報しようとしていた矢先に遺体が発見された、ということじゃないかな」

「現場はどうなってますか?」

「もう梶山が行ってる。俺もすぐ向かうから」

「こっちからも若い奴《やつ》を出しますから、現場の仕切り、お願いしていいですか?」諸田が下手《したて》に出て言った。

「もちろん。そっちでも何か分かったら、すぐ連絡を入れてくれよ。たいてい、本部の方が情報が早いんだから」

「もちろんです。取り敢えず、夕刊の原稿はこちらでまとめておきます。現場で何か分かったら、速攻で情報をお願いします」

「了解」

しかし、現場から情報を入れることはないだろう。現場や所轄でいくら粘《ねば》っても取れない情報が、本部の記者にはあっさり流れたりする。これは警察庁でも変わらない。地方で起きた事件の情報を、警察庁担当の記者がいち早く摑《つか》んでしまうこともよくあるのだ。松島も警察庁詰めの時に、島根県で起きた誘拐事件の一報を、現地の支局よりも早くキャッチしたことがある。

とはいえ、現場のことは現場にいないと分からない。

松島は既《すで》に、この件の時系列を田村から聞き出してまとめていた。殺された桜木真咲《さくらぎまさき》の母親から警察に連絡が入ったのは、今朝午前九時過ぎ。こんな時間に、「子どもがいない」と連絡が入るのもおかしな話だが、事情を聞いて松島は一応納得していた。真咲の母親、直子《なおこ》はシングルマザーで、去年真咲が小学校に入学してから、近くの物流倉庫での夜勤を始めていたのだ。ハードな仕事だが、収入には代えられなかった、ということらしい。夜、小学一年生を家に一人にしておいていいのかと呆《あき》れたが、この辺の事情はもう少し取材してみないと何とも言えない。もしかしたら近くに実家があり、夕飯などの面倒は祖父母が見ていた可能性もある。

今日の午前七時、自宅へ戻った直子は、娘がいないことにすぐ気づいた。自分のベッドで寝た形跡《けいせき》もない。慌てて両親や学校に連絡を入れ、その後で警察に届けたという流れらしい。野田署では、外勤警察官が中心になって捜索を開始し、ほどなく遺体が発見された。まだ埋《う》めなければならない穴は多いが、一応筋は通っている。

さて、ある程度筋も把握できたし、現場へ行くか……松島は無意識のうちに、シャツの上から胃を押さえた。手術の痛みが残っているわけではないし、今は完全に寛解《かんかい》状態と主治医から言われているのだが、それでも安心はできない。時々鈍痛《どんつう》に襲われることがあり、何度か主治医に相談したのだが、検査結果は毎回「異常なし」。主治医の説明では、精神的な原因もある、ということだった。何十年もお世話になった体の一部を切除したのだから、それまでとまったく同じというわけにはいかないだろう。まあ……六十年近く生きてきても、まだまだ命に対する執念《しゅうねん》は薄れないわけだ。

車のエンジンをかけた瞬間、電話がかかってくる。美菜。

「現場に着きました」

「どんな感じだ？」

「江戸川の堤防ですね」

「そんなところで遺体が見つかったのか？」松島は思わずスマートフォンをきつく握り締めた。野田市今上がどんなところか分からないが、堤防は、まったく人が通らない場所でもあるまい。夜中以外は、散歩やジョギングをする人もいるはずだ。ということは、死体が遺棄《いき》されたのは真夜中から早朝にかけてだろうか……母親が働いている時間に娘が殺され、開けた場所に死体が遺棄されたとしたら、あまりにも残酷《ざんこく》だ。

「あまり現場に近づけないいんですけど、砂利《じゃり》道《みち》が走っているところです」

「遺体が遺棄されていたのは道路か？　堤防の斜面か？」

「分かりません。今、確認中です」

「俺もすぐそっちへ行く」

「了解です」

松島は電話を切り、取材用に使っているマイカーのフォルクスワーゲン・ポロのシフトレバーを「D」に入れた。娘二人が大きくなって、今は家族四人で出かけることもほとんどなくなってしまったので、夫婦二人で使うのにちょうどいいサイズの車に乗り換えたのが五年前。フォルクスワーゲンの主力モデルであるゴルフが、モデルチェンジの度に大きくなっていったのに対して、ポロは今もコンパクトカーのコンセプトを崩しておらず、日本の道路にも合うサイズだ。エンジンは一五〇〇ccだが、車重が一トン強と軽いので、走っていて力不足を感じることはまずない。しかも、室内は予想以上に広くて快適だった。走らせて面白い車ではないが、松島は車の運転が趣味ではないので、問題はない。ただし、柏支局への異動を機に、常時仕事で使うことになったので、妻の普段使い用にもう一台車を買うことになった。基本的に運転が好きな妻は、「どうせならオープンカーに乗ってみたい」と言っていたのだが、さすがにそれは却下《きやつか》した。近所のスーパーに買い物に行くのに、マツダのロードスターは目立ち過ぎる。結局妻が選んだのは、ポロよりも小さいｕｐ！だった。家の近所にあるフォルクスワーゲンのディーラーにとって、松島家は上客だろう。

署から現場までは、普通に走って十分強。いつの間にか昼近くになっていた。これまで手に入った情報で、夕刊の原稿は間に合うだろうか……何とかなるだろう。県警キャップの諸田は、既に四年目である。支局で四年目となると、記者として十分な経験を積んでいて、絶対的な主力だ。夕刊締め切り間近の時間に発覚したこの事件も、きちんとまとめてくれるだろう。

気がかりなのは、被害者の顔写真だった。最近、東日では報道基準の大規模な見直しが行われ、被害者の顔写真に関しては「無理な取材は行わない」方針を固めていた。ただし、「絶対に掲載しない」わけではない。この方針には「重大事件の場合」という例外事項が入っているのだ。どうするかは、取材を指示するデスクの胸先三寸である。

もっとも顔写真の入手は、昔ほどは難しくなくなっている。ＳＮＳなどで自撮り写真をアップしている人も少なくないので、本人のアカウントが見つかれば、写真を入手できる確率は高くなるのだ。「既に不特定多数の人間が見ている」「実質的にプライバシーを放棄している」という判断で、顔写真として使う場合がある。ただしやはり、「できるだけ家族等の同意を得るように」という条件がついていた。

それでも、昔に比べれば楽なものだ。

松島が新聞記者のキャリアをスタートさせた八〇年代中頃は、殺人事件の被害者なら必ず顔写真を載せていた。交通事故の死者でも、顔写真が手に入ったら載せるのが普通だった。しかしその頃は、写真を探すだけでも一苦労で、家族に罵声《ばせい》を浴びせかけられたり、家から叩《たた》き出されたりという経験は、ある程度の年齢より上の記者なら誰《だれ》でも経験している。せっかく写真を借りて必死で接写したらピンボケしていた、ということもあった。返した写真をもう一度借りに行く時の気恥ずかしさといったら……当時はフィルムカメラだったから、現像してみないと何が写っているか分からなかったのである。

記者の取材方法は、ネットとデジカメの普及で大きく変化した。

さて、今日は久々に自分で写真を撮らねばならない。本社では、写真に関しては基本的に写真部の専門カメラマンに任せてしまう。自分で撮った写真が最後に紙面に載ったのはいつだっただろう。今回は、いち早く現場入りしている美菜が、必要な写真は押さえているはずだが。

現場へは近づけなかった。昔はここまで封鎖は厳密ではなかったのだが……最近は、とにかく現場を広く封鎖して、記者も野次馬もできるだけ近づけないようにするのが警察のやり方になっている。仕方なく、堤防に入るかなり前のところに車を停《と》めて歩き出した。

舗装された道路は途中で行き止まりになり、そこから先、右の方へ折れる未舗装路が堤防道路になっている。厳密に言えば、堤防の脇《わき》の道……途中に規制線が張られている。結構な数の野次馬が、規制線の前でスマートフォンを片手に集まっていた。

「支局長」

美菜が近づいて来る。現場での標準装備……取材道具一式の入ったデイパックを右肩に引っかけ、首からはカメラを下げている。どんな現場でも彼女を見逃すことはないだろうな、と松島は思った。

百七十センチの長身故、どこにいても目立つのだ。歩きやすさを勘案してか、足元はヒールのないパンプスかローファーばかりなのだが、それでも身長は松島とさほど変わらない。今日は足元が悪いためか、準備よくスニーカーに履《は》き替えている。

「どんな具合だ？」

「まだ何とも」美菜が首を横に振る。

「写真は？」

「堤防の上から撮りました。一応、現場を調べている様子は写っています」

「路上？」

「いえ、例の神社の横——何かの工場との境《さかい》が鬱蒼とした森になっていて、その入り口付近みたいですね」

美菜が写真を表示した。カメラの小さなモニターなので詳細には分からないが、紙面に載せる写真としては悪くない。神社の入り口から森にかけて広くブルーシートが張られ、その周辺で鑑識課員たちが動き回っている。

「ひどいことしやがるな」松島は静かに怒りが沸《わ》き上がってくるのを感じた。目立たないところに遺体を捨てていったわけか……。

「封鎖範囲が広くて、滅茶苦茶《めちゃくちゃ》歩きました」

「もうひと歩きしよう。原稿は県警クラブの方で用意しているから、俺たちは聞き込みだ」

江戸川沿いだが、この辺は基本的に住宅地だ。聞き込みすれば、何か情報が出てくるかもしれない。

二人は手分けして、近所の家のドアをノックし始めた。既に他社も取材に入っているし、刑事たちも聞き込みを始めている。鉢合《はちあ》わせになってカリカリした雰囲気になることもあったが、松島からすれば何ということもない。事件発生直後は、刑事も記者も緊張し、怒りを胸に動いているのだから、ひょんなことで喧嘩《けんか》になるのも当たり前だ。

結局、有益な情報は得られなかった。堤防沿いの道は、ジョギングや散歩などで来る人も多いが、街灯がないために、日が暮れるとほぼ無人になることは分かった。歩いている人などまずいないはず——予想していた通りの聞き込み結果が得られただけだった。

これは長引くかもしれない、と松島は覚悟した。さて、どうするか。今後の取材は三方面に分かれる。近所の聞き込みの続行、家族に話を聞くこと、そして警察の捜査のチェック。家族には是非直当《じかあ》たりしたいが、これが一番難しい。子どもが犠牲になった事件では、どうしても家族に詳しく取材する必要が出てくるが、そう考えるのは各社とも同じで、一斉に取材が集中して「メディアスクラムだ」と批判を浴びることも多い。とはいえ、どこかに抜け駆けされたらとんでもないことだ。各社が談合して「家族には取材しないこと」と申し合わせるわけにはいかないし。

午後一時。夕刊遅版の締め切りも過ぎ、取り敢えず緊急に取材しなければならないことはなくなった。美菜、それに千葉支局から応援に来た一年目の警察回り・安藤《あんどう》と落ち合い、情報のすり合わせをする。

「夕刊のゲラが来てます」

美菜がデイパックを地面に直に下ろし、中からタブレット端末を取り出す。受け取って、松島はゲラを確認した。

女児が行方不明　遺体で発見

見出しは四段、社会面の左肩で準トップになっていた。やはりこういう事件になると、扱いも大きくなるようだ。

9日午前10時頃、野田市今上の江戸川近くにある森の中に女児の遺体があるのを、散歩していた近所の人が発見、警察に届け出た。

遺体は、近所に住む桜木真咲ちゃん（7歳）。真咲ちゃんは同日朝から行方不明になっており、母親（30）が警察に届け出ていた。県警野田署で捜索を開始してすぐに遺体が発見され、県警は野田署に捜査本部を設置、殺人・死体遺棄事件として捜査を開始した。

この記事で発見時の状況は分かったが、行方不明になった経緯がやはりはっきりしない。

真咲ちゃんの母親は、8日夜から9日朝にかけて夜勤の仕事をしており、9日朝に帰宅してから、真咲ちゃんが家にいないことに気づいた。真咲ちゃんは8日夜に、近くに住む祖父母宅で夕飯を取った後、午後8時過ぎに家に戻ったと見られるが、その後の足取りが分かっていない。

この辺が少しおかしい。祖父母の家は、真咲の家から歩いて行ける距離にあるかもしれないが、帰宅する時に送っていかなかったのだろうか。七歳はまだ子どもだし、三月の午後八時は、当然もう真っ暗である。祖父母にも話を聞きたいところだが、警察がガードしてしまっているだろう。

記事には、真咲の顔写真も載っていた。諸田が母親のSNSを見つけ、そこからダウンロードしてきたものだ。それを安藤が、真咲が通っていた小学校へ持ちこみ、本人だと確認した。丸顔に長い髪。

満面の笑みを浮かべてピースサインをしているのが、悲しみを誘う。

こういう時の胸が締めつけられるような感覚は、駆け出しの警察回りの頃よりもずっと強くなっている。あの頃は独身で、親の心の痛みをはっきり理解できているとは言えなかった。しかし娘二人を育て上げた後となっては、親の苦しみは自分の感覚として分かる。

「取材の方針は県警キャップが決めるだろうけど、俺たちはしばらくこの辺の聞き込みだな」松島はタブレット端末を美菜に渡した。

「家族に話を聞きたいですね。変な話ですけど……」美菜が急いで周囲を見回した。「母親、怪しくないですか」

「それはない」松島は断言した。「警察は真っ先にそれを調べるよ。たぶん、勤務先に確認して、昨夜仕事していたことは確認できたと思う」

「母親に話を聞くのは、難しいでしょうね」美菜が諦《あきら》めたように言った。

まあ……こんな感じだろう。昔だったら、家族にも平気で突っこんで話を聞いていたところだが、今はそんな乱暴な取材は絶対に許されない。そもそも事件記事の扱いが小さくなってきているのだから、必要以上の人手をかけたり必死で取材したりするのは、リソースの無駄遣《むだづか》いとも言える。

「取り敢えず、飯にしようか」

「あ、そうだ」美菜が突然思い出したように言った。「支局長、今日、柏市長の定例会見ですよ。どうしましょう」

「ああ、そうか」今の柏市長はマスコミ大好き人間で、毎週一回は記者を集めて定例会見をやっている。もちろん何か起こればその都度《つど》臨時の記者会見が開かれるし、それもしばしばのようだ。「分かった。そっちは俺が出ておくよ」

「いいですか?」

「しょうがない」松島は肩をすくめた。「うちだけ出ないわけにもいかないからな。取り敢えず、話を聞いておくよ。何時からだっけ?」

「今日は定例会の総務委員会がありますから、それが終わって……たぶん、四時ぐらいじゃないですか」

「じゃあ、とにかく昼飯だけ済ませておこう」

昼飯も気が進まないな……松島が希望して柏支局へ赴任してきた最大の原因が、胃がんだ。二年前に発覚し、内視鏡手術で胃の腫瘍《しゅよう》を切除した。投薬治療を経て寛解を告《つ》げられたのだが、医者からは食事について厳しく忠告を受けている。時間を決めて、消化のいいものを食べること。夕刊の作業があるから、普通のサラリーマンのように十二時から昼飯というわけにはいかないのだが、それでも七時、一時、八時と食事の時間を決めて、できるだけゆっくりと食べるようになった。今日は昼飯が少し遅れ気味なので、それだけで不安になっている。

この辺で、消化のいいものが食べられるかどうか……野田といえば、ボリュームのある独特のホワイト餃子《ギョウザ》が有名なのだが、とてもこなせそうにない。ここへ来る途中で、回転寿司《ずし》の店があったのを思い出し、そこで二人に昼食を奢《おご》ることにした。

イカやタコなどは避《さ》け、卵と穴子、それに巻物……何だか情けない昼飯だが、体のためには仕方がない。一方若い二人は、旺盛《おうせい》な食欲を発揮して皿を積み重ねている。なかなか進まない松島の食事を見て、美菜が「体調でも悪いんですか」と訊ねた。

「いや、生物《なまもの》はあまり好きじゃないんだ」

「だったら、寿司でなくてもよかったですよ」美菜が申し訳なさそうに言った。

「君らは好きだろう？」

「好きです」心底嬉《うれ》しそうに安藤が言った。体重過多になるのも理解できる満面の笑みだった。

「だったらいいんだよ。どうせ経費で落とすから、好きに食ってくれ」

松島は五皿で終わりにして、あとはお茶を飲みながら二人の食事を見守った。他の客も多いから、事件のことを具体的に話すわけにもいかないし、手持ち無沙汰《ぶさた》……途中でスマートフォンを取り出し、各社のニュースをチェックした。東日の記事と大差はない。ということは、いち早く走り出せたメリットは特になかったわけだ。

食事の途中でスマートフォンが鳴り、安藤が慌てて店を出て行く。おそらく、キャップの諸田から何か指示が入ったのだろう。

「たぶん明日からは、現場はこっちだけでやることになるな」松島は美菜に告げた。

「ですね」美菜が暗い顔で同意した。

「警察回りは忙しいからな」

主に所轄を担当する若い記者を「警察回り」と呼ぶのは昔からの伝統だが、警察取材にかける時間は、勤務時間全体の五割にも満たないだろう。あとは街を歩いて話題ものの記事になりそうなネタを探すほか、他の担当者から仕事を割り振られることも少なくない。駆け出しであるが故の「下働き」だ。

「支局長、どう見ます？」

「まだ分からないな」

「やっぱり、家族のことが気になるんですけどね」

「行ってみてもいいけど……」松島も決心できなかった。ゴーサインを出せば、美菜は家まで取材に行くかもしれないが、そこでメディアスクラムが起きてしまってはどうしようもない。「自宅は避けよう。今のところ、母親を疑う材料はないからな」

松島は声を潜《ひそ》めて言った。四人がけのボックス席にいて、両隣は空《あ》いているのだが、誰に話を聞かれるか、分かったものではない。

「祖父母の家はどうですか？」

「そこはちょっと気になるな」松島はうなずいた。昨夜からの時間経過で、まだ分かっていないのは、夕食後の真咲の行動だ。八時過ぎに帰宅したという情報だが、はっきりしてはいない。祖父母が家まで送っていったと考えられるが……。「この後で、祖父母の家に行ってみてくれ。無理する必要はないけど、上手《うま》く話が聞ければ――」

「やってみます」

美菜がうなずき、お茶を飲んだ。そのタイミングで安藤が戻って来る。

「今日はこっちでずっと手伝うように言われました」

「悪いね。時間があれば、夕飯も奢るよ」松島は安藤をねぎらった。

「じゃあ……遅くなるとあれなんで、もうちょっと食っていいですか」

「もちろん」

なおも旺盛な食欲を発揮する安藤の姿を苦笑しつつ見ながら、松島は無意識のうちに胃を摩《さす》った。回転寿司を五皿食べたぐらいでは胃に負担はかからないはずなのに、今日はどうにも調子がおかしい。妙に重く、食べた寿司が胃の中に居座った感じがする。

不安が襲う。再発ではないか――いや、これは久しぶりに現場で取材したせいだと自分に言い聞かせる。それだけ緊張していたのは間違いない。やはり昔とは違う。体力も粘りも落ちているし、それが経験でカバーできるかどうかは分からない。

絶対に再発ではない。主治医はベストを尽くしてくれて、俺は寛解——完治したのだと、松島は自分に言い聞かせた。


初めて出席した柏市長の会見は、呆れるほどの独演会だった。今は定例会の最中、無事に一般質問も乗り切って、大した問題もないはずなのに、新年度からの新型コロナ対策について、三十分近く喋《しゃべ》りまくったのだ。話が長い割に新しい材料がない——この会見は記事にならない、と松島は判断した。他社の記者に確認すると、いつもこんな感じだという。定例会見の内容が記事になる確率は一割以下ではないか……プロ野球選手だったら、間違いなく馘《くび》だ。

この会見については各社とも書いてこないだろうな、と判断して支局に戻る。夕方……妙な疲れを感じて不安になる。胃がんの症状として胃の痛みもあったが、軽い倦怠感《けんたいかん》もずっと続いていたのだ。まさかあれの再来ではないだろうな、と恐れながら、ソファに腰を下ろして目を閉じる。久しぶりに現場へ出たから疲れているだけだろう、と頭の中で何度も繰り返した。

五時、そろそろ今日の原稿の予定を知らせなければならない時間だ。とはいえ今日の地方版は、殺しの記事で一杯になってしまうだろうから、松島が原稿を書く余裕はない。いや、決まりもののコラム「菜の花通信」が、自分の番だったと思い出す。これは何を書いてもいい五十行ほどのコラムで、週一回か二回掲載、ローテーションで順番が回ってくる。若手の記者に、定期的に原稿を書かせようという狙《ねら》いもあるのだろう。

原稿は昨日のうちに用意しておいたのだが、野田の殺しを無視するわけにはいかない。書き直しだ。千葉支局のデスク・長原《ながはら》に連絡を入れて、原稿が少し遅れると伝える。

「今日の件で書くんですか?」長原は、原稿が遅くなるのを極端に嫌がるタイプのデスクのようだ。

「大至急でやるから。三十分」

「じゃあ、待ってます」

必ず紙面に掲載される決まりものの原稿は先に入稿する、というのが新聞作りの決まりである。例えば天気予報など……新聞の紙面の割りつけは、パズルのようなものである。決まった場所に置けるものは先に置いて、残ったスペースに生原稿を上手く配置していく。

パソコンを立ち上げ、急いでゼロから原稿を打ちこんでいく。今日明日中に捜査が急に動いて犯人逮捕《たいほ》というところまで行く可能性もあるから、事件の本筋には触れないようにする。

30年ぶりに千葉県で仕事を始めた途端に、悲しい事件にでくわした。

という一文を頭に持ってきて、自分と千葉の関《かか》わりについて書いていく。今回の原稿は、柏支局長に赴任した「ご挨拶」の意味もあるから、あまりハードな内容にならないように気をつけながら、二度目の千葉勤務への思いを綴《つづ》る。まあまあ、悪くない——傑作ではないが、無難な原稿にはなった。早々に原稿を送り、これで今日の仕事は終了。事件の続報自体は、県警クラブが中心になってまとめるだろう。後は明日の仕事の打ち合わせだ。

一安心して熱いお茶を自分で淹《い》れ、一口飲む。お茶が胃に入った途端、滲《し》みるような感覚があった。おいおい、まさか本当に再発じゃないだろうな、と不安になる。今でも三ヶ月に一度は精密検査を受けているのだが、次回は六月の予定だ。このまま症状が悪化するようなら、前倒しして検査を受けねばなるまい。胃カメラを含む毎回の検査はかなり辛《つら》いものだし、いつも一日が潰れてしまうのだが……こんなところでくたばるわけにはいかないから、自分の健康は自分で確保しておかねばならない。毎回気が重いが、これればかりは仕方がない。

美菜は支局へ帰って来る気配がなかった。祖父母の家での取材が難航しているのだろうか。まさに今取材中かもしれないと思うと、電話もかけにくい。松島が駆け出しの頃は携帯電話など当然なく、連絡手段はポケベルだけだったが、シビアな取材をしている時にポケベルが鳴ると、一気に緊張が萎《しぼ》んだものだ。それは携帯になっても変わらない。だから、人と会っている時はマナーモードにしておくのが常識なのだが、静かに話している時など、バイブ音さえ相手を苛立たせてしまう。

仕方なく、松島は一度自宅へ戻った。車で五分というのは、こういう時に便利だ。外食する場所はいくらでもあるが、やはり脂《あぶら》っこいものが多いから、自宅で妻の昌美《まさみ》が作る料理を食べることにしている。

事前に電話して何かあるかと訊ねると、焼き魚ならすぐに用意できるという話だった。それで十分。昨日の残りの肉じゃがとサバの塩焼きで、午後八時に食事を始める。昌美もずいぶん楽になっただろうな、と皮肉に思う。松島は長年、家で食事を摂《と》る習慣がなかった。家で食べるのは、せいぜい朝食。しかし比較的暇な職場に異動になると、家で食べる機会も増えてくる。昔の松島はとにかく大食いで、おかずがずらりと並んでいないと気が済まなかった。「あなたとたまに食べる夕飯の用意はストレスが溜《た》まる」と、昌美にはっきり言われたこともある。今は病気になる前に比べて、食べる量は半分近くに落ちたのではないだろうか。胃がんが発覚する前の松島は、標準体重を十キロほどオーバーし、健康診断でも様々な数値にアラートがついていた。胃がんになって唯一《ゆいいつ》ありがたかったのは、体重が落ちてそれらの数値が落ち着き、むしろ健康体になったことである。

入院・闘病生活の間に落ちた食欲は、その後戻っていない。しかしそれでも、特に問題はなかった。

病気になるまでは、満腹中枢《ちゅうすう》がおかしくなっていたのかもしれない。今がむしろ正常……野菜と魚中心の食事なので、健康にいいのは間違いない。

食事を終えて必要な薬を飲むと、また妙な疲れを覚えた。不安ではあったが、昌美には何も言わない。それでなくても妻は心配性で、がんの宣告を受けてから無事に退院するまでに、本人が五キロも痩《や》せてしまったほどである。ちょっと体調に異変を感じたぐらいで、余計なことを言う必要はない。

「もう一回出てくるよ」

「まだ仕事？」

「例の事件でね」

「大変ね……可哀想《かわいそう》に」昌美が悲しそうな表情を浮かべてうなずいた。「夕刊で読んだけど、七歳の子でしょう？」

「ああ。小学校一年生だ」

「何でこんなことになったのかしらね」

「それはこれから調べる」

しかし、夕方、体調の異変を感じてから、急にやる気が薄れている。大きな病気をすると、やはり人間は弱気になるのだろう。

支局へ戻り、ＰＤＦファイルで届いていたコラムのゲラをチェックし、その後県警キャップの諸田と電話で話す。

「朝刊の地方版用は？」

「本筋をもう少し掘り下げて、あとは地元の反応をつけます」社会面に詳しく書いた後、地方版でも「受け」の記事を載せるのが普通だ。諸田の記事の計画は、そういう場合の標準的なものである。

「地元の人たちの反応、十分か？」使いやすいように、何人かのコメントをまとめて既に送っていた。

「取り敢えず十分です。サツの動きの方は、こちらに任せて下さい」諸田が請け合《うあ》った。

「もちろん」それが県警クラブの仕事だ。「明日は、こっちは引き続き現場だな」

「今日は、被害者関連の雑感がちょっと薄いですね。小学校の校長が取材に応じたぐらいで……ああいうのは、通り一辺のコメントしか出てきませんから、もう少し深刻なコメントが欲しいですね」

「そうだな。まあ、できるだけのことはやってみるよ。何かあったら連絡を取り合うということで」

「こちらから、急遽《きゆうきよ》連絡することもあると思います」

「もちろん、いつでも大丈夫だ」

これで明日の打ち合わせは終了。被害者の周辺を探る取材も大事だが、やはり本筋は捜査の動きを追うことだ。現場よりも本部の取材の方が大事——それは長年の経験で松島にも分かっている。昔は、本部から現場にろくに情報が流れないことに苛立ったものだが、今は何とも思わない。どうせなら、全て親支局任せでも構わないぐらいだ。ミニ支局にはミニ支局で仕事がたくさんあるし、それを考えただけで疲れてしまう。

九時前、美菜から電話がかかってきた。

「祖父母の取材は上手くいきませんでした。すみません」彼女は露骨《ろこつ》にがっかりしていた。

「会えなかったか？」

「いえ……さっきおじいさんが出て来たんですけど、『言うことはない』の一点張りでした」

「それ、原稿にしたか？」

「一応、コメントということで送りましたけど、こんなの、使われないでしょうね」

「おじいさんの様子、どうだった？」

「怒ってました」

「だろうな……様子はおかしくなかったか？」

「おかしいっていうのは、どういう意味ですか」美菜の声が緊張した。

「祖父母の家を出てからの動きが分からない――ということは、生きてる真咲ちゃんに最後に会ったのは祖父母じゃないか」

「疑ってるんですか？」

「いや、疑う材料はないけどさ」松島は即座に否定した。「ただ、日本の殺人事件の大部分は、親族間での事件だ」

「統計が全て正しいとは思えませんけどね」美菜が反発する。

こういう態度は悪くないな、と松島は頼もしく思った。記者も、事件取材の経験を重ねると、ある程度先入観を持つようになってしまう。この事件はAパターン、こっちはBパターン……しかし、それが確実に当たる保証はない。虚心坦懐《きょしんたんかい》、まったく先入観を持たずに取材にあたるのが理想で、美菜はそういう姿勢をまだ保っているようだった。

「これから、ちょっと夜回りしてみようかと思います」

「野田署に、夜回りできる相手はいるのか？」

「署長なら」

「ああ」本当なら、自分が行くべきかもしれない。古い知り合いだから、無下に追い返されることもないだろう。しかし美菜のやる気を削《そ》ぐ気はなかったし、これから自ら野田まで出かけて署長官舎を訪ねる元気がない。まあ、今晩中に捜査が大きく動き出す様子もなかったから、夜回りしても原稿にできる材料が出てくるとは思えない。自分で小野の官舎に夜回りするのは、もっと後でいいだろう。

今日はせいぜい、美菜が無事に夜回りを終えるまで、支局で待機だ。部下の帰還を待ってやるのも支局長の仕事だ。自分が若手時代、くたくたになって支局へ戻った時に先輩が待っていてくれると、ほっとしたものだ。

無駄と言えば無駄だが、新聞記者の仕事が完全に変わるには、まだまだ時間がかかりそうだ。

3

古山孝弘《ふるやまたかひろ》は「週刊ジャパン」の記事を二度読みした。この事件のことは既に新聞各紙に掲載されていたのだが、週刊誌の記事はより詳細だった。月曜の朝に起きた事件を、木曜発売の号に突っこむのは相当大変だっただろう。週刊誌の取材能力も大したものだと思う。もちろん、新聞が書かない――書く必要のない「ゴミ」のような情報まで拾って、行数を稼《かせ》いでいるのだろうが。

「フルさん、それ、千葉の事件ですか?」

ボックスに戻って来た新人――とはいえもうすぐ二年目に入る――記者の石川《いしかわ》が声をかけてくる。ころころした体形で、妙に人懐《ひとなつ》っこい石川は、初めて会ってから五分後には古山を「フルさん」と呼んでいた。早過ぎる感じだが、何故《なぜ》か古山はむっとしなかった。もしかしたら石川は、天性の人たらしなのかもしれない。

「ああ、これ」古山は石川に「週刊ジャパン」を渡した。

石川は、狭いボックスの中で、立ったまま記事を流し読みした。

「ひどい事件ですねえ。犯人は母親かな」

「いや、まだ分からない」彼の疑いはもっともだが……日本で起きる殺人の大半は、親族間の事件なのだ。

「うちで、こういう事件が起きないことを祈りますよ」

何言ってやがる……そもそも石川は、事件取材が好きではない。本人は政治部希望で、それへの道筋として早く県政取材をしたいと常々言っている。

「事件はいつ起きるか、分からないぞ」

「でも、今起きたら困るでしょう。フルさん、もうすぐ異動なんだし。事件を中途半端にしたまま異動って、嫌じゃないですか？」

「何も、あらゆる事件の捜査が長引くわけじゃないさ。大抵の殺人事件は、だいたい発生の日に解決してる……それより、飯にしようぜ」

「行きましょう」石川が嬉しそうな表情を浮かべた。

東日新聞埼玉《さいたま》支局の県警クラブには、キャップの古山の他に二人の一年生記者が詰めている。午後一時、夕刊の締め切りが過ぎるまでは、何もなくても記者クラブで待機というのが毎日のパターンだった。もちろん取材に出ている時は、この限りではない。古山は圧倒的に、県警クラブに詰めている時間が長かった。何というか……基本的に「事件に嫌われている」のだ。去年の春に県警キャップになってから、捜査本部が置かれる重大な事件は一回も起きていない。殺人事件は三件あったが、いずれも単純な構図で、その日のうち、あるいは翌日には犯人が逮捕されて解決していた。

本社への異動を内示されたのは、三月頭だった。社会部へ行くことになっているのだが、手土産《てみやげ》がないのが何とも情けない。突発的な事件がないなら、せめて内偵《ないてい》ものの知能犯事件で特ダネを書きたいと思ってあちこちにアンテナを張っていたが、古山がキャップになって以来、埼玉県警は全体に開店休業状態のようだ。

県警本部のある浦和区《うらわ》高砂《たかさご》付近は完全な官庁街で、県庁、地検や裁判所などの役所が固まっている。他県の官庁街がどうかは知らないが、ここには意外に食事ができる場所が少ない。古山も、昼食は県警本部か県庁の職員食堂を利用することが多かった。とはいえ、職員用の食堂は安い以外にあまりメリットがなく、時間がある時は少し歩いてでも外へ食べに行くことにしている。

裏門通りにある洋食屋へ向かう。週一回ペースで通っている店で、極端に美味《うま》いわけではないが、何となく安心できる、懐かしい味だ。ランチがだいたい千円前後。朝食は野菜ジュースとコーヒーだけという古山にとって、貴重な栄養補給源だった。

古山は網焼きのハンバーグ——これが一番お値打ちで美味い——を、石川はナスのトマトソースパスタを頼んだ。料理が来るのを待つ間、雑誌のラックから「週刊ジャパン」を持ってくる。

「さっきの記事、そんなに気になるんですか」また同じページを開いた古山を見て、石川が呆れたように訊ねる。

「いや……」気にはなっている。しかし、どうして気になっているかが自分でも分からなかった。

パラパラとページをめくり、記事を再読する。雑多な内容を無理やり詰めこんだ二ページの記事だったが、読んでいるうちに、気になるのは事件の内容そのものではなく、添付された地図だと気づいた。雑誌を傍《そば》に置き、スマートフォンの地図アプリを起動して現場を確認する。野田市今上——江戸川沿いの堤防近くにある小さな森が遺体遺棄現場だった。

地図を広域にすると、疑念がさらに明らかになる。現場は、江戸川にかかる野田橋から直線距離にして一キロも離れていない。

そこで記憶が、突然四年前に飛ぶ。二〇一七年七月、古山は埼玉支局に配属されたばかりの一年生記者だった。当時は、高校野球の県予選の最中……初めての本格的な野球取材で心身ともにへばっている時に、突然「小学二年生の女児が行方不明」という一報が入ってきたのだ。それから三日間、高校野球の取材から外れ、炎天下で警察や消防、近所の人たちの捜索を取材した。そのうち、長い棒を見つけてきて、自分でも藪《やぶ》の中を突《つつ》いたりするようになって、取材しているのか捜索しているのか分からなくなってしまったが。

あの時姿を消した女児は、行方不明のままである。

その現場——行方不明になった女児の家は、江戸川を挟んではいるが、野田市の現場とはさほど離れていない。直線距離にすると、五百メートルほどだ。ほぼ同じ生活圏と言っていいのではないか？

「フルさん、料理、きてますよ」

石川に指摘され、目の前に美味そうなハンバーグの皿が置かれているのに気づく。

「何かあるんですか？」パスタをフォークに巻きつけながら石川が訊ねた。

「いや……」何とも説明しにくい。女児殺害事件と行方不明事件。被害者の年齢も七歳と八歳と近い。しかも現場は江戸川を挟んでごく近く——しかし逆に言えば、それ以外の共通点はない。

「言われないと、何だか気になるんですけど」

「まだ何とも言えないんだ」

「秘密主義ですか？」石川がからかうように言った。

「そういうわけじゃないけど、考えがまとまらない」

「まとまったら、話してくれます？」

「いや、どうかな」

今のところ、勘がビンビン刺激されているわけでもない。奇妙な、不安に近いような気持ちが胸の中で渦巻《うずま》いているだけだった。

食事を終えて記者クラブのボックスに戻ると、一人になる。石川は東日新聞後援で今日から始まる美術展の取材に行ってしまったし、もう一人の若手、松本由加里《まつもとゆかり》は連載の取材で朝から秩父《ちちぶ》へ行っている。一泊の出張で、帰りは明日の予定だ。

本社の記事データベースにアクセスし、ほぼ四年前に自分が書いた記事を読む。紙面の形でそのまま保存されているので、当時の記憶がありありと蘇《よみがえ》ってきた。高校野球の予選が始まると、紙面は野球一色になるのだが、さすがにこの事件は扱いが大きかった。自宅近くの河原を捜索する消防署員たちのカラー写真を添えて、四段の見出しで準トップの扱いになっている。野球の取材は新人記者が中心で、忙しい予選の最中に事件が起きると、警戒《けいかい》しているキャップが自分で取材に行くのが普通なのだが、当時のキャップは異常な野球好きで——本人も高校球児だった——「野球取材は俺が行くから、行方不明事件の取材はお前に任せた」と嬉しそうに古山に言い渡したのだった。そのキャップは翌年本社に上がり、希望通りに運動部に配属された。今はプロ野球の担当で、スポーツ面でしばしば署名記事を見かける。いくら野球が好きでも、それを仕事として、シーズン中ずっと担当チームの試合を追いかけていくのはきつくないだろうか、と古山はいつも想像していた。

記事は、七月十六日の夕刊社会面に掲載されたものだった。その後、翌日の埼玉県版に「受け」の原稿を書いたのだと思い出す。

15日午後10時頃、吉川《よしかわ》市上内川《かみうちかわ》、市役所職員所信太《ところしんた》さんの長女、あさひちゃん（8歳）が塾から帰らないと、所さんが警察に届け出た。警察・消防では行方不明事件として、16日朝から百人体制で近所の捜索を始めた。

調べによると、あさひちゃんの自宅は江戸川に近い住宅地。15日は、学校から一度帰宅して、近くの学習塾に向かった。帰宅は午後7時頃の予定だったが、帰らず、心配した両親が警察に届け出た。

当時の光景は、今でもありありと覚えている。あさひの自宅近くは緑豊かな場所だった。そもそも水田地帯に新しく造成された住宅街で、普通の田んぼの他にも市民農園、河川敷沿いの公園などがある。埼玉支局で働き始めて、さいたま市の都会的な雰囲気に慣れていた古山は、県内にもこんな田舎があるのか、と驚いたのを覚えている。

七月、堤防の植え込みは高く伸びて、歩き回っているだけで剝《む》き出しの腕に小さな擦《す》り傷が無数にできた。空は高く、夏らしい雲が流れて真夏の陽光が頭を焼く。そう言えばこの年は、梅雨《つゆ》明けが七月六日頃と早く、七月の半ばぐらいには最高気温が三十五度になる日もあった。

高校野球の取材は炎天下の球場で行うので、常に熱中症対策が必要だが、この時の捜索もまた、暑さとの戦いだった。定期的に消防署や警察署からスポーツドリンクが配られたのだが、その都度断って、自分で買っていた。記者はあくまで取材するのが仕事であり、そういうのをもらうのは筋が違う……しかし行方不明届が出されてから二日目の午後には、古山自身も取材ではなく捜索の真似事《まねごと》を始めていた。支局へ戻ってそれを報告すると「記者の仕事をはみ出すな」とキャップからお叱《しか》りを受けたのだが、古山は何となく釈然としなかった。人命がかかっているのだから、取材は後回しでいいのではないか？　事件・事故の現場と違って、マスコミは排除されているわけでもなかったから、一部始終を見ておいた方がいいはずだ。そのためには、捜索の手伝いをするのもありだと思った。

もっともそんなことを考えていたのは古山だけのようで、他社は捜索の様子を撮影し、関係者に取材すると、すぐに現場から引き上げてしまった。「東日さんは余裕があるな」と皮肉を残して……実際、新聞各社とも地方支局の人員を削減する傾向が続いていて、当時も今も、全国紙の埼玉支局では東日が突出した最大勢力だ。夕刊を廃して経営再建を図ろうとしている日本新報など、人口七百万人を超える埼玉県に記者は四人しかいない。それで事件や県政取材のほか、六十三の市町村を全てカバーするのは実質的に不可能だろう。

デスクの背後に置いてある本棚から、他紙の記事を貼《は》ったスクラップを取り出す。記事はどれも、同じような内容だった。地元紙はしつこく追い続けていたが、それでも捜索そのものに大きな動きがない以上、中身は薄い。

記事は次第《しだい》に小さくなり、東日の記事は三日間続いた後、一度姿を消した。その後は一週間、一ヶ月と節目のタイミングで記事が出たものの、扱いは大きくなかった。

失踪《しっそう》から一年後には、二年生記者になっていた古山が原稿を書いた。とはいえ、この時の記事は取材に応じてくれた両親の談話や雑感が主で、結局本筋——あさひの行方に関する材料は一つもなかった。当然、警察や消防による捜索は実質的に終了しており、家族と有志による捜索、さらにビラ配りぐらいしかできることはなかった。

失踪から二年目の時には、記事は出なかった。区切りのいい三年目の記事では、両親がコメントを出していたが、やはり内容は薄かった。両親の憔悴《しょうすい》しきった感じが滲《にじ》み出る、痛々しいだけの記事だ。

なるほど……野田の事件との共通項は多くはない。向こうは殺し、こちらはあくまで行方不明なのだ。とはいえ、妙に引っかかる。小学校低学年の女児が狙われたという共通点は大きい。子どもを狙う犯罪者は、だいたい似たターゲットをつけ回すものだ。

古山は手を擦《こす》り合わせると、スマートフォンを取り出し、電話帳を確認した。この電話帳は単なる電話帳ではない。警察官や役所の幹部の場合、異動履歴《りれき》まで記録してあるのだ。警察官はなかなかスマートフォンの番号を明かさないが、どこに勤務しているか分かれば連絡は取れる。記憶を探って電話帳と照らし合わせていくと、吉川署の副署長が知り合いだったことを思い出した。

目の前の警察電話の受話器を取り上げ、吉川署の副署長席に直接電話をかける。

「あらら、久しぶりじゃない」副署長の宮脇《みやわき》が愛想よく電話に出た。

「東日の古山です。どうも、ご無沙汰《ぶさた》してまして」

「あんた、今どこにいるんだっけ」

「県警ですよ」

「キャップ?」

「ええ」

「出世した人から電話がかかってくると怖いな」

古山は思わず苦笑した。県警キャップは、東日の支局の中ではそれほど偉いわけではない。

「忙しいですか?」

「いや、全然」

「本当は内偵事件で忙しいとか」

「吉川で? それはないなあ」宮脇が声を上げて笑った。

宮脇は、古山が駆け出しの時、本部の交通捜査課の調査官だった。警察回りも、交通部の取材はあまりしないのだが、例外が交通捜査課である。文字通り、交通に絡む事件の捜査を担当する部署で、ひき逃げ事件や重大事故、最近ではあおり運転などの捜査も行う。古山は、何件かのひき逃げ事件で宮脇に取材し、それがきっかけで親しくなった。刑事部の刑事と違い、交通部の捜査担当者はフランクで口が軽い人が多かった。悪口ではなく、コミュニケーション能力が高い人が多数派、という印象である。

宮脇はその後、交通捜査課の首席調査官に昇進し、さらに去年、吉川署の副署長に就任していた。

まずは順調な出世ぶりである。

「ちょっと知恵を貸してもらえませんか？」

「おいおい、そんなこと言われると怖いね」

「いや、昔の案件の話ですよ。宮脇さんがそっちへ行く前の」

「そんな古い話だと、分かるかな」

電話の向こうで宮脇が首を傾《かし》げる様が容易《ようい》に想像できる。そう、この男は首を傾げるのが癖《くせ》だった。最初は肩が凝《こ》っているのかと思ったのだが、少しでも考え始めると首を傾げるのが癖だとすぐに分かった。

「四年前——二〇一七年なんですけど、そちらで八歳の小学生が行方不明になる事件があったでしょう」

「ああ」宮脇の声が一気に暗くなった。

「あれ、今どうなってますかね」

「どうって言われても、あのままだと思うよ。何で今頃、そんなことを？　何か手がかりでも見つけたのか？」

「いや、今週、千葉で七歳の女の子が殺される事件があったじゃないですか」

「そうだな」

「現場が近いんですよね」

「おいおい」宮脇の声が平常に戻った。「行方不明と殺しじゃまったく違うよ。それに、千葉と埼玉

――別の県の話じゃないか」

「でも、橋を渡ればすぐでしょう」

「いやいや、県境っていうのは、結構大きい壁なんだぜ」

これは警察官と新聞記者――民間の会社に勤《つと》める人間の違いだろうか。県警の警察官は、警察庁への出向などはあるにしても、一生同じ県内で仕事をする。だから自分の管内、というか縄張りを強く意識しがちだ。一方首都圏のサラリーマンにとって、県境はあまり意味を持たない。千葉や埼玉、神奈川に住んで東京に通っている人はいくらでもいるし、そういう人にとっては、自分が「何県」に住んでいるかよりも「どの沿線の住人か」という意識の方が高いのではないだろうか。

「考え過ぎですかね」

「だと思うよ」

「同じ犯人が、川を挟んで千葉と埼玉で事件を起こしているとは考えられませんか」

「推理小説の読み過ぎじゃないの？」宮脇が声を上げて笑う。「古山さん、記者より小説家になった方がいいかもしれないよ」

「推理小説なんて、興味ありませんよ」少しむっとして、古山は答えた。「千葉県警と連絡を取り合ったりしてないんですか」

「全然。あんたに言われるまで、まったく頭になかったね」

それはあまりにも注意が足《た》りないのではないかとも思った。まあ、一つの県、さらに言えば自分の管内に目を配って仕事をしている警察官の感覚は、こういうものだろう。自分もたまたま、隣県の事件に気づいただけかもしれない。

「それより、たまにはこっちへも遊びにきてよ」

「そこはそこで、別の記者が担当してますけどね」吉川署を担当するのは、記者二人だけのミニ支局である熊谷《くまがや》支局だ。

「まあ、そう言わずに。最近、私費で新しいコーヒーメーカーを入れたんだ。これがなかなか優れものでね。いつでもご馳走《ちそう》するよ」

そんなに暇なのか、と古山は訝《いぶか》った。遠隔地で、記者が滅多《めった》に顔を出さないような署の副署長が、時々こういう風に言うことがある。自分のところは無視か、と暗に批判しているわけだ。ただし、吉川署は決して田舎の警察署ではない。

どうせ来月には異動になるのだし、その前に挨拶回りに行けばいいか……ただ、古山の頭の中では何かが引っかかっていた。同じ犯人――まさかと思う反面、どうしてもその可能性に惹《ひ》かれてしまう。

ここは一つ、千葉支局の担当者と話しておきたいところだ。警察と新聞社の最大の違いがこれだ。新聞社の場合、全国に仲間がいて、普通に情報交換もできる。そして千葉支局には、話ができそうな大先輩がいることに気づいた。

4

一本も原稿を出さなかった時の常で、少し後ろめたい気分を抱えながら、古山は夕食を済ませて県警本部に戻った。

記者クラブは、ソファなどが置かれた共用スペースを囲むようにして、各社のボックスが並ぶ造りになっている。簡単な会見などはここで行うので、各社ともだいたい誰かが常駐しているのだが、夜になると無人になることも多い。今夜も人の気配はない……ただし、ボックスに籠《こ》もって原稿を書いている人間はいるかもしれない。古山はしばらく、共用スペースのソファに座って耳を澄ませていた。誰かがいれば、パソコンのキーボードを叩く音や電話で話す声が聞こえるものだが、まったくの無音……よし、と立ち上がって両手を擦り合わせながら、東日のボックスに入る。

各社のボックスは、天井まで壁があって完全に区切られており、一応プライバシーは保たれる。大声を上げない限り、会話の内容が両隣のボックスに聞かれる心配はない。

しかし……ここに都合三年もいたのはかなり長かったな、と思う。新人からの二年間と、去年キャップになってからの一年間。自宅や支局よりも、このボックスで過ごした時間の方が長かったかもしれない。

ボックスはドアから奥に向かって細長い造りで、デスクが二つ横並びになっている。背後にはファイルキャビネットが二つ。その上にはファクスと、何故か空の花瓶が載っている。花瓶には花が入っていたことはなく、捨ててしまってもいいのだが……忘れなければ、異動する時に処分していこうと決めている。

素っ気なく、ただ仕事をするためだけの場所なのだが、ここで過ごした時間が長いが故だろうか、安っぽい事務椅子《いす》に腰を下ろしただけで、すぐに気持ちが落ち着く。このボックスの中で夜明かししたことが何度あったか。ベッドもソファもないので横になることもできないのだが、デスクに突っ伏して腕を枕《まくら》にしただけですぐに眠れるのが、自分でも不思議だった。

さて、電話しよう。少し緊張しながらスマートフォンを取り出し、登録しておいた番号を呼び出す。

松島は元気そうで気楽な調子だったので、古山はほっとした。去年の夏前に会った時には、何だか怖い感じがしていたのだ。編集委員ともなるとさすがに偉い——取材の姿勢は尊敬に値するものだったのに対し、支局の平記者に対してはあんな態度なのかと、内心がっかりしたものだ。

い。

「やあ。久しぶり」

電話で聞いた限り、松島の声は快活だった。去年不機嫌《ふきげん》だったのは、たまたまだったのかもしれな
「ご無沙汰してます」

「君は今……まだ埼玉支局にいるのか」

「相変わらず警察回りです」

卑下《ひげ》するわけでもなく、古山は事実を告げた。政治部志望の石川などは、この仕事をどこか舐《な》めている感じがするのだが、古山にとっては天職である。来月本社へ上がればまた警察回り——社会部で、都内の所轄を取材して回る日々が待っている。

「何かあったか？」

「あったわけじゃないんですけど、ちょっと気になることがありまして、お電話しました」

「硬いな、おい」電話の向こうで松島が苦笑する。

こんな気さくな人だったかな、とちょっと気が抜けてしまう。去年はピリピリした雰囲気に気圧《けお》されて、ろくに話もできなかったのだ。

「松島さん、千葉支局に異動されたんですよね」毎月社内ネットで公開される異動のニュースには、古山も必ず目を通している。古山は以前から、人事が大好きなのだ。特に今は、同期の記者たちの動きが気になっている。今年の年明けにはもう、「第一号」として本社に異動になった同期がいる。早く本社に上がったからといって偉いわけではないが、何となく今後の記者人生に「弾《はず》み」がつくような感じがしていた。

「千葉支局じゃなくて、柏支局、な」

「ああ、ミニ支局ですよね」

東日新聞の地方取材網は複雑だ。県庁所在地には、その県の取材網を統括する支局があるのだが、これが仙台や横浜などの大都市部だと「総支局」という名称になり、記者の人数も増える。取材網の中には、一人で勤務する「通信局」があるほか、県内第二、第三の都市には複数の記者が常駐する「ミニ支局」も置かれる。ミニ支局は、大抵は支局長と記者の二人体制で、支局長も普通に記者として取材をする。

編集委員の松島が柏支局長に着任したのを知った時には、驚いた。ごく稀《まれ》に、大ベテランになってから心機一転して地方支局に赴任する人もいるのだが、松島はそういうタイプには見えなかったのだ。

「びっくりしましたよ。まさか、支局に異動するなんて、思ってもいませんでした」

「定年が近くなると、いろいろ考えるんだよ。急に生の取材現場が懐かしくなってね」

「そういうものなんですか?」

「君は若いからまだ分からないと思うけど、初心に帰るというかね……なかなか楽しいよ」

「でも、いきなり事件で大変じゃないですか」

「千葉支局の若い記者は有能だから。こっちは、取材は任せて高みの見物だよ」

「この件、取材してないんですか?」そうなると話が違ってくる。てっきり松島本人が取材していると思って、この話を耳打ちしておこうとしたのに。

「いや、取材はしてるよ。ミニ支局の支局長なんて、肩書きだけだから。自分でも取材に回らないと、地方版が埋まらない。ただ、若い記者の取材を邪魔するつもりはないっていう意味だ」

「松島さんが、人任せにしているとは思いませんでした」

去年一緒に仕事をした時には、松島はガツガツと取材するタイプだと思った。定年が近い編集委員ともなれば、もっとゆったり構えて余裕たっぷりだと想像していたのだが、松島は急がないと証拠が逃げてしまうのではないかと焦っている感じだった。取材の方法や指示は的確だったが、何となくその態度に違和感を抱いたのを覚えている。

「いやいや、男ってのはさ、五十を過ぎると急に、変わるタイミングがくるんだよ」

「はあ」

「何だよ、情けない声を出して。どうかしたのか?」

「いや……はい。ちょっとお耳に入れておきたいことがありまして」

「何だ」松島の声が急に鋭くなった——仕事モードという感じ。

「そちらで月曜日に発生した事件、まだ解決の目処《めど》は立ってないんですよね」

「ああ」どこか悔しそうに松島が認める。

「実は四年前——俺が新人だった年に、埼玉で八歳の女の子が行方不明になる事件があったんです」

「何だって?」松島が急に食いついてきた。

「そのまま、まだ見つかっていません」

「なるほど……年齢が近いわけか」

「そうです。それでちょっと引っかかったんですよ」

「直接関係しているかどうかは分からないな」松島は一歩引いた感じで、簡単には乗ってこなかった。

「当時の資料をまとめてみました」

「そうなのか?」

「記事を全部PDF化しました。送ったら迷惑ですか?」

「いや、そんなことはない。わざわざまとめてくれたのか?」

「気になったので」

「ありがたいよ。送ってくれ」

おっと……礼を言われ、古山は一歩引いてしまった。松島が、こんなに簡単に人に礼を言うようなタイプだとは思っていなかったのだ。今回の異動も含めて、何か心境の変化があったのだろうか。

「そっちの行方不明事件と、何か共通点はあるのか？」松島が訊ねる。

「いや、行方不明になった経緯とかは違うんですけど……こちらは、夜、塾から帰って来る途中に行方不明になったんです。野田の事件は、祖父母の家から帰る途中、ということでしたよね」

「ああ。母親が夜勤で働いているから、夕飯はいつも祖父母の家で食べさせることになっていた。歩いて五分ぐらいの距離なんだ」

「離婚して娘と二人暮らし、でしたね」この情報は、「週刊ジャパン」で知ったのだった。新聞は、そこまで詳しくプライベートな事情は書かない場合がほとんどで、この状況ではたいてい、「母娘《おやこ》二人暮らし」までだ。離婚していることが事件に直接関係していたら、話は別だが。

「食事の後、一人で帰したんですか？」

「いや、風呂《ふろ》に入れてから、祖父が自宅まで送って行ったそうだ。その辺の事情も段々分かってきた」

「うーん……」聞くと違和感が強くなる。「おかしくないですか？　母娘二人暮らしの家でしょう？　そこで娘を一人で留守番させておくっていうのは……小学校一年生だと、一人で留守番は無理じゃないですかね。何で祖父母の家に泊まらせないんだろう」

「その辺の詳しい事情はまだ分からないんだが、警察では特におかしな部分はないと言ってる」

被害者家族に直当たりできていないのだな、と古山は悟《さと》った。松島も弱気になったのだろうか。最近は、被害者家族に対する各社一斉の直当たり取材は「メディアスクラムだ」と評判が悪い。本社も、「無理な取材はしないこと」と曖昧《あいまい》な形で通達している。確かに、被害者家族に取材しなくても事件記事は書けるのだが、それは警察の発表をただ新聞記事のスタイルに直しただけのものになる。それだったら、ＡＩで処理できるのではないか、と古山はいつも皮肉に思っていた。

「そうですか……行方不明になった時の状況がちょっと違うんですね」

「そうなるかな。そもそも県も違う。君はどう思う？　完全に別件だろうか。それとも同一犯の犯行か？」

「同一犯の可能性もあるかと」

「となると、そちらで行方不明になっている女の子は殺されているかもしれないな」

「最悪、そういうことかもしれません」

「じゃあ、どうして遺体が見つからないのかな」松島が疑義を呈《てい》した。「こっちでは、遺体は特に隠されていなかった。森があるんだけど、その入り口にただ放置されていたんだ。隠すつもりなら、森の中まで遺体を持っていったと思うんだよな。子どもだから体も小さいし、穴を掘って埋めるにも時間はかからなかったはずだ」

「乱暴はされてなかったんですか？」言ってしまって、胸が痛む。世の中には確かに、女児に性的な悪戯《いたずら》をして自分の性欲を満たす人間もいるのだが。

「乱暴された形跡は一切なかったし、死因は絞殺《こうさつ》だ。ただし、手で首を絞めたんじゃなくて、細長い紐《ひも》か何かを使ったようだ。凶器は見つかっていない」

「殺すためだけに拉致《らち》したんですかね」

「今のところ、そうとしか思えない。ただ、犯人は用心深い。遺体が、綺麗《きれい》に洗われていたんだ。この件はまだ書いてないけどな。少し温めておくつもりだ」

「こういう事件、昔からありますよね」

「まあね」

松島の反応が鈍いのがもどかしい。もっと前のめりで乗ってくると思っていたのだが。

「とにかく資料を送りますから、読んでもらえますか」

「もちろん。しかし君は、相変わらず張り切ってるな。そろそろ本社へ上がるんだろう」

「ええ、来月……もう内示はありました」

「そうか。丸四年？」

「三年と十一ヶ月ですね」

「それは早いね。最近は、支局勤務は五年を超えるのが普通だから」

「去年、松島さんの薫陶《くんとう》を受けたお陰《かげ》です」

「よせよ」松島が声を上げて笑った。「俺は何もしていない。君のこれまでの仕事ぶりが評価された結果だろう」

「まあ……本社でも頑張ります」

「もしかしたらそちらの事件は、君にとっては『刺《とげ》』なのか？」

古山は言葉に詰まった。確かに、一年生の時に取材した事件は、どれも印象深い。まだ経験が浅い時期に遭遇したが故に、どうしても強烈なイメージを植えつけられるのだろう。しかしこの件に関しては、むしろ贖罪《しよくざい》の感覚が強い。もう少し、記事の書きようがあったのではないか……新聞記事が、少女の捜索にどれほど役立つかは分からないが、数多《あまた》ある事件の一つとして流していなかっただろうか。発生当時はのめりこみ過ぎて、上から怒られたものだが、あの熱心さを後にも抱き続けたかというと、決してそんなことはない。日々の忙しさの中で、次第に意識から消えてしまったのだ。もっときちんとフォローして、家族にも取材を続けていれば、何か新しい事実が分かったかもしれない。事件が起きると、家族はその時点でフリーズしてしまう。第三者——警察やマスコミと話して、忘れていたことを思い出すのも珍しくない。

電話を切り、古山は松島にメールを送った。当時の東日、それに他紙の記事もまとめてPDF化しているので、かなりのサイズになる。こんなものを送られても、松島は迷惑に感じるだけかもしれない……と思ったが、送ったら取り敢えず気は済んだ。向こうがどう思うかは分からないが、この時点で自分がやれることはやった。

「さて」声を上げて腿《もも》を叩き、勢いよく立ち上がる。これで今日の仕事は終わりなのだが、このまま支局へ引き上げる気にも、どこかへ夜回りに行く気にもなれなかった。

現場に呼ばれている、と思った。

さいたま市から見て、吉川市は「隣の隣」町である。間に越谷《こしがや》市を挟んでいるが、同じ埼玉県東部の街であることに変わりはない。ただしアクセスはあまりよくなく、車では下手《へた》すると一時間ぐらいかかる。

古山は少しでも時間を節約しようと、外環道を走った。この時間ならがらがらで、走る時間を十五分は短縮できるはずだ。飛ばさないように気をつけたが、どうしても気が急《せ》いて、アクセルを踏《ふ》む足に力が入ってしまう。この車も大事にしておかないとまずいのだが……新人の時に、取材の足として中古車で買ったホンダのヴェゼルの走行距離は、既に五万キロを超えている。結構走っている割に調子はよく、異動の内示を受けてからディーラーに相談したところ、予想よりもかなり高く売れることが分かった。残り少ない支局生活で大事に乗って、絶対に事故など起こさないようにしないと。

東北道と交わる川口《かわぐち》ジャンクションを抜けると、急に交通量が少なくなる。埼玉県内は縦横に高速道路が走っていて、慣れてしまえば車の移動が楽だ。このルートも、何度走ったことか……ふいに過去の出来事が頭の中に蘇ってきて驚く。ノスタルジーに浸《ひた》るのは、ちょっと早いんじゃないか？

三郷西《みさとにし》インターチェンジで外環道を降り、吉川市内を北上する県道六七号線を走っていく。片側二車線、直線が続く走りやすい道路で、ここを走るのはいつでも快適だ。窓を開けると、三月の冷たい風が車内に吹きこみ、一気に身が引き締まる。

幹線道路を外れると、途端に田舎っぽい雰囲気になってくる。あの事件で通っていたのは真夏で、とにかく暑さに参ったものだが、三月となると様子がまったく違う。水田はまだ土が剝き出しで、寒々とした雰囲気が漂《ただよ》っていた。

わずか三年半前なので、記憶は鮮明だ。道順もしっかり覚えている。しかし俺は、どこへ行こうとしているのだろう……行方不明になった所あさひの自宅を訪ね、両親に会う気はない。向こうも、いきなり記者が顔を出しても戸惑うだけだろう。

通っていた塾へでも行ってみるか……北関東では有名なチェーンの学習塾で、失踪当時は何度か取材したのだが、当時話を聞いた人はもういないかもしれないし、訪ねて行くだけで困惑させる可能性もある。

塾の前まで行って、車を停車させる。午後八時半、まだ遅い時間の授業が行われているようで、二階建ての建物の窓からは灯《あか》りが煌々《こうこう》と漏れていた。一階には、自転車がずらりと並んでいる。こういうのは、古山にも懐かしい光景だった。前橋《まえばし》で生まれ育った古山も、小学校の高学年から学習塾に通い始め、それは高校受験まで続いた。行くのが当たり前——日常になっていたのだが、学習塾に通わずに部活で汗を流している友だちが羨《うらや》ましかったのは事実である。

過去の記憶を洗い流し、そのままあさひの家へ向かう。この辺りは東埼玉テクノポリスと呼ばれる工業団地で、様々な企業が集まっている。水田地帯の一角に、大小様々な工場が建ち並ぶ様は、非常に不思議な光景だった。そして水田地帯の中には、一戸建ての家も集まっている。あさひの自宅は、そういう家の一軒だった。昔からの農家も多いのだが、その中ではモダンな印象の強い、タイル張りの二階建てである。父親は吉川市役所の職員で、一家は元々、この辺の地主だったという。農地を切り売りして、残った土地にかなり立派《りっぱ》な家を建てたわけだ。

少し離れたところに車を停め、歩いて家を見に行く。記憶にある通り、薄い茶色のタイル張りの建物で、庭にはかなり立派な家庭菜園がある。昔農家をやっていた名残《なごり》なのだろうか。

あさひの両親は、報道陣の要請《ようせい》に応じて何度か会見を開いたが、場所は常に自宅の玄関前だった。混乱を避けるために必ず代表取材で、新聞一社、テレビ一社に絞られていた。古山は、東日が記者クラブの幹事だった時に代表で話を聞いたことがあるが、母親のやつれぶりがひどく印象に残っていた。あさひは結婚五年目、三十一歳でようやく授かった一人っ子で、まさに目に入れても痛くない存在だったに違いない。父親の方は毅然《きぜん》としていたが、それでも時々目が泳ぎ、言葉を詰まらせた。会見に応じたのは、市役所職員という立場だったからかもしれない。ある程度の公職と言えるわけで、実際、両親が会見に応じるように、市役所の幹部に圧力をかけた社もあった。ああいうやり方が正しかったかどうかは今でも分からない。ただし、両親としても、マスコミの力を利用したいという気持ちはあったはずだ。あくまで「行方不明」であり、情報が広く伝われば、娘の行方につながる手がかりが出てきたかもしれないから。

それにしても、こういう場所は……吉川市は基本的に、農村地帯かつベッドタウンである。人口七万人、市内にはＪＲの駅が二つあり、住む場所によっては交通の便も悪くない。武蔵野《むさしの》線は常磐《じょうばん》線や京浜東北《けいひんとうほく》線にも接続しているから、都心部へも一時間ほどで通えるのだ。そこそこ交通が便利で、しかも家では自然豊かな生活を楽しみたいという人にとっては、格好《かっこう》の場所だろう。

二階の窓には灯りが点《つ》いている。しかしインタフォンを鳴らす気にはなれなかった。どうしてここへ来てしまったのだろう……気分を新たにするため？　そうかもしれないが、思い出されるのは、脳天を焼くような暑さの中、歩き回った記憶だけである。

車に戻り、当時散々あさひを探して歩いた江戸川沿いの道路に戻る。この辺りまで来ると、あさひの家からは五百メートルほど離れているのだが、あさひは普段から自転車に乗っていたから、それほど遠い感じではない。そもそも塾と自宅の往復にも自転車を使っていたのだから、自転車に乗っているところを誰かに拉致されたと考えるのが自然である。しかしとうとう、自転車は発見されなかった。

車のすれ違いもできないぐらい細い農道をゆっくり走っていると、突然ヘッドライトの灯りが小さな幟旗《のぼりばた》を浮かび上がらせた。「不審者注意」。おいおい……当時、こんな幟旗を見かけた記憶はない。まだ真新しいものだが、あの事件を機に誰かが設置したものだろうか。車を停めて確認すると、吉川地区防犯協会と吉川署の連名だった。

スマートフォンが鳴る。支局からの問い合わせだろうか……事件だったら面倒臭い。支局からかなり離れてしまっているので、場所によっては現場到着までえらく時間がかかる。

松島だった。

おかしいな、と思いながら電話に出る。資料を受け取った礼なら遅過ぎるし、そもそもこちらの事件にそれほど興味を持っていない様子だったのに。

「遅くに悪いな」

「いえ」古山は車の前後を確認した。近くを走っている車はないから、しばらくここに停めて話してもいいだろう。

「資料、もらった。読んだよ」

「どうでした？」もう読んだのか、と驚く。結構な量があったのだが。

「調べる価値はあるな」

「そうですか？」どうして急に態度が変わったのだろう。こちらの資料を見て、自分が気づかなかったことを見抜いたのだろうか。

「この資料を見ているうちに、思い出したんだ」

「何をですか？」

「大昔、流山《ながれやま》で七歳の女の子が殺された事件があったんだ」

「大昔っていつですか？」

「俺が社会部に上がる直前だから、もう三十年以上前だ。一九八八年——昭和六十三年だな」

「流山ですか……」

「しかも、遺体の発見現場は江戸川の近くだった」

古山は急に鼓動が速くなるのを感じた。流山と言えば、野田と同じく、江戸川を挟んで吉川の対岸である。

「現場は、流山市谷《たに》——常磐道の流山インターチェンジのすぐ近くだ」

「野田と吉川の現場とは……」

「直線距離で七キロ程度だ。三人とも年齢が同じくらい、そして現場も近い。同一犯による犯行の可能性は無視できないね。子どもを狙う犯罪者は、ごく狭い範囲で犯行を重ねるケースが多いんだ。わざわざ自分が住むところから新幹線に乗って犯行現場に向かう人間はあまりいない」

「その事件、どうしたんですか？」

「犯人が分からないまま、時効になった」

沈黙。それが古山には不快だった。急に三十三年も前の事件が出てきて面食らったが、関係ないと言い切る自信はない。もちろん、関係している直接の証拠もないのだが。

「関係ありますかね」

「今のところは何とも言えない。ただ、調べてみる価値はあるんじゃないかな」

ふと、古山は恐ろしい想像に襲われた。もしも三十年以上前の事件と四年前の女児行方不明事件、さらに今回の女児殺害事件が同一犯によるものだとしたら……犯人は三十年以上も野放しになってい て、犯行を積み重ねてきたのかもしれない。だとしたら、自分たちが見落としているだけで、同じような事件がまだ埋もれているのかもしれない。

それを掘り出したら、いったいどうなる？

第二章　壁

1

　どうしてこの事件を忘れていたんだ、と松島は自分を責めた。確かにあの事件が起きた時、自分は警察担当ではなく県政担当だったから、取材には直接関《かか》わっていない。しかし事件は社会面でも大々的に扱われ、地方版では数日間、トップ記事で掲載されていたのだ。

　まあ……こういうものかもしれない。新聞記者は、自分が書いた記事以外は、案外あっさりスルーしてしまう。あるいは読んでもすぐに忘れてしまう。それにしても、未解決のまま時効を迎えた記事を読んだ記憶がないのはおかしい。こういう重大事件なら、時効になれば必ず記事になる。データベースで調べてみると、社会面でベタ記事の扱いだった。地方版ではトップ記事――ここまで大きな記事を覚えていなかったのが情けなくなる。

　支局で一人ぽつねんと座り、何となく顎《あご》を撫《な》で回す。手探りでコーヒーカップを引き寄せて一口啜《すす》ると、すっかり冷えてしまったコーヒーの苦味が辛《つら》い。一日二杯に限っている貴重なコーヒーを無駄にしてしまったか……手術前は、一日に五杯はブラックで飲むのが普通だったのだが、「刺激物は避けるように」という主治医の厳しい指示に従い、今は朝、夜の二杯だけに抑《おさ》えていた。そうなると、一杯一杯が大事な存在になり、コーヒー粉をきちんと選んでじっくり淹《い》れるようになった。美味《うま》く飲むためには温度管理も大事だ。その貴重な一杯がすっかり冷えてしまったのだから、とてもいい気分ではいられない。新しく淹れようかと思ったが、一日二杯のリミットは絶対だ。

午後九時……この時間だと、記事を書いて本社へ送る作業も一段落しているはずだ。県警クラブの連中は慌ただしく夕食を終えて、夜回りに出かけているかもしれない。野田の事件の捜査が走り出したばかりだから、警察への張りつきは必須《ひっす》だ。もっとも最近は、夜回りも流行《はや》らない。電話やメールを使うなり、警察官の自宅以外の場所で会うなりして取材するように、というお達しが出ている社もあるという。昔から事件に強い東日では、今まで通り記者は夜回りを続けていたが、それでも東日だけが事件ネタで特ダネを書きまくっているわけではない。となると、戦前から続いているという取材方法「夜回り」にはさほど意味がないことになるわけだ。

新聞は、昔からの習慣に縛《しば》られた業界である。

松島は、諸田の携帯に電話を入れた。諸田が、どこか迷惑そうな口調で応答する。

「すまん、夜回り中か?」

「ええ——移動中です」

「ちょっと話せるか?」車の運転中ならまずい。

「大丈夫ですよ、ハンズフリーにしてありますから」

「実は、埼玉支局の知り合いから情報提供があったんだ」松島は事情を説明した。自分が興奮しているのに対して、諸田の反応が鈍いことにすぐに気づく。

「うーん……どうですかね」話し終えても、諸田の反応は鈍かった。「関連づけて考えるには、ちょっと無理があるんじゃないですか」

「千葉では殺しが二件あったんだぞ」

「ただ、間隔《かんかく》が三十年以上も空《あ》いてるじゃないですか」諸田が指摘する。「連続殺人事件だとしても、こんなに間隔が空いているケースは、俺《おれ》は知りませんよ」

「三十三年前の事件については知ってるか？」

「もちろん知ってます。ただし未解決事件として、あくまで参考に、ですけどね」

未解決事件の扱いは微妙だ。警察には、時効になってしまった事件を捜査する権限はない。そして警察にとっては「失敗」なのだから、そういう事件を積極的に話したがる刑事もいないだろう。だいたい三十年以上も経《た》ったら、当時の担当刑事は既《すで》に退職しているものだ……と思ったところで、松島は一人の刑事の名前を思い出した。これは、当たってみる価値はある。

「俺が、前に千葉支局にいた頃《ころ》に起きた事件なんだ」

「それで特別な思い入れがあるんですか？」

「直接取材はしてなかったけどな。当時は県政担当だったから」

「それでも勘が働くんですか？」諸田は疑わしげだった。

「埼玉の件もあるからな」

「うーん……でも、別の県の話じゃないですか」

「近いぞ。生活圏は同じと言ってもいい」

「それはあくまで、地図上の話でしょう？」諸田はまったく乗ってこなかった。「県境を越えて犯行を繰り返すっていうのは、あまり例がないですよ」

「あくまでほとんど、だ。ゼロじゃない」実際、複数の県を跨《また》いだ連続殺人も過去には起きている。

諸田は不勉強だな、と松島は彼に対する評価を少し下げた。同期の古山はもう本社に上がることになっているが、諸田はかなり遅れるかもしれない。どうもこの男は、少し頑《かたく》な過ぎる。

松島はなおも説明と説得を続けたが、結局諸田はまったく話に乗ってこなかった。

「古手の刑事に当たってみろよ。三十年以上前の事件でも、まだ覚えている人がいるかもしれない」

松島はなおも粘《ねば》った。

「まあ……話の流れで聞いてみてもいいですけどね」

「頼むぜ」

「松島さん、何だかずいぶん張り切ってますね」諸田が皮肉っぽく言った。

「別に張り切ってない。普通の取材だよ」

「そんなに気を張ってると、疲れませんか」

「疲れない」

おいおい……諸田は、こんなにやる気のない記者だっただろうか。支局に四年近くいると、すっかり疲れ切って、やる気をなくしている可能性もある。十分な経験があるが故に、惰性《だせい》でやっていても仕事はこなせるから、次第に淡々としてきてしまうこともある。ちゃんとやっているのに、なかなか本社から声がかからないのは、自分の仕事ぶり以外に何か原因があるのではないかと疑念に囚《とら》われてしまったり……どこでもある話だが、記者は腐《くさ》ったら負けだ。

電話を切り、松島は自問した。自分は古山に乗せられて、一時的にテンションが上がっているだけなのか？

違う。何かあるのだ。長年の事件記者としての経験がそう告げている。

夜回りは、取材相手の家を直接訪ねるので、ノックする時間には限界がある。午後十時となるとさすがに気が引けるが、それでも事件の捜査が継続中の署長は、そもそもそう早くは帰宅しないはずだ。毎日夕方から行われる捜査会議に出て刑事たちの報告を聞き、さらにその後、幹部だけで今後の捜査方針を打ち合わせることもある。しかも他の通常業務はこなさねばならないので——殺人事件が起きても、署員全員がその捜査に関わっているわけではない——どうしても仕事の時間は長くなる。警察官は基本的に、勤務時間とローテーションに縛られており、残業はあまりしないのだが、こういう時は別だ。

実際、署のすぐ近くにある署長官舎を訪れてインタフォンを鳴らしても、反応はなかった。窓には灯《あか》りが点《とも》っていない。小野は、ここには一人で住んでいるのだろうか。同じ県内でも、子どもの学校や親の介護の問題などで単身赴任になるケースは珍しくない。

署へ寄って、少し当直の連中と話してみてもよかったが、考えてみれば署長と副署長以外とは挨拶《あいさつ》も交わしていないから、顔も名前も分からない。当直チームのキャップとして、どこかの課の課長は必ずいるのだが、こんなオッサンが夜十時過ぎにいきなり訪ねて行っても、向こうも戸惑《とまど》うだけだろう。

官舎の前で待ちだな、と決める。とはいえ、車は少し離れたところに停《と》めているので、じっと立っているしかない。三月の午後十時、急に気温が下がってきて、コートもあまり役に立っていない。薄手のダウンジャケットがあってもいいぐらいの陽気だな、と思った。もっとも、こんな風に寒がりになったのは手術を受けてからだ。それまでは、真冬でも裏地のついたステンカラーコートだけで十分寒さが防げたのだが、今はウールのコートがないと厳しい。体重が十キロほど落ちて、体質も変わったのだろう。もしかしたら、単に歳《とし》を取ったからかもしれないが。

スマートフォンを取り出し、各社のニュースをチェックする。発生から三日、既に続報はない。ウェブには、社会面用の記事しか掲載しないのが通例だから、明日の地方版では予想もしていない記事が大見出しで載っているかもしれないが。

こういう風に、夜回りで誰《だれ》かの帰りを待つのは久しぶりだったが、昔と違って今は、スマートフォンが時間潰《つぶ》しに最高の友になる。昔は、暗い街灯の光だけを頼りに文庫本を読んでいて、ずいぶん目を悪くしたものだ。

ふと、気配が変わる。常に時刻を確認しておく癖《くせ》でスマートフォンを見ると、午後十時二十分になっていた。

顔を上げると、目の前を小野が歩いて通り過ぎて行くところだった。何と呼ぶか迷い、結局「署長」と声をかけてしまう。小野がびくりと身を震わせ、周囲を見回した。最初は松島に気づかなかった様子だが、誰だか分かると表情を少しだけ緩《ゆる》くする。

「松島さん……まさか夜回りじゃないでしょうね」

「この状況は、どうみても夜回りでしょう」

「支局長自ら?」

「柏支局長は、ふんぞり返って取材の指示をしていればいいような身分じゃないんです」

「梶山記者も熱心に取材してますよ」

「とはいえ、それをただ黙って見ているわけにもいかないので」

「そうですか……しかし、困ったな」小野がちらりと官舎を見た。ごくささやかな二階建ての家で、教えられなければ、地域の治安責任者である警察署長が住むような場所には見えない。何かあれば、時間に関係なく署長が陣頭指揮を執《と》るので、昔から署のすぐ近くに官舎があるのが決まりだった。東京だと、警察署の庁舎を建て替えた時に、上階にマンションの部屋のように官舎を作ってしまうことも少なくない。

「もしかしたら、単身赴任ですか」

「下の子がまだ中学生なんでね」

「そんなに小さいんですか」

「一番上はもう就職してるけど……中学校で転校させるのも可哀想《かわいそう》でね。ちょうど受験だったんですよ」

「終わりました？」

「無事に合格しました。来月から高校生ですよ」

「それはおめでとうございます」

「どうも……しかし、女房もいないから、ちょっとお茶を出すわけにもいかないな」

「このまま立ち話でもいいですよ」

「まあ、短時間なら」

小野が少し躊躇《ためら》った。理由は簡単に分かる。官舎は、署から歩いて五分ほどと近い。万が一署員に見られたら面倒なことになると思っているのだろう。

「近くに車を停めてますから、そこでどうですか」

「立ち話よりはその方がいいですね」

小野がうなずいたので、松島は彼を誘導して車に向かった。

「おや、ポロですか」車に着くなり、小野が言った。「松島さんにしては、ずいぶん地味な車ですね」

「いやいや……」小野の皮肉が効《き》いて、松島は耳が赤くなるのを感じた。新人時代に乗っていた車は、真っ赤なトヨタレビン。「86」として車好きの評価が高かった一台で、松島は入社前年に発売された走行距離の少ない中古車を運良く手に入れていた。ただし、赤は失敗だった……どこにいても目立つので、「松島がどこそこにいた」と記者仲間に散々噂《うわさ》され、からかわれたのだ。小野にも鼻で笑われたのを覚えている。思えばあの頃の小野は、ずいぶん図々《ずうずう》しい若造で、平気で記者を馬鹿にしていたと思う。幹部連中が妙に気を遣《つか》ってくれていたのに比べると新鮮で、松島にとっては面白い存在だったのだが。

「松島さんなら、給料が上がったら、もっと高いスポーツカーに乗ってると思いましたよ」

「いやあ、ああいうのは若いうちだけで」その後は自分で車を運転するのすら面倒臭くなってしまった。今は妻の方が、よほど運転が好きだし上手《うま》い。

「しかし、ポロか……ファミリーカーにしても小さいな」

「今は、女房と二人だけだからね。これで十分過ぎるぐらいですよ」

「お子さんは？」

「娘二人。でも、二人とももう就職して家を出てます」

「じゃあ、悠々自適ですね」

「女房と二人きりだと、結構息が詰まりますけどねえ」

小野が小さく笑って、助手席に身を滑りこませる。ダッシュボードを一撫でして、「小さい車だけど、さすがに上質ですね」と感想を述べた。

「小野さんは、今の車は？」

「うち？　うちはカムリのハイブリッド」

「署長ともなると、環境に優しい車に乗るもんですか？」

「それは関係ないでしょう」小野が、今度は本気で声を上げて笑った。

狭い車内で二人きり。こういう夜の取材も久しぶりだ、と松島はにわかに緊張を覚えた。その気持ちを逆撫《さかな》でするように、小野が「今のところ、言えることはないですよ」と言ってきた。

「動きはない？」

「ないですね。捜査本部はフル回転で動いているけど」

「子どもが犠牲《ぎせい》者ですからねえ」

「殺しに軽重はないけど、子どもが犠牲になると、捜査員も気合いが入りますよ」

「分かります」松島はうなずいた。何となく煙草《たばこ》が恋しい……長女が大学へ入ったタイミングでやめたので、もう十年ほど吸っていないのだが、シビアな取材になると今でも煙草の味が懐かしく思い出される。

「ただねえ……今のところ、被害者の動きがまったく摑《つか》めていない」

「祖父が、夕食の後で家まで送って行ったという話ですよね？　小学一年生が、夜中に一人で留守番していて、大丈夫だったんですかね」

「そこは、あまり母親を責めないで欲しいな」小野が同情をこめて言った。「気が強いというか、独立心が旺盛《おうせい》な人でね。こういうのは表に出されたら困るけど、離婚した旦那《だんな》というのが、どうしようもないクズ野郎だったみたいですよ。ろくに働かないで酒ばかり吞《の》む、娘には手を上げる……仕方なく離婚したんだけど、母親は両親にもあまり頼らずに自立しようとしてたんですね。ご両親もその辺のことは分かっていて、子育てには最低限の協力しかしなかった。殺された真咲ちゃんも母親大好きな子で、二人で頑張って生きていこうとしていたみたいですよ」

「母親大好きなら、毎晩一人で寝るのは辛かったと思いますけどね」

「毎日というわけじゃなかったんですよ。配送センターの仕事は勤務の融通《ゆうずう》が利くし、給料もいい。

平均すると、週に三回ぐらいは、夜は一緒にいたようですよ」

「それでも、小学一年生には辛かったんじゃないかな」娘たちの小学生時代を、つい思い出してしまう。ただし、自分の不在――社会部で一番忙しい時期だった――を娘たちがどう思っていたかは分からない。寂しい話だが、母親がいればそれで問題なかったのではないだろうか。

「責めるようなことじゃないでしょう。一緒にいる時は娘さんときちんと触れ合っていたし、母娘《おやこ》の仲もよかった。とにかくショックを受けていて、まだまともに話もできない状態なんですよ」

「一度家へ帰ってから連れ出されたとしか考えられないですよね？　七歳の女の子が、夜遅くなってから一人で外へ遊びに出るとは考えにくい」

「そういうことは、なかったようです」

「だったらやっぱり、誰かが家を訪ねて連れ出したわけか……離婚した旦那は？」

「真っ先に調べたけど、アリバイがありましたよ。そもそも今、静岡に住んでいる」

「静岡？」

「そっちが実家でね。離婚して、実家に戻ったそうです」

警察がこういう調査でヘマをするとは思えない。アリバイがあると言ったら、間違いなくあるはずだ。

二人はその後も、今回の事件について話し合ったが、実際に捜査はほとんど進んでいないようだった。家まで来て連れ出すとなると、顔見知りの犯行ではないかと思われたが、それも少し考えにくい。七歳の女の子の交友関係などごく狭いもので、誘い出せる人間は数えるほどだろう。

有力容疑者はいない。となると、変質者による犯行か……時々、家にまで忍びこんで性的な悪戯《いたずら》をする、クソみたいな犯罪者はいるのだが、今回、真咲は暴行を受けていない。犯人は、殺すことで性的な満足感を得るようなタイプかもしれない。

「まだ何とも言えない、ということですか」松島は話をまとめた。

「松島さんに『言えないこともある』と言えたら、嬉《うれ》しいことだけどね」

「包み隠さず言っても問題はない、ということですよね」

「嫌なこと、言いますね」

しかし、驚きではない。捜査が全然進んでいないことは、若い記者たちの取材で松島の耳にも入っていたのだ。

さて、ここからがもう一つの本題だ。

「小野さん、三十三年前に流山で起きた殺し、覚えてる?」松島は口調を少し崩した。

「三十三年前……」小野の反応は微妙に鈍い。

「昭和六十三年ですよ。流山で七歳の女の子が殺されて、遺体で発見された。現場はやっぱり江戸川沿いだった」

「松島さん、それは――嫌なこと、言いますね」

「覚えてる?」

「俺は捜査一課の駆け出し刑事で、あの事件の捜査本部に入ってましたよ」

「ああ、そうだったんだ」

「松島さん、取材してましたっけ? 現場で会った記憶はないな」

「俺は当時、県政担当だったから。事件取材はやってなかったんです」

「じゃあ松島さんは、当時の捜査の状況を知らないんですね」

「記事で読んだぐらいの情報しか知らないですね」

「あれはねえ」小野が大袈裟《おおげさ》に溜息《ためいき》をつく。「正直言って、あまり話したくないな」

「どうして？　未解決だから？」

「記者さんは、事件が未解決で時効になっても痛くも痒《かゆ》くもないだろうけど、刑事は違うんですよ。最悪の失敗なんだ」

「それは分かるけど、小野さんは駆け出しの刑事だったでしょう。だったら、そこまで責任を感じる必要はないんじゃないですか？」

「外部の人はそう思うかもしれないけど、駆け出しだったからこそ、キャリアの最初でつまずいたような感じだった」

「でも、ずっと捜査していたわけじゃないでしょう？」

「関わっていた時間は、他の刑事よりも長かったかもしれない。俺はその後、警部補に昇任した時に、流山署の刑事課に係長として赴任したんですよ」

「ああ……」彼の説明の先が読めてきた。「もしかしたらそれが、時効が成立するタイミングだった？」

「捜査本部は完全に凍りついていてね」小野がまた溜息をつく。「事件が解決しないことは、上層部には分かっていたと思いますよ。俺は、事件の最初に関わっていたから、今度は所轄《しょかつ》の係長として最後の始末をしろ、という意味での異動だったんだと思う」

「そうだとしたら、なかなかひどい話だな」松島は指摘した。「個人が責任を負うべきことじゃないのに」

「ただ、時効が成立したら、最後は誰かが被害者家族に謝りにいかなくちゃいけない。そういう経験をしたのは、後にも先にもあれ一回だったけど、きつかったですね」

「それは大変でした」小野が相当追いこまれていたのは、松島には理解できる。被害者家族への対応は、どんな状況でも大変だろう。ましてや、とうとう犯人を見つけられず、時効が成立してしまったとなれば……。

「だから、あの事件についてはあまり話したくないですね」

「どうして解決しなかったと思います？」

「我々は、一生懸命やりましたよ」小野は松島の質問には直接答えなかった。

「一生懸命やっても、どうにもならないことがある、と」

「正直、駆け出しの平刑事には、捜査全体の動きなんか分からない。だから、どこでどう滑《すべ》らせて犯人に辿《たど》り着かなかったかは、俺には分からないですよ。それこそ、当時の一課長にでも聞いてもらわないと」

「その頃の捜査一課長は……柴山さんは、もう異動してましたよね」

「その後任の岡山《おかやま》さんの時ですね。俺が捜査一課に行った時の課長だから、間違いない」

「ご健在ですか？」

「生きてはいますよ」

微妙な言い方が引っかかる。生きているだけで、まともに話はできないとでも言うのだろうか。

「もちろん、もう公職には就いてないでしょうね」

「悠々自適じゃないですかね。今、何をされているかは分からないけど」

「そうですか……」しかし、この岡山という元捜査一課長には直接会って話を聞きたい、と思った。

「捜査全体の動きなんか分からない」という小野の言い分を全面的に信じていいかどうかは分からないが、幹部の方が全体像を把握しているのは間違いない。もちろん、記憶がはっきりしていればの話だが。

「それと、一つ、気になったことがあるんですよ。署長の耳にも入れておこうと思いましてね」

「記者さんから情報提供とは珍しい」小野が皮肉っぽく言った。

「事件の解決に役立つなら、いくらでも協力しますよ。実は二〇一七年に、埼玉県でも八歳の小学二年生が行方《ゆくえ》不明になる事件が起きています。被害者は女の子」

「行方不明」感情の抜けた声で、小野が言った。

「今回の事件と現場が近いんですよ。行方不明になった女の子の自宅は、江戸川を挟んで今回の現場と五百メートルぐらいしか離れていない」

「それは、地図上の距離の話でしょう？　実際にはそんなに近くないいんじゃないかな。だいたい、隣県とは言っても別の県だから……松島さんは、同一犯の犯行だと思っているんですか」

「その可能性もあるんじゃないかな。被害者像が似てる。現場も江戸川に近い――この辺の地理に詳しい人間が関わっているとは考えられませんか？　それを言えば、流山の一件も同じだ。半径四キロ弱の狭い地域の中で、小さな女の子がいなくなる事件が三件起きているわけですよ」

「しかし、発生の間隔が離れ過ぎてますね」小野が指摘した。「似ていると言えば似ているけど……松島さん、何でこの件に食いついているんですか？」

「勘、かな」捜査のプロに言われると、急に自信が揺らぐ。

「勘、ねえ」小野が少し白けた調子で言った。「俺だったら、買いませんね。何か物証があるなら別だけど、ただ似てるだけで、同一犯による犯行とは言えない」

「駄目ですか」

「駄目というわけではないけど、もっとはっきりした証拠が欲しい」

「埼玉県警と協力して——」

「松島さんならご存じだろうけど、こういう事件で他県警と協力するのは、相当難しいんですよ。明確な証拠があればいいんだけど、俺は買わないな」

証拠第一主義は、警察官なら当然だ。そして新聞記者は、警察が重視する証拠を見つけるのは苦手である。記者が求めるのは「証言」だ。証言を積み重ねて、何とか事件の真相に迫っていく。

小野は結局、乗ってこなかった。ただし松島は、密《ひそ》かな違和感を抱いていた。昔の——松島が知っている小野は常に前のめりで、こんな風に一歩下がって冷静に見るようなタイプではなかった……もちろん、あれから三十年以上の歳月が経《た》ち、管理職になっているから、行動も考え方も当時とは違っているだろうが。

自分の勘は当てにならないのか？　プロに「違う」とほのめかされたら気持ちが挫《くじ》けてもおかしくないのだが、今夜の松島は、まだやる気が続いているのを意識していた。

こういう感覚は、胃がんを宣告されてから初めてかもしれない。

2

岡山一成《いっせい》の住所は、小野が調べて教えてくれた。引退して既に二十年以上、県警を退職してからしばらくは地元の警備会社の顧問《こもん》をしていたというが、それも辞めて、今は悠々自適の日々らしい。

金曜日、会議のために親支局である千葉支局へ行かねばならなかったので、少し早く出て岡山を訪ねてみることにした。最寄《もより》駅は、京成《けいせい》みどり台《だい》駅。駅から歩いて五分ほどの一等地だ。一戸建ての住宅が建ち並ぶ中にある、比較的古い、地味な家。現役時代は、この家で記者の夜回りを受けていたのかもしれない。

　午後三時。インタフォンを鳴らすと、少し間があってから、渋い男の声で返事があった。

「岡山さんですか」表札を見てはいたが、松島は念のために確認した。

「岡山です」

「東日新聞の松島と申します。ちょっと伺いたいことがありまして、お訪ねしました」

「記者さん？」岡山は、いかにも意外だという感じで返事をした。

「そうです」

「ずいぶんベテランの方が来られるんだね」

　何で分かったんだと一瞬ぎょっとしたが、インタフォンにはカメラのレンズがついている。向こうからはこちらが丸見えなわけだ。

「そう……ですね」どう返事していいか迷い、松島は適当に言った。「よろしいですか？　時間はかかりません」

「ちょっと待ってくれ」

　一分ほどしてドアが開いた。顔を出したのは、髪がほとんどなくなり、頬《ほお》の肉が垂れた男だった。でっぷり太ってはいるが健康そうで、目には力がある。警察官と新聞記者は、現役時代に激務であるが故に長生きできないとよく言われているのだが、岡山は例外のようだ。声ははっきりしていて力強く、補聴器をつけている様子もない。

「上がるかい？」

「構いませんか？」

「女房が出かけているから、お構いはできないが」

「結構です」

岡山がうなずき、ドアを放した。松島は慌ててドアを手で押さえ、素早く玄関に入りこんだ。やはり昔の家という感じ――玄関から上がる段差はかなり大きく、高さ二十センチほどの木の台が置いてあった。たぶん岡山か妻のどちらかが、足が悪いのだろう。玄関の段差を一気に乗り越えられなくなり、「階段」として木の箱を置いたに違いない。廊下《ろうか》を歩く岡山の足取りを見た限り、足が悪いのは妻の方のようだが。

岡山は、廊下の右奥にある部屋のドアを開けた。「失礼します」と言って室内に入ると、応接間だと分かった。昔の一戸建てには、よくこういう応接間があった……六畳ほどの部屋に一人がけのソファが四脚、それに小さなテーブルが置いてある。背の低いリカーキャビネットも。ただし、中に入っている酒は少なかった。昔は、こういうところにとびきり高価なウイスキーを飾《かざ》って、大事な客をもてなす人も少なくなかったはずだが、それは昭和の話か。

「座って下さい」

岡山が言って、自分が先に、奥にあるソファに腰を下ろした。松島は斜《なな》め向かいに座る。真正面ではない方が、相手は喋《しゃべ》りやすくなることもある。岡山は、茶色いネルシャツのポケットから煙草を取り出し、素早く火を点《つ》けた。ライターを持つ手は震えていない。

「吸ってもいいかな」煙が流れ出してから岡山が訊《たず》ねる。

「もちろんです。まだ煙草をお吸いになるんですね」

「やめるタイミングがなかった」

「失礼ですが、今は、八十……」

「八十三。この歳まで生きれば、もう煙草の害は関係ないね。いつ死んでも後悔《こうかい》はないよ」

「いやいや、お元気で」

出だしは悪くない。自分も煙草を吸っていれば、もう少し話は上手く転がったかもしれない。煙草を吸う人は年を追うごとに少数派になり、その結果、喫煙《きつえん》者同士が奇妙な団結感を抱くようになっている。

「ご挨拶、遅くなりまして」スーツの胸ポケットから名刺入れを取り出し、真新しい名刺を渡す。赴任してきた時に三百枚用意してもらったのだが、もうだいぶ減っていた。最初の一ヶ月はとにかく挨拶回りで会う人が多いから、名刺はあっという間になくなってしまう。

「柏支局？」目をすがめて名刺を確認し、岡山が言った。「千葉支局じゃないんですか」

「ええ」

「柏支局の方が、いったい何の用ですか。だいたい、私みたいに退職して時間が経った人間には、話すこともないですよ」

「昔の話だったらどうでしょう」

「昔の話？」

「三十三年前、岡山さんが捜査一課長になった直後に流山で起きた、七歳の女児殺害事件です。犯人は不明のまま、時効になりました」

煙草を口元に持っていったまま、岡山が固まった。煙の向こうで目つきが鋭くなり、現役時代の迫力が少しだけ蘇《よみがえ》る。

「もちろん、覚えておいでですよね」

「未解決事件の特集記事でも書くつもりですか」

「場合によっては」

「いくら何でも、三十年以上前の事件を持ち出しても、誰もピンとこないのでは？」岡山はずっと松島を凝視《ぎょうし》している。

「子どもが犠牲になった事件は、いつまでも犠牲者や近所の人の記憶に残るものです」松島は訴えた。本当なら、野田の事件が起きた直後に、過去の同じような事件を思い出して当然だったはずなのに。直接取材していようがいまいが、関係ない。

「あれは……辛い事件だったな」岡山がふっと視線を逸《そ》らす。

「分かります。捜査する方もきついですよね」

「子どもが犠牲になると、捜査員の気合いも入る。古臭い言い方かもしれんが、子どもは国の宝だからね」

「ええ」

「だからこそ、解決できないと深い傷が残る。あの事件では、自ら志願してずっと捜査に関わっていた刑事が二人いた」

「そうなんですか？」普通、警察官は比較的短い期間で異動を繰り返す。捜査一課一筋三十年、などという猛者《もさ》もいるが、同じ事件を何十年も捜査し続けることはまずない。

「しまいには所轄に出て、形だけになった捜査本部で必死に仕事をしていたよ。しかし結果は出なかった……残念だった」

「その二人の刑事さん、紹介してもらえませんか」

「それは勘弁してくれ」

「調べることはできますけど、ここで教えていただければ手間が省《はぶ》けます」

「古傷を抉《えぐ》るようなことはしないでもらえないか。二人とももう退職しているし、昔の話を蒸し返されるのは辛いと思う」

「岡山さんは話してくれていますが」

「立場というものもある」

退職して二十年以上経ってなお、部下を庇《かば》おうとしているのだろうか。この辺は、松島の感覚では少し理解し難《がた》い。

「どうして解決しなかったと思いますか」松島はずばり切りこんだ。

「それは何とも言えないな」岡山が渋い表情を浮かべる。「捜査が上手くいった時には、だいたい原因は一つしかない。失敗した時にはいくつも理由がある。その理由は、簡単には説明できないことなんだ」

「そんなに難しい事件でしたか？」

「簡単な事件なんか、一つもないよ」

やり取りは禅問答のような感じになってきたが、それでも押していけば岡山は話すのではないか、という予感が芽生《めば》えていた。現役時代も、ハードな——新聞記者の相手をまったくしないようなタイプの捜査一課長ではなかったのかもしれない。あるいは既に現役を退《しりぞ》いて長くなったので、捜査の秘密を守ることにさほど熱心でなくなったか。そもそも警察官の感覚では、未解決で時効が成立した犯罪は、語っても特に問題ないのかもしれない。「捜査の秘密」を漏らすことにはならないという感じではないだろうか。

「ご存じかもしれませんが、流山の現場とも近い野田で、七歳の女の子が殺される事件が起きました」

「新聞で読んだよ」重々しい表情を浮かべて岡山がうなずく。「ひどい話だな」

「今、その取材を担当しているんです。その中で、三十三年前の事件を思い出しました。今回の事件と、被害者が同じ年齢です。何か共通点があると思いませんか？」

「今度の事件については、新聞で読んだ以上のことは分からないから、コメントできないね」

それはもっともだ。現役の捜査官でもない限り、捜査の詳しい内情を知ることはできない。岡山は県警幹部を務めた人間として尊敬されるべき立場だが、だからといって、捜査の進捗《しんちょく》具合が自然に入ってくるわけではない。ＯＢはあくまでＯＢ、現役の警察官からすれば「関係ない人間」だ。

突然電話の音が鳴り響き、松島はびくりとした。家の電話か……岡山がゆっくりと立ち上がり、「失礼」と言って応接間を出て行く。松島は無意識のうちにスマートフォンを取り出し、着信を確認した。何もなし。

廊下から岡山の声が聞こえてきた。そう言えば、玄関脇《わき》に電話台が置いてあったのを思い出す。

「岡山です……ああ、どうも久しぶりだね。いや、元気ですよ。だいぶ耄碌《もうろく》してきたけどね。ああ？そう、今まさに……うん、ちょっと待ってくれ」

急に岡山の声が消える。受話器を置いたような「がちゃり」という軽い音がそれに続く。岡山の声は、それきり聞こえなくなった。たぶん電話を切り替えて、こちらに聞こえない場所で通話を再開したのだろう。

聞かれたくないから？

そういう電話もあるだろう。しかし妙に気にかかった。廊下に出て確認しようかと思ったが、それで鉢合わせしてしまうと互いに嫌な思いをする。松島は取り敢《と》《あ》えず待った。

スマートフォンの時刻表示を睨《にら》んでいると、岡山は二分ほどで戻って来た。それほど難しい話ではなかったようだ。

岡山は、ソファに座らなかった。立ったまま、いきなり「もうよろしいかな」と告げる。

「もう少しお話しさせていただきたいんですが」急に態度が変わったので、松島は焦った。

「いや、ちょっと用事ができたので、これぐらいで勘弁していただきたい」

「だったら」立ち上がりながら松島は言った。「またお伺いしてもいいですか？　電話でも構いませんけど、三十三年前の事件についてお話しさせていただければ」

「私の方から言うことは、何もない」岡山の声が急に厳しくなった。「三十三年前の事件を今更掘り起こしても、何にもならないだろう。犯人が分かるわけでもないし、仮に犯人だと分かっても逮捕できるわけじゃない」

「野田の事件と同一犯だとしたら、逮捕できますよ。三十三年前の件で罰することはできないにしても、事実を明らかにすることは可能じゃないですか」

「野田の事件については、私には捜査する権限もコメントする権限もない」岡山がぴしりと言い切った。「そろそろお帰りいただけるかな」

「しかし——」

「お帰りいただけるかな」丁寧《ていねい》だが有無を言わさぬ口調で岡山が繰り返した。

反論の言葉はいくつも浮かんできたが、松島は言葉を呑んだ。こんな風に頑なになってしまった人間には、どう声をかけても上手くいかない。

家を辞去して、松島は思わず首を傾《かし》げた。あの急変はどういうことだ？　電話に出てから、突然態度が変わった——もしかしたら、誰かから「話さないように」と忠告を受けたのだろうか？

馬鹿馬鹿しい想像だ、と松島は自分の頭の中を一掃《いっそう》しようとした。自分が、三十三年前の事件と今回の事件に関係があるかもしれないと考えていることは、ほとんどの人が知らない。警察関係者の中では小野だけ……まさか小野が、何かを警戒して、かつての上司である岡山にご注進に及んだのか？ そこまでして岡山を黙らせなければならない理由は何だろう。

長年警察を取材していても、自分は警察官の考え方やメンタリティを完全に理解しているわけではない、と実感する。


東日新聞千葉支局は、京成線の千葉中央駅《ちばちゅうおう》から歩いて五分ほどのところにある。県庁のすぐ近くで、取材拠点としてはこれ以上ないほど便利な場所だ。首都圏の大きな支局——神奈川、埼玉と同じく自社ビルで、取材拠点の他に販売店や関連の広告会社が入っているのも同じ造りだ。

今夜は、月に一度の「常会《じょうかい》」だった。原則、千葉県内で活動する記者全員が支局に集まり、普段の取材の報告、大型企画のブレーンストーミングなどをする。年に一回は、本社の地方部長も出席する、大事な会だ。特に通信局で一人勤務する記者にとっては、同僚と会う数少ない機会になる。

今回は、松島が柏支局に赴任してきてから初めての常会だ。当然、野田の事件は話題になったが、議題はたくさんあるので、それだけに集中するわけにはいかない。会議では、今年相次《あいつ》いで行われる県知事選、千葉市長選の話題が中心になった。

一時間ほどで常会は終了。こういうのは三十年前、松島が支局にいた頃と変わらない。ただし、そこであっさり解散になるのが昔との違いだった。たまにしか会わない同僚もいるので、「せっかくだから」と呑みに出かけるのが普通だったのだが、最近は皆揃《そろ》って宴会、というのはほとんどなくなったようだ。それこそ大きな異動に伴う歓送迎会ぐらいでしか、支局員全員は揃わない。コロナ禍《か》以降は、大人数の集まりは社として基本禁止にしているから、今後は「呑み会」という習慣自体がなくなってしまうかもしれない。もっとも松島は、手術以来酒をやめてしまっているから、もう関係ない話だが。

とはいえ、こういう時は支局長と話すチャンスだ。現在の千葉支局長、菊田《きくた》は社会部時代の後輩で、デスクの長原や県警キャップの諸田よりは話が合う。この機会に、自分の考えを話しておくのもいいだろう。

松島は、支局長室のドアをノックして中に入った。菊田はソファに座ってくつろぎ、煙草をふかしている。テーブルには、小さなグラス。透明な液体は、たぶん焼酎《しょうちゅう》だ。この男は、社会部在籍当時から有名な酒呑みだった。今はまだ少し呑んだだけだろうから、まともに話はできるはずだ。

支局長室は、どこも似たり寄ったりの造りだ。デスクと応接セットの他には、素っ気ないファイルキャビネットと本棚があるだけ。本棚には決まって、東日が毎年出している年鑑と、過去数年分の縮刷版が並んでいて、支局長の個性を感じさせるものはまずない。せいぜい、自分の趣味の本を置く人間がいるぐらいだが、菊田はそういうことすらしていなかった。ただし、出窓のところにごく小さな鉢植えが三つ、置いてある。この男に、植物を育てる趣味があるのだろうか……どちらかというと豪快かつズボラな性格である。もしかしたら人工植物のインテリアグリーンで、何代も前の支局長が置いたのをそのままにしているのかもしれない。どうせ傷《いた》まないのだし、ずっとあの位置で陽光を浴び続けていてもおかしくない。

「すみません、やってますよ」菊田がグラスを掲《かか》げる。

「何だかこういうの、懐かしいね」

「そうですか?」

「昔は、六時を過ぎると呑み出す支局長はたくさんいた。まだ締め切りも終わっていないのに」

「そうでしたね」

菊田が照れたような笑みを浮かべ、グラスの中身を一口飲んで、テーブルに置いた。松島は彼の向かいのソファに腰を下ろした。

「体調はどうですか」菊田が小声で訊ねる。がんの手術をしたことは、支局の中では菊田にだけ打ち明けるにとどめた。何も、大袈裟に宣伝する必要はない。

「お陰様で、何とか無事だよ」先日一瞬感じた体の異変については口にしなかった。その後何ともないから、あれは精神的なものだったのだろう。

「無理しないで下さいよ。松島さんが倒れたら、本社に対して申し訳が立たない」

「俺は、そんな大事な人間じゃないさ。しかしお前も、すっかり支局長が板についた感じだな」

「もう、地方記者専門で十年ですからね」

菊田は、四十歳の時に社会部から地方部に転じた。それから支局のデスク、小さな支局の支局長などを経験して、一年前に千葉支局長として赴任してきた。

東日新聞では、こういう人事は珍しくない。四十歳ぐらいまで本社の取材部で普通に記者生活を送り、デスクになるタイミングで地方部に籍を移す。各支局のデスクや支局長の人材は当然必要だが、誰がどういう基準でそこに選ばれるかはよく分からない。その異動で一悶着《ひともんちゃく》あることも珍しくない。多くの記者は、ずっと本社にいられるように希望している。ごねたり、何らかの理由を持ち出して異動を断る記者も少なくない。菊田は素直に人事を受け入れ、その後は地方部の中で出世街道を歩んでいるのだが。そのうち支局を統括する地方部長、さらに北海道や名古屋の支社長への道が開けるかもしれない。支社長になれば役員になるのが通例で、きつい地方勤務も報われるものだ。

「例の野田の殺しなんだけどね」松島は切り出した。

「嫌な事件ですね」菊田の鼻に皺《しわ》が寄った。

「実は、埼玉支局の知り合いから、向こうでも四年前に女児の失踪《しっそう》事件が起きていると知らされた」

「どういうことですか」菊田の顔が一気に引き締まった。重なっていたことはないが、菊田も松島と同じ、警視庁クラブの出身である。事件記者としてはかなり優秀で、しかも「暴れる」タイプだったことは松島も知っていた。警察幹部のあやふやな会見に噛《か》みついて怒らせ、それによって本音を吐かせる。しかも根気があり、誰かに指示されなくても、最後まで現場で粘っていた。

松島は詳細に説明したが、菊田の食いつきは弱かった。

「うーん……どうですかね」煙草を灰皿に押しつけてから、腕組みをする。「埼玉支局の記者がどう考えたかは分かりませんけど、ちょっと無理し過ぎじゃないかな」

「サツを出し抜くチャンスかもしれないぞ」

「今時、そういうのは流行らないでしょう」

「そうかもしれないけどさ」

事件取材では無理しない――それが最近の取材活動の主流的な考えである。一生懸命取材しても、どうせ扱いは小さい、と腰が引けている記者も少なくない。

「警察は、県境を跨いだ事件に関しては弱いじゃないか」

「管轄権は絶対的ですからね」菊田が同意する。

その辺が、警察とマスコミ――特に全国紙との違いだ。警察は基本的に、都道府県単位で仕事をする。特別な場合は直接情報のやり取りをすることもあるが、それでも百パーセント透明な関係を築いているわけではない。その証拠に、犯人が県外に逃げると、あっさり取り逃してしまうこともある。一方全国紙は、地方で起きた事件は必ず記事の形で本社に送られる。だから全国の記事を取りまとめる地方部では、様々な事件の共通点に気づくのだ。ただし、常に複数の事件の共通点に気づくものではない。人事異動で人が頻繁《ひんぱん》に代わるからだ。よほど重大な案件については申し送りはあるが、時間が経つうちに忘れられてしまうことも珍しくない。そう、吉川の事件と野田の事件のように、四年近く間隔が空いていると、その共通性に気づく人がいなくてもおかしくはない。

「とにかく、俺の感覚ではちょっと弱いですね」菊田が言った。「松島さんは、何か関係あると思っているんですか？」

「何とも言えないけど、何かありそうな感じはするんだ」

「勘ですか」

「勘――ああ、そう言ってもいいかもしれない」松島はうなずいた。「ただし、諸田はそうは思ってないみたいだな。初耳っていうことは、諸田からは何も聞いてないんだろう？」

「ええ。まあ、あいつも勘が動かなかった、ということでしょう」菊田は、諸田を庇っているように聞こえた。

「この件、ちょっと身を入れて取材してみるつもりですから」松島は改まって宣言した。

「大丈夫ですか？　体のことを考えたら、適当に流して取材していた方が――」

「大丈夫だ」松島は断じた。「頭は何でもないんだから。俺はまだ隠居する気はないよ。選挙と話題物の取材だけして、お茶を濁《にご》しているつもりはない」

「松島さんが大丈夫って言うなら、支局長としては止める理由はないですけどね」そう言う菊田は、やはり心配そうだった。

「当面、一人で動いてみる。もしも何か大きな動きがあったら、ヘルプを頼むよ」

「それは構いませんけど、本当に無理しないで下さいよ」菊田がしつこく釘《くぎ》を刺した。

おそらく菊田は、管理職として支局勤務をするうちに、自分のようなベテラン記者の相手も散々してきたのだろう。ベテラン記者は大抵腰が重く、屁理屈《へりくつ》ばかりこねて面倒な取材は避ける。自分の能力がきちんと評価されていないと不満ばかり言っている若手記者とは別の意味で、扱いにくい存在だろう。自分はそういうベテランにはなりたくないのだが、前のめりになって突っ走るオッサン記者も、上から見たら煙たいはずだ。

しかし中庸《ちゅうよう》では、結果は生まれない。「ここだ」というタイミングを読んで突っ走れる記者だけが、いい記事を書けるのだ。

そういうタイミングを読む勘だけは衰《おとろ》えて欲しくない、と本気で思った。

3

金曜日、夕刊の時間帯はバタバタだった。明け方、外環道で車五台が絡《から》む事故が発生、三人が死亡し、古山はその取材に追われていたのだ。状況がはっきりせず、一番肝心《かんじん》な「事故の状況」がなかなか分からないので苛立《いらだ》つ。現場に行った石川は「全然分かりません」と無責任な報告をしてきた。しかし実際、彼から送られてきた写真を見て、古山も首を捻《ひね》った。一台が中央分離帯に衝突して横転している。被害は、この車が一番大きそうだ。その前に二台、さらに後ろにも二台の車が停車している。それぞれの車の壊れ具合を見た限り、五台が次々に玉突き追突したようには見えなかった。

結局、五台中三台の車に搭載されていたドライブレコーダーの映像を警察が解析して、ようやくぶつかった順番が分かり、原稿が仕上がったのが、早版締め切りぎりぎりの午前十時頃。さらに遅版《おそばん》に向けて原稿の修正を続け、夕刊用の仕事が終わったのは昼過ぎ――午後零《れい》時四十五分だった。

これで、せっかくの休日が潰れてしまった。金曜日だが古山は休みを取っており、何もなければ、東京へ出かけて家を探してこようと思ったのだが——ネットで不動産情報を見て当たりはつけていた——今日はもう無理だ。明日の地方版用に、この事故の原稿を用意しなければならない。現場写真の別カットを使い、事故の原因を詳しく書きこんでいく感じになるだろう。まったくの偶然なのだが、事故に絡んでいたのは全《すべ》て県外ナンバーの車で、亡くなった三人——一番破損状況の大きい車に乗っていた——は神奈川県在住だった。ということは、被害者に焦点を当てた雑感を書いても、埼玉県の読者にはあまり関係がない。それは神奈川支局で取材して、そちらの地方版に書くことになるだろう。

警電が鳴る。食事を終えて夕刊のゲラを見ていたノートパソコンから視線を外し、受話器を取り上げた。

「古山さん？　広報の真中《まなか》です」

「どうも」広報課長だ。記者クラブと一番よく接触する部署だから、電話がかかってきてもおかしくないのだが、課長自らが電話してくることはまずない。

「ちょっと相談なんだけど、いいですか」

「ええ」今日の事故の関係だろうか？

「一課長が話したいと言ってるんですよ」

「俺とですか？」

これはおかしな話だ。捜査一課長の方から、各紙のキャップに接触を求めてくることなどまずない。難しい捜査の最中なら、何か取材に注文をつけてくることもあるかもしれないが、少なくとも古山は一度もそんな電話を受けたことがない。

面倒な内容ではないかと、古山は嫌な予感を覚えた。もしかしたら支局員が何かトラブルを起こし、捜査一課のお世話になるような羽目《はめ》に陥《おちい》っているとか。あり得ないことではない。酔っ払った記者が、タクシーの運転手に暴行を振るって逮捕されるような話はたまにある。ただし今は午後二時……そういうトラブルが起きる時間帯とは思えない。

「何事ですか」

「それは、直接会ってお話しすると」

「構いませんけど……」

「じゃあ、今から一課長室に来ていただけますか？　夕刊の作業は、もう終わったでしょう」

「ええ」

「私も同席しますから」

「は？」これもまたおかしい。広報課は県警本部とマスコミの間に立つ存在だ。しかし、広報課長が自ら同席するようなことがあるとしたら、明らかに緊急事態である。何か責められるようなヘマをしただろうかと不安になったが、何も思い浮かばない。だいたい、今の一課長・岩尾《いわお》は、猛者《もさ》揃いの刑事部の中では比較的穏《おだ》やかな人間として知られているのだ。逆に、そういう人間が記者を呼びつけるとなると、よほどのことがあったとしか考えられない。

ボックスを出て、古山は周囲を見回した。共用スペースに置かれたソファで居眠りをしている記者が一人。雑誌を読んでいるのが一人。夕刊締め切り後に特有のだらけた雰囲気が漂っている。古山は不自然にならない程度の早足で記者クラブを出た。中には異常に用心深く、外へ出る記者を見かけると「どちらへ」と声をかけてくる人間もいる。

記者は本部内の各課に出入りはできるが、取材していいのは幹部だけ、という暗黙の了解がある。捜査一課の大部屋に行って平の刑事と話したりすると、後でやんわりと忠告を受けるのだ。捜査一課の場合、普通に取材できるのは課長だけ。とはいえ、進行中の捜査について、昼間に課長室で質問をぶつけても、絶対にこちらの求める答えは出てこない。それでも古山は何度もチャレンジし、その都度跳ね返されてきた。岩尾は絶対に声を荒らげない人間だが、心には硬い芯《しん》がある。どこの社にも、絶対に自分からは情報を与えようとしないのだ。情報の真偽《しんぎ》をぶつけた時だけ、イエスかノーかを言う。そういう意味では、非常に公平な男であった。

一課長室は、それほど広い部屋ではない。デスクと、数人が座れる応接セットがあるだけだ。中に入ると、既に広報課長は来ていた。応接セットの隅《すみ》に座っていて、古山と一課長の会話に加わろうという意思は見せていない。あくまで話し合いを見守るだけのつもりらしい。

「お呼びたてして申し訳ない」

「いえ」

勧《すす》められるままに、古山はソファに腰を下ろした。岩尾の斜め前の席。

「来月、ご栄転だそうですね」

「ええ」まさか、わざわざそれを言いたくて呼びつけた？　常識的な人だから、そういうことをしてもおかしくはないが、こういう時は記者の方が「ご挨拶したい」と言って顔を出すのが普通だ。依然として警戒しながら、古山は次の言葉を待った。

「今度はどちらへ？」

「本社の社会部です」

「ということは、次の取材場所は警視庁ですか」

「そうなりますね。また警察《サツ》回りから始めます」

「こちらでは何年でしたか」

「二〇一七年の四月からですから、丸四年になりますね」

「そうですか……お疲れ様でした」

岩尾が頭を下げる。ますますおかしい、と古山はさらに警戒した。この一課長との間に何かあったわけではない。シビアな事件で捜査する立場と取材する立場がシンクロし、反発し合いながらも気持ちが通うことはあるが、キャップになって一年、そういう事件はなかった。たまに顔を合わせる程度であり、こんな風に挨拶してもらういわれはない。

「そろそろ、こちらでの仕事のまとめに入っているんですか？」

「まとめるほどのことはありませんけどね。県警も、最近は平和で何もないでしょう」

こういう台詞《せりふ》は、一課長にぶつけるものではない。通常、発生した事件に対応する捜査一課が「今何をやっているか」は、基本的に記者にも分かるのだ。詐欺《さぎ》などの経済事件や汚職の捜査を密かに内偵する捜査二課なら、どんな動きをしているかは見えにくい——まず見えないのだが。

「古い事件を調べているんじゃないですか？　未解決事件があると気になりますよね」

「それは、まさか……」ピンときて、古山は言葉を切った。一瞬沈黙してから、思い切って吐き出す。

「吉川の一件ですか」

「今、埼玉県警の未解決事件というと、あれぐらいですからね」

岩尾の言い分は理解できないでもない。一課長としても気にかかっている事件だろう。しかし、どうして俺がこの事件に首を突っこんでいると分かる？　すぐにピンときた。吉川署の副署長、宮脇が一課長に垂れ込んだに違いない。

記者の取材を受けたことを、同僚にも上司にも明かさない警察官もいる。しかし署の広報担当の副署長ともなると、取材内容を全て上に報告しているのではないだろうか。とはいえ、この件は一課長にまで上がるような話なのか？　ちょっと話を聞いただけなのに。

何かがおかしい。

「あの件だけどね、デリケートでしょう」

「それは分かります」

「発生からもう四年……ご両親の心情も微妙ですよ。もちろん、娘さんの無事を信じてはいらっしゃる。その一方で、どこかに諦《あきら》めもあって、触れて欲しくないとも思っている。我々は定期的に接触していますが、非常に気を遣いますよ」

「マスコミは騒ぐな、ということですか」

「有《あ》り体《てい》に言えば」岩尾があっさり認めた。「我々が強く言うことではないですが、被害者にも多少気を遣っていただければ」

「確かにそんなこと、警察から言われたことはないですね」

「せっかく栄転されるんですから、禍《か》根《こん》を残されない方がいいのでは?」

「禍根は大袈裟じゃないですか」

「あのご家族は、それだけ苦しんでいるんです。できれば、そっとしておいてあげたい」

「家族に直接取材するつもりはないですよ」どこまで手の内を明かしていいか判断できぬまま、古山は答えた。岩尾は、千葉県の事件を把握しているだろうか……少し悩んだ末、野田の話を持ち出した。

「千葉で七歳の女の子が殺された事件は、当然把握してますよね」

「もちろん」それまでまったく表情を変えなかった岩尾の眉《まゆ》が少しだけ上がった。「それが何か?」

「被害者に共通点があります」

「年齢的にはね」岩尾が即座に認めた。

「吉川の事件も、同一犯によるものとは思いませんか」

「まさか」岩尾が一刀両断、否定した。「あり得ない」

「あり得ないと仰《おっしゃ》る理由は何なんですか」

「県が違う」

「しかし、ごく近くです。直線距離にしたら五百メートルほどしか離れていない」

「それはちょっと強引な理屈じゃないかな」岩尾の表情が急に険しくなった。「もしかしたら、異動前に大手柄《おおてがら》でも狙《ねら》っているんですか？」

「こういう事件では、警察が動かない限り、こっちで勝手に記事を書くのは難しいですよ。そもそも、四年前の事件については、一課的にはどういう解釈なんですか」こうなったら、捜査の最高責任者である一課長に直接取材だ。いずれやらねばならないことだとは思っていたので、今聞いてしまえばいい。「行方不明というだけで、依然として事故か事件かもはっきりしていませんよね」

「川があるからね」

流された——事故という判断なのだろうか。四年前には、古山も捜索に同行して、潜水部隊まで出て江戸川を探すのを見ている。もちろん、川に落ちた直後だからといって、確実に遺体が見つかるものでもないだろうが。

「事故なんですか、事件なんですか」古山は迫った。

「断定はしていない」

「四年も経つのに？　もしも、小学生の女の子を狙うような変質者がいれば、警察では把握していますよね」

当時もそういう話は出た。しかし実際には、警察はそういう変質者の存在を把握していなかったのだ。先日、あさひの自宅近くで見かけた防犯の幟旗《のぼりばた》も、あの一件の後で設置されたものだろう。

「具体的な名前は出なかった。吉川署も、決してサボっているわけではなかったですよ」言い訳するように岩尾が言った。

「四年経っても事件か事故か分からない――ご両親にとってはきつい状況だと思います」

「それは十分、分かっています」岩尾が厳しい表情を浮かべたままうなずいた。「しかし、警察は責任を持って捜査しますから。何か分かれば遅滞なく広報する――そうですね、広報課長」

急に話を振られた広報課長が、慌てて首を二度、縦に振った。

「取材を制限するような権利は警察にはありませんが、これは個人ベースのお願いです」岩尾が頭を下げる。「私もね、歳を取ってきて、被害者家族の辛さや悲しみに、昔より感情移入するようになってきているんですよ。これ以上、あのご両親を苦しめたくない。いい人たちなんです」

「それは知っています。私も会ったことはありますから」

「だったら、苦しめたくないという私の気持ちもご理解いただけるでしょう」

「それは分かりますが……」釈然としないまま、古山は適当に話を合わせた。「でも、気になる事件を取材するのは、我々の権利であり義務でもあるんです」

「千葉と埼玉で、女児を狙った連続殺人事件が起きているとでも言うんですか？」

「単純にまとめればそういうことです」

「筋が悪いな」岩尾がぼそりと言った。

「どうしてそう言い切れるんですか？」

「勘です」岩尾が耳の上を人差し指で叩《たた》いた。

「根拠のない勘は――」

「私は、刑事になって三十年近くになる。その間、人に命じられて仕事をしてきただけじゃない。自分で必死に考えて、事件の『読み』を磨《みが》いてきました。自分で言うのも何だけど、勘には自信がある」

「私は、記者としての経験は四年しかありませんけど、勘を磨いてきたということでは、課長と同じですよ」

「四年と三十年では全然違う」

一瞬、硬い沈黙が流れた。下らない比較をしてしまったな、と古山は悔《く》いた。刑事と事件記者の仕事は、似ているようで全然違う。考え方もアプローチも、まったく別物と言っていい。

「ま、あなたも埼玉県で取材している時間はもうあまり長くないんですから、無駄足を踏まない方がいいんじゃないですか」岩尾の口調が少し柔らかくなった。

「私がいなくなっても、他の記者が取材を引き継ぎますよ」

「そうですか……やめてくれとは言いませんが、私は警告しましたよ」

「警告？」

「警告は言葉が悪いかもしれませんね。しかし、意味は分かっていただけるでしょう」

間違いなく「警告」だ。取材するな、と言っているも同様である。もちろん一課長は、本当に被害者家族の心情を慮《おもんぱか》って取材を遠慮《えんりょ》しろ、と言っているだけかもしれない。しかし古山の勘は、絶対にそういうことではないと告げていた。

間違いなく、警察には取材されると都合の悪い事実がある。

一課長室から出て、古山はしばらく廊下で広報課長を待った。一課長には何の約束もしなかった。本音を探るために、広報課長をちょっと追及してみてもいい。

五分ほど待っていると、広報課長が出て来た。古山を見て、ぎょっとした表情を浮かべる。

「今のはいったい、どういうことですか」古山は詰め寄った。

「いや、どういうことと言われても……私は、古山さんとつなぐように言われただけだから」

「だったら、広報課長自らあそこに同席する必要はなかったでしょう。何だか大袈裟ですよね。県警挙げて、プレッシャーですか」

「まさか。天下の東日さんに、そんなことするわけがないでしょう」

「俺は確かにもうすぐ異動だけど、ぎりぎりまで取材はしますよ」古山は宣言した。

「一課長の要請は無視、ですか」広報課長が厳しい表情になる。

「何を取材しているか、記事にするかどうかを警察に言う必要はないでしょう」

話にならない。

古山は踵《きびす》を返して階段の方へ向かったが、むかつきは一向に消えない。いったい何が起きている？ 自分は、県警が触って欲しくない何かに触れてしまったのか？


夜までむかつきを抱えたまま、古山は吉川市まで車を走らせた。吉川署の副署長、宮脇をどうしても問い質《ただ》したい。宮脇は、署の近くにある官舎に住んでいることは分かっていたから、そこへ夜回りをかけるつもりだった。こういう話は、署ではなかなか聞けない。

官舎のインタフォンを鳴らすと、宮脇が驚いた声で応答した。

「おやおや、珍しいですね」

「たまには顔を見せないとまずいと思いましてね」

「今、開けるから」

ドアが開き、宮脇が顔を見せる。しばらく会っていなかったが、印象はさほど変わっていない。中肉中背、顎の張った四角い顔に太い眉毛が印象的な顔つきだ。

「どうも、お久しぶりです」古山は丁寧に頭を下げた。

「また、いきなりだね」

「一応、ご挨拶です」

「ああ、本社へご栄転だそうだね」

「それ、言いましたっけ」

「誰かに言えば、次の日には県警の人間全員が知ってるよ」

「警察は嫌な組織ですね」古山は思わず顔をしかめた。

「まあ……警察官は噂大好きだからね。上がって」

言われるまま、官舎に足を踏み入れる。官舎と言っても特別なものではなく、普通の一戸建てである。リビングルームに通されると、ダイニングテーブルに夕食の残骸《ざんがい》があるのが見えた。

「食事中でしたか？」

「いや、もう終わったよ」

「奥さんは？」

「今日は家の方へ行ってるんだ。いろいろ細かい用もあってね……呑むかい？」

「いや、車ですから」

「じゃあ、俺は軽くやらせてもらうよ。そこへ座ってて」

言われるまま、リビングルームのソファに腰を下ろす。ほどなく宮脇が、氷の入ったグラスを持って戻って来た。古山には、小さなペットボトルのお茶を渡す。

「何を呑んでるんですか?」

「焼酎。最近、ロックなんだ」

そう言えばこの男はかなり酒が強かった、と思い出す。警察官の酒といえば、さっさと呑んで一気に酔っ払い、できるだけ早く酔いを覚《さ》ますという乱暴な呑み方なのだが、宮脇はだらだらと長く呑み続けるタイプだった。

「いよいよ憧《あこが》れの本社勤務、ですか」

「やることは警察回りですから、今とあまり変わりませんけどね。一年生の頃に戻ったみたいな気分ですよ」

「修業みたいなものかな」

「そうかもしれません」

「ま、体に気をつけて頑張って下さい。今後のご活躍《かつやく》は新聞紙面で見ることになるのかな」

「できるだけ署名記事を書けるように頑張りますよ」

宮脇が、焼酎をぐっと呷《あお》った。まだ一杯目なのだろう、まったく平然としている。

「ちょっと確認させてもらっていいですか?」古山は両手を擦《こす》り合わせた。

「うん?」とぼけた表情を浮かべ、宮脇が煙草を手にした。しかし引き抜こうとはせず、手の中でパッケージを弄《もてあそ》ぶ。「確認することがあるなら、昼間署に来てくれればいいのに。今時、夜回りなんて流行らないだろう」

「ですね……東日は、相変わらずこういう取材を大事にしますけど」

「取材を受ける方としては、結構面倒だけどね」

「それについては申し訳なく思っています」古山は本気で謝った。逆の立場だったら、冗談《じょうだん》じゃないと思うだろう。家で寛《くつろ》いでいる夜や休日、いきなり記者が訪ねて来てややこしいことを質問し始めたら、まったく気が休まらない。しかもそれが一回では終わらないのだ。「先日、電話で話した件です」

「四年前の行方不明事件？」

「あの件、誰かに話しましたか？」

「それ、どういう意味？」宮脇が不審げな表情を浮かべる。「話すも話さないも……」

「副署長は、どんな取材を受けたか、記録しておくものですよね」

「そうしないと、交通整理ができないからね」

「特にややこしい問題の場合、自分の胸の中だけに抱えておくわけじゃないですよね。俺から取材があったこと、誰かに報告しましたか？　例えば署長とか」

「俺が誰かに垂れ込んだとでも言うのか？」宮脇の太い眉毛がぐっと寄る。

「垂れ込みじゃなくて報告ですよ」古山はやんわりと訂正《ていせい》した。「難しい話ほど、一人の胸の中だけにしまっておくわけにはいかないでしょう」

「そんなに難しい話だったかね」宮脇の表情が平常に戻った。ポーカーフェイスというわけではないが、気持ちを揺らさないようにする術《すべ》は身につけているようだ。そう言えば昔、彼のデスクにその手の自己啓発書が載っていたのを思い出す。あのタイトルは……『自分を治める』？　そんな感じだった。逆に言えば、昔は自分をコントロールできないタイプだったのかもしれない。

「難しい話だ、と今では思ってますよ」

「どういう意味？」

ここではっきり言うのもまずい、と躊躇う。少なくとも、捜査一課長の名前を出すと、事態がややこしくなりそうな気がする。

「幹部から警告を受けました」

「警告？」

「取材するな、と」

実際はそこまで乱暴な感じではなかったが、古山は話を膨《ふく》らませた。

「取材制限みたいなことを警察が言うわけがないよ」宮脇が笑った。

「俺はそれを経験したんですよ。わざわざそういう警告をしてくるほど、面倒な事件なんですか？」

「未解決であることは間違いないけど、事件としては……たまにあることだよね」

「神隠し、ですか」

「そういう風に言う人も、今でもいるんだよ。大抵は、川や海に落ちて行方不明になって見つからないパターンだけど」

「殺されて、どこかに埋められていても、見つからないですよね」

「あんたが記事を大きくしたいと思うのは分からないでもないけど……」

「別に大きくしたいわけじゃないですよ」古山はむっとして否定した。「見出しの大きさを競《きそ》う記者もいるけど、俺は違います。問題は中身でしょう」

「中身って言ってもね……八歳の女の子が行方不明になった、それ以上のことは言えない」

「事件か事故かも分からないんですか？　警察は、そんなに間抜けじゃないでしょう。確かに昔は、海や川に落ちて行方不明になった事故が『神隠し』と言われることもあったと思うけど、今は防犯カメラもありますよ。行方不明者の足跡を追うのは難しくないはずです」

「あの辺に、防犯カメラがどれぐらいあると思う？」宮脇が否定した。「街中全部が監視されているのは都市部でしょうが。この辺りだと、テクノポリス付近はともかく、あとは民家にダミーの防犯カメラがついているぐらいだ。何しろ、市の大部分が水田なんだから」

「宮脇さん、引っかからないんですか？」

「引っかかってるさ。引っかかってるけど……」宮脇の言葉が途中で消える。

「途中で捜査に参加しても、最初に担当した人たちと同じ気持ちでは臨《のぞ》めませんよね」思わず皮肉を吐いてしまう。

「しかも俺は、刑事でもないしな」怒るかと思ったが、宮脇は同調した。「あの事件は、吉川署では大きな事件として引っかかっているけど、他にも仕事がないわけじゃない」

「それは分かってます」

「副署長っていうのは、署長の補佐をして、署の業務全体の面倒を見なくちゃいけないんだよ」

「今更そんなことを教えてもらわなくても、大丈夫ですよ」

「そうだな」

宮脇がまた焼酎のグラスをぐっと呷り、ようやく煙草を一本引き抜いた。火を点けると、顔を背《そむ》けて煙を噴き出す。

「だから、あまりあの件ばかりに突っこまれても困るんだよ。現場のことだと、俺が知らない事情もあるだろうし」

「まだきちんと捜査しているんですか」

「もちろん」

「でも、昔と同じような人員を割《さ》くわけにはいかない」

「それはそうだよ。他の仕事もあるわけだから。だからうちに来られても、新しい情報は出ないよ」

「触って欲しくない事情でもあるんですか？　だから俺は、取材しないように圧力を受けたんですかね」

「その辺の事情は、俺は知らないけどね」宮脇がそっと目を逸らす。

「宮脇さんが誰かに報告して、それがきっかけになって、俺は警告されたんじゃないんですか」

「本部の人がどんな風に考えているかまでは分からない」

おためごかしを、と古山は内心むっとした。所轄と本部は密接につながり、常に情報が行き来している。宮脇が、何だかむきになったように煙草をふかした。見ると、手がかすかに震えている。酔いが回ったのかと思ったが、グラスの水面の変化を見た限り、まだ酔っ払っているはずがない。

「まあ、興味を持ったこと全部を取材できるわけでもないだろうし、あんたもそろそろ本社の仕事に目を向けた方がいいんじゃないの？　明るい未来が待ってるんでしょう」

「取材するなって言うんですか」

「無駄な取材をする意味はないんじゃないか」

「無駄かどうかは、実際に取材してみないと分かりませんよ」

「まあね」宮脇が頰を掻《か》いた。「だけど、せっかく本社へ異動が決まっているのに、わざわざややこしい取材をすることはないでしょう」

「ややこしいんですか」

「どんな事件でもややこしいよ」

話は袋小路に入りこんだ。警察官というのはこういう禅問答が得意で、いかにも何か話しているように聞こえながら、その実本当に大事なことは何も語っていない、という状況もよくある。馬鹿な記者は、長々話をしただけで、いかにも充実した取材をしたような気分になり、後になって記事にできる材料が何もないことに気づいたりするのだが、古山はいち早くこのやり取りが無駄になると気づいた。だとしたら、さっさと切り上げて次の手を考えるべきだろう。

結局自分は、埼玉県警の中に信頼できるネタ元を作れなかったのかもしれない、と支局での四年間を悔いた。

4

支局へ戻ると、二人のデスクのうち年長の徳永《とくなが》がまだいた。埼玉支局のように大きな取材拠点にはデスクは二人いて、交互に遅番をするのが普通だ。取材の指示を飛ばし、若い記者が書いたヘタクソな原稿を直し、紙面の仕上がりに責任を持つ。遅版のゲラを確認して、直しがなければ「ＯＫ」を出して一日の仕事が終わる――それがだいたい午後十一時過ぎだ。午前中は午前中で、夕刊に送る記事がある場合に備えて支局にいなければならないので、デスクが一人しかいないと、毎日午前九時ぐらいから午後十一時頃まで、ずっと張りつきになってしまう。いくら何でもそれでは労務上問題になるので、早番、遅番を決めて交互に勤《つと》めるのが長年の慣例だ。土日は、ベテランの記者が交代でデスク業務に入る。

徳永は若い頃からずっと支局勤務を続けてきた記者だ。本社で勤務したのは、確か一回だけ。四年ほど地方部にいてからまた支局に出て、その後は各地を転々とする生活を送り、既に四十代も半ばだ。次の異動では、どこか小さい支局の支局長になるのだろうが、彼の態度を見ていると、地方暮らしの辛さがよく分かる。何だかいつも疲れていて、下手《へた》な原稿を読むと、怒るのではなく溜息をつく。

今は仕事が一段落して、出前のチャーハンを食べている。あれも冷えているのだろうな、と古山は同情した。夜に支局で仕事をしている記者は出前を取ることが多いのだが、デスクは出前がきたからといってすぐに食べられるわけではない。徳永も、原稿が一段落するまでは手をつけようとしないタイプだった。

古山はソファに腰を下ろし、外で買ってきた缶コーヒーを開けて、各紙の夕刊チェックを始めた。抜かれていればすぐに連絡が来るはずで、今日はその非常の電話もなかったので、何もなかったことは分かっているが、一応各紙全てに目を通すのは毎日の決まった作業——習慣である。

今日は特に暇《ひま》なようで、社会面にも埼玉発のニュースは一本も載っていなかった。

しかし、このソファもすっかり自分の身に馴染《なじ》んでいるな、と思う。支局には宿直用の小部屋もあるのだが、他の人間が寝た布団で寝るのが嫌で、古山は泊まり勤務の時はソファで寝てしまうことも珍しくない。

埼玉支局は、築三十年ほどの建物で、そこそこ古びている。しかしフロアの配置には余裕があった。昔は、この支局だけで二十人も記者がいたそうだが、今は十五人。古山が赴任してくる前にデスクの大幅な配置換えをしたといい、そのせいかスペースに余裕がある。新聞社の地方支局はこの後どうなるんだろうな、と考えることもあった。経費削減のために、各社とも支局の人員削減を進めている。そもそも地方のニュースを専門に掲載する地方版が、本当に必要なのかどうか……「全国紙」と名乗るには、中央のニュースが載っていれば十分ではないだろうか。地方のニュースは、地方紙で読めば十分では……どの社でも、新人記者はまず地方支局に配属され、そこで最初の数年を過ごすのだが、こういう「修業」の意味もよく分からない。地方の警察や役所で取材すれば、必ず記者としての基礎が鍛《きた》えられるわけでもないだろう。自分の埼玉支局での四年間も、記者としてのキャリアの中でどんな意味を持つことになるのか、さっぱり分からなかった。

夕刊を畳《たた》んでまとめ、立ち上がる。ワイシャツの胸ポケットを叩き、煙草が入っているのを確認して、一階の駐車場の片隅にある喫煙スペースに向かう。しばらく禁煙していたのだが、何だかむしゃくしゃしていたし、宮脇が吸っているのを見て、急に煙草の味が恋しくなったのだ。コートが欲しい陽気だが、取りに戻るのも面倒臭い。煙草に火を点け、暗い駐車場の中に煙を漂わせる。

自社ビルである支局の駐車場には車が五台停められるが、記者の人数に比して明らかに少ない。しかも一台分は、必ず支局長車用なので、駐車場は常に奪い合いだ。近くに月極《つきぎめ》の駐車場も借り上げており、今日は古山もそこに自分の車を停めていた。

「古山、禁煙はやめたのか」

声をかけられ、びくりとした。灰皿が置いてあるのは、二階へ上がる階段のすぐ横なのだが、徳永が降りて来るのにまったく気づかなかった。

「完全禁煙じゃないですよ。半年やめてましたけど」

「警察を担当していて、禁煙できるのは大したもんだよ。一番ストレスが溜まる仕事だからな」徳永が自分の煙草に火を点ける。

「本当に煙草がストレス解消になっているか、分かりませんけどね」

吸わないでいるとイライラする。吸えば落ち着く。それはストレス解消ではなく、単なるニコチン中毒ではないだろうか。

「何か、ややこしい事件があるんだって?」徳永がいきなり話を振ってきた。

「字になるかどうか、分かりませんよ」古山は予防線を張った。「まだ、ただの勘みたいなものですから」

「古山の勘だったら、結構当てにしていいんじゃないかな」

「どうですかね……でも、ちょっとヤバい感じです。警察から、取材しないようにやんわりと言われているんですよ」

古山は吉川の失踪事件と野田の殺しについて説明した。そして今日、捜査一課長に警告され、さらに宮脇にも話をはぐらかされたことも。

「そういうこともある」徳永がさらりと言った。

「そうですか?」

「警察なんて、書いて欲しくないことはいくらでもあるだろう。今回のは、明らかに圧力だよ。俺も昔、同じようなことがあった」

「そうなんですか?」

「長野支局にいた新人の頃だけどさ……死亡ひき逃げ事件の取材で、警察が妙に非協力的なことがあったんだ。そのうち交通部長に呼び出されて、『つまらない事故だから取材しても意味がない』なんて言われてさ」

「俺のパターンと同じじゃないですか。結局、何だったんですか」

「犯人は本部長の息子だったんだよ」

「マジですか」

「父親の仕事とは関係なく、息子は長野の大学に入学したばかりだったんだ。当然、免許は取り立てで、交差点で事故を起こして、八十二歳のお婆さんを死なせた」

「それを隠そうとしたんですか?」訊ねながら、これは完璧《かんぺき》な隠蔽《いんぺい》ではないのだと古山は悟った。それだったら、徳永が事情を知っているわけがない。

「そこまで露骨《ろこつ》な意図《いと》はなかったと思うけど、どう発表していいか、困ってたんだろうな。というより、本部長の腹が固まるまで時間がかかったんだろう。結局逮捕の事実が公表されたのは、事故発生から二日後だった。地元紙に抜かれて、慌てて認めたんだよ」

「なるほど」

「本部長が発表を決断できなくて、部下はそれを慮って発表を控《ひか》えていたんだ」徳永が肩をすくめた。

「そしてこの本部長は、嫌われていた」

「部下から刺されたんですか？」

「後で聞いたら、そういうことだったらしい」徳永が皮肉っぽく笑った。「まあ、キャリアの皆さんは、地元の警官にとって時々お荷物になるからな。この本部長が、まさにそういう人だったんだろう。結局犯人の名前も続柄も公表されて、本部長は辞任した」

「なかなか厳しいですね」子どもが罪を犯して親が頭を下げるのは日本ぐらいだとよく言われる。古山も、実に馬鹿馬鹿しい風習だと思うが、親が警察官、しかも県警トップの本部長ともなると話は別だろう。治安を預かる最高責任者として、家族が犯罪に走ったら、責任を負わざるを得ないはずだ。

　徳永の昔話を聞いているうちに、嫌な予感が膨れ上がってきた。もしかしたらこの件も、同じようなことではないのか？　県警幹部の家族、あるいは本人が犯人だと分かっていて、マスコミが余計な取材をしないように釘を刺してきた——そう言うと、徳永が首を傾げる。

「あり得ない話じゃないけど、架空——想像だね」

「徳さんは、実際そういう案件を経験してるじゃないですか」

「ひき逃げと殺しじゃレベルが違う。比較にならないよ」

「ええ」

「殺しとなると、さすがになあ。いくらボンクラ県警でも、捜査の手を抜くことはないだろう」

「内輪の人間を庇ってても、ですか？」

「それもちょっと考えにくい」

徳永がようやく煙草に火を点けた。古山の煙草は既にフィルターの近くまで燃えている。急いで水が入った灰皿に放《ほう》り捨て、新しい一本に火を点けた。立て続けに二本吸ったせいか、少し気持ちが悪い。

「殺しは特別だと思わないか？」

「それは、他の事件に比べたら重みが違いますよね」

「殺しを隠蔽するようじゃ、警察もおしまいだよ。だから今回の件でも、何か特別な理由があるんじゃないかな」

「どんな理由ですか？」

「それはちょっと思いつかないけど」徳永が寂しそうな笑みを浮かべる。「何だろうな。まあ……俺もすっかり現場の勘は鈍ってるから、お前の方がよく分かるだろう」

「俺も想像もつきませんよ。誰かを庇っているんじゃないかとは思いますが……あるいは、捜査で重大なミスを犯したとか」

「ミス？」徳永が灰皿に煙草の灰を落とした。

「例えば、犯人はとっくに割り出していたのに、警察のミスで死なせてしまったとか」

「あるいは、追われているのに気づいた犯人が自殺とか？」

「そんな感じですかね。だとしたら、警察としては大失敗ですよ。犯人が死んでいるとしたら、公表しなくても必ずしもおかしくないとは思うんです。逮捕はできなかったわけだし、そもそも犯人と断言していいかどうかも分からない」話しているうちに、この可能性は結構高いのではないかと古山は考えた。容疑者を死なせてしまったら県警としては大失態で、表沙汰《おもてざた》にしたくない理由も分かる。

この仮定の問題点は、野田の事件との関係だ。古山が想像している通りに二つの事件に関係があったら、犯人が死んだのはつい最近ということになる。あくまで仮定——可能性だけの話だ。この状態で、県警の圧力の意味を推測するのは無理がある。何を言われようが、もっと調べてみないと気が済まない。記事にするかしないかとは関係なく、古山は隠し事をされると我慢《がまん》ができないのだ。

「県警はうるさく言ってくるかもしれませんけど、俺はまだ調べますよ。とんでもない不祥事《ふしょうじ》が隠れているかもしれない」

「何もしないままで異動することもできるんだぜ」

徳永が意外なことを言い出した。はっと見ると、完全な真顔である。しばし凝視していると、徳永が少し慌てた調子で言った。

「いや、俺は取材するなって言ってるわけじゃない。ただ、異動の時に、やり残した取材があると気分が悪いだろう。後ろ髪引かれるというかさ」

「徳さんも、そういうことあったんですか？」

「あったよ」うなずいて徳永が認める。「自分で取材を終えられなければ、誰かに引き継ぐんだけど、引き継いだ相手も、だいたい仕上げられないで終わるんだよな。これはしょうがないと思う。自分で始めた取材ならともかく、途中から押しつけられたら、やる気十分というわけにはいかないだろう」

「ああ……分かります」古山にも経験があった。一年だけ川越《かわごえ》支局にいた時だが、前任者から引き継ぎを受けた行政ネタ——観光に関する市の新施策に関するものだった——の取材を真面目《まじめ》にフォローしないで棚上げしているうちに、他紙に書かれてしまったことがある。それでも「悔しい」感情が湧《わ》いてこなかったのは、やはり自分で掘り起こした案件ではなく、人に押しつけられたものだったからだろう。

「だから、お前が盛り上がって取材して、それを誰かに引き渡したとしても、上手くいく可能性は低い。もちろん、事件の大きさによっては、支局総出でやるけどね。まだ、そういうことになるかどうかも分からないだろう？」

「分かりませんね」

「無理するなよ」徳永が忠告した。「仮にこの取材を放り出しても、お前の査定が下がるわけじゃないから。スタートラインに戻るつもりで、本社で仕事を始めた方がきっと上手くいく。埼玉に気持ちを残して行かない方がいいよ」

徳永の言い分ももっともだ、と理解はできる。全国紙の記者にとって、最初に本社へ上がる時は大勝負なのだ。ここでいい記事を書いて評価されれば、その後も本社で自分の好きな分野で取材を続けられる可能性が高くなる。しかし以前いた支局の事件にいつまでも首を突っこんでいたら、「あいつは何してるんだ」と白い目で見られるかもしれない。

だったら、こっちにいる間に何とかすればいい。まだ半月もあるのだ。半月あれば何とか……明日からフル回転だ、と古山は自分に気合いを入れた。


翌朝午前六時半、古山はＪＲ北上尾《きたあげお》駅から歩いて十分ほどの住宅地にいた。近くのコンビニエンスストアの駐車場に車を入れ、そこから一分ほど歩いた場所にある一戸建ての家の前に立つ。黒いタイル張り、屋根についた急角度の傾斜が洒落《しゃれ》た雰囲気を醸《かも》し出すこの家は、去年完成したばかりだ。住んでいるのは、新人の頃から取材していたネタ元、刑事総務課の管理官である吉永《よしなが》だ。取材を始めた当時は捜査一課の管理官だったのだが、その後同じ刑事部の中でも「格上」の刑事総務課の管理官に横滑りしている。既に五十五歳、現場の指揮を執るのはきつくなってきたのかもしれない。一度、ずけずけと聞いてみたら、怖い顔で思い切り否定されたが……実際、体力的に衰えてきているとは思えない。走るのが趣味なのだ。事件がない時は毎日十キロのランニングを自分に強《し》いている。上尾に家を建てたのも、道路がフラットで車が多くなく、走りやすいからだという。こういう人は、定年まで――定年を過ぎても体力の衰えを感じることはないだろう。

吉永が、毎日決まって六時四十五分に家を出るのは分かっていた。ほとんど待たずに、吉永が姿を現す。スーツ姿だが、黒いデイパックを背負っている。腹の前でもきっちりベルトを締めて固定できるタイプで、スーツではなくジャージ姿だったら、そのまま走って通勤できそうな感じだった。背はそれほど高くない――百七十センチぐらいで、ほとんど贅肉《ぜいにく》のない体形だ。間違いなく、真剣に走りこんでいる人の体である。まだ春先なのに顔が黒いのは、一年中走っているからだろう。さすがに顔には皺が目立つが、それでも十分若々しい。

「何だい、朝っぱらから」吉永がちらりと古山の顔を見て、怒ったように言った。初対面の人だったらビビってしまうかもしれないが、古山は慣れている。ぶっきらぼうな男なのだ。

「駅まで送りますよ」

「十五分しかないぞ」

相変わらずだな、と古山は内心苦笑した。吉永はとにかく時間に正確で、毎日の習慣をきっちり守りたがる人間なのだ。公務員としてそういう風に叩きこまれたというより、長距離ランナーとしての習性かもしれない。午前七時台最初の高崎《たかさき》線に乗り、浦和まで約二十分。県警本部までは浦和駅から徒歩十分ぐらいなので、始業時刻よりもずいぶん早く到着する。三十分も早く行って何をしているのか不思議なのだが、こんな風に自主的に「早出」をする警察官は少なくない。

「何だったら県警本部まで送りますけど」

「馬鹿言うな」吉永が吐き捨てる。「あんたの車に乗ってるところを誰かに見られたら、一発で馘《くび》だ」

近くのコンビニエンスストアまで誘導し、車のドアを開けても、吉永はまだ文句を言っていた。

「ここは無料の駐車場じゃないぞ。勝手に停めていいわけじゃない」

「買い物はしましたから」古山は首を捻って、後部座席をちらりと見た。朝飯用にと、サンドウィッチとコーヒーを仕入れてある。確かに吉永の言う通りで、長い時間勝手に停めていたらまずいだろうが、買い物をしたのだから許容範囲だろう。

古山はエンジンをかけたが、すぐには車を出さなかった。ここから北上尾駅までは、車なら五分もかからない。運転しながら話はしたくないので、ここで十分弱は話す時間があると勝手に計算していた。

「捜査一課長、どうかしたんですか」いきなり切り出してみた。

「一課長？　他の課の課長のことはよく知らないな」

「刑事総務課は、刑事部の筆頭部署でしょう。しかも吉永さんは管理職なんだから、捜査一課の動きを知らないとは思えない」

「相変わらず屁理屈が多いな——ああ、分かってるよ」吉永があっさり認めた。「あんた、一課長に警告されたそうだな」

「ええ」

「だったら、黙って従っておけよ。一課長は何かお考えがあってそうしたんだろうから」

「そのお考えとやらを知りたいんですよ。一課長が『取材するな』なんて言ってくるのは、どう考えても異常でしょう。敢えて言えば、取材妨害《ぼうがい》だ」

「そんな大袈裟なものじゃないだろう」真《ま》っ直《す》ぐ前を見据えたまま、吉永が言った。「大した事件じゃないのにあんたが騒ぎたててるから、釘を刺したんじゃないか」

「騒いでませんよ。騒いでないのに、一課長の耳に入っていたから気味が悪いんです。本当に大した事件じゃなければ、課長まで話は上がらないでしょう」

「ホウレンソウは警察官の基本だよ」

「それは分かってますが……」報告、連絡、相談。警察官だけでなく、どんな仕事でも大事と教えられるが、どんなに些細《ささい》なことでも上に報告を上げていたら、いつかはパンクしてしまう。その辺を差配できる人間が、優秀な警察官、記者になれる。

「で、吉永さんもいろいろ話は聞いてますよね？　刑事総務課には、連絡が入らないわけがない。広報課長立ち会いで捜査一課長から警告を受けるのは、やっぱり異常です」

「まあ……」居心地悪そうに、吉永が助手席で体を揺らした。「事実としては知っている。ただし、一課長が何を考えてそうしたかは分からないよ」

「こんなこと、異例だと思いますけどね。今の一課長は強権的な人でもないし」

「あんたのためを思って言ってる……と思う」

「取材しないことに、俺にとって何のメリットがあるんですか」

「怪我《けが》しないで済む」

「誰が俺に怪我させるんですか」古山は質問を畳みかけた。「そんなにヤバい件に首を突っこんでいるとは思えません。正直、まだ入り口に辿り着いているかどうかも分からないし」

「だったら、今引き返しても傷はないだろう」

「吉永さんまでそんなことを言うんですか」

「俺は、あんたとはそれなりに友好的な関係だったと思うけど」

「否定はしません」

「俺は、一課長とは立場が違う。友好的な関係にある人間からの警告には、耳を傾けてくれてもいいんじゃないか」

古山は黙りこみ、唇を噛んだ。吉永は口は悪いが、嘘《うそ》はつかない。実は何度か、重要なネタをもらったこともある。そういう人間の忠告は素直に聞くべきだろうか……。

できない。だいたい今の吉永は、明らかに何か隠している。こちらが怪我する可能性があると分かっている——おそらく、「敵」が誰かも分かっているはずだ。

「そろそろ出してくれないか。遅刻する」

「時間には余裕があるでしょう。だいたい、何でいつもこんなに早く行くんですか」

「出してくれ」

頑なな態度に負けた。古山は広い駐車場で車の向きを転換し、外へ出た。何度かこの道を歩いているうちに「べにばな通り」という洒落た名前だと分かっていた。真っ直ぐ進み、久保《くぼ》の交差点で左折。さらに駅の東入口交差点を右折すると間もなく駅だ。会話がないのが、さらなる緊張を呼ぶ。

古山は駅前のロータリーに入り、駅舎の前で車を停めた。タクシーの溜まり場になっているので、長い時間停車はできない。しかし吉永は、すぐには車を降りようとしなかった。

「大袈裟にして欲しくないんだ」吉永がぽつりと言った。

「大袈裟って……小学生の女の子が殺されたり行方不明になったりするのは、大事件ですよ。既に大袈裟になってるんです」

「これ以上大袈裟にして欲しくない、という意味だ」

「分かりません。それで、誰にとってメリットがあるんですか？　ご家族が大変なのは分かります。

でも、事件を忘れるわけにはいかないでしょう。こっちの失踪事件だって、事件なら事件で犯人が逮捕されないと、ご両親はいつまでも苦しみますよ」

「触らない方が、早く忘れられる」

「吉永さん、そんな人じゃないでしょう」古山は泣き落としにかかった。実際この男は、口が悪くぶっきらぼうに見えて、大変な人情家なのだ。古山は、高校生の娘を殺された家族と面会してきた吉永が、涙を流していた場面を目撃している。刑事は基本的に、個人的な感情を押し潰すものなのに。

「俺のことなんかどうでもいい。とにかく、家族を第一に考えてやってくれ」

「一課長も同じことを仰ってましたね」

「それが全てだよ」

「県警の総意ですか?」

「総意とは言えないけど、そんな風に考えている人間は多い、ということだ」

吉永がドアを押し開け、出ていった。一度も振り返らず、駅舎の中に消えていく。古山はその背中を凝視したが、彼が何を考えているか、さっぱり分からなかった。

ただ、ひどく寂しそうだった。

第三章　掘り下げる

1

県警キャップは、入社四年目か五年目の記者が務める——それが東日の人事の暗黙の了解だが、中には例外もある。

三十三年前、流山で殺人事件が起きた当時の千葉県警キャップは、記者歴十五年の中堅記者だった。この例外的措置《そち》に関しては、松島もはっきり覚えている。「面倒な奴《やつ》が来る」と、デスクと支局長が揃《そろ》って渋い表情を浮かべていたのだ。

羽田《はだ》というその記者は、本社で暴力沙汰《ざた》を起こして千葉支局へ飛ばされてきた。今だったら、そういう懲罰《ちょうばつ》的な人事はまず行われない——そもそも同僚と殴《なぐ》り合いの喧嘩《けんか》をするような乱暴な記者はいない。しかしあの頃《ころ》はまだ、仕事でヘマをした後輩を殴ったり、火の点《つ》いた煙草《たばこ》を投げつけたりすることも珍しくはなかった。時代はまさに昭和の終わり。よく、乱暴な習慣に「昭和の」という形容詞がつけられることがあるが、実際、年号が平成に変わってからは、そういう話はめっきり減ったと思う。

羽田は、社会部で優秀な事件記者として鳴らしていたのだが、とにかく喧嘩っ早いという評判だった。それまでも、意見が食い違ったと言っては同僚と摑《つか》み合いになり、記事の扱いが悪いと言ってはデスクに殴りかかりと、狼藉《ろうぜき》を働いていたという。ただし、仕事で結果は出す人間だったので、嫌われながらもずっと社会部でやっていた。ところがある時、とうとう後輩に怪我《けが》を負わせてしまい、この後輩が「告訴する」と息巻いて、上層部が慌てだしたのだ。結局羽田を千葉支局へ左遷《させん》することで、怪我した記者を何とかなだめ、一件落着した。左遷といっても東京の隣だから、そんなに凹《へこ》むこともないはずなのに、羽田が常に怨念《おんねん》のような空気を身にまとってやって来たことを、松島は覚えている。

羽田は結局、本社に戻ることなく地方支局を転々とし、既に定年で会社を辞めている。松島が当時抱いていたイメージだと、またどこかでトラブルを起こしそうな感じだったのだが、怒りを爆発させる元気もなくしてしまったのかもしれない。馘《くび》になることだけを恐れ、本社の指示のままに転勤を繰り返していたとしたら、記者生活の後半はかなり辛《つら》いものだっただろう。

今はもう、七十一歳になるはずだ。本社の人事部に電話を入れて住所を確認すると、ＯＢの情報は社員相談室が把握している、と教えられる。社員相談室は、名前通りに社員にとっての駆け込み寺で、セクハラやパワハラなどの相談を受けている部署のはずだが、ＯＢの面倒まで見ていることは、定年間近い松島も知らなかった。

電話を入れると、室長の福島《ふくしま》という男が丁寧《ていねい》に対応してくれた。

「そちらで、ＯＢの連絡先が分かると聞いたんですが」

「分かりますよ。年金の関係等がありますからね」

そういうことか、と松島は納得した。自分も年金を意識しなければならない年齢なのに、そんなことは頭からすっぽりと抜け落ちていた。何年か前に、年金について説明を受けたのだが、その時も担当したのはこの部署だったかもしれない。

「昔の事件の関係で、当時の担当者に話を聞きたいんですが、連絡先、教えてもらえますか」

「いいですよ。お名前は」

「羽田泰治《やすじ》さん。おそらく、十年か十一年前に定年になっています」

「確認しますね」

答えを待つ間、羽田は既に死んでいるかもしれない、と嫌な予感に襲われた。羽田は乱暴者であると同時に、酒も浴びるように呑《の》むタイプだった。ずっとあんな感じで呑み続けていたら、とうに肝臓《かんぞう》をやられて死んでいてもおかしくはない。

「——はい、ありました。千葉にお住まいですね」

「どちらですか」千葉か……自分はついていると思い、松島は受話器を強く握り締めた。

「松戸《まつど》です。詳しい住所を言いますね」

住所を書きこみ、ついでに家の電話番号も確認する。これで準備OK、いつでも連絡が取れる。一安心して受話器を置き、自分でお茶を淹《い》れた。そこへ、美菜が取材から帰って来る。自分のデスクに大きなトートバッグを置くと、ほっと息をついた。

「お茶、飲むかい？」

「あ、いいんですか？」さほど遠慮《えんりょ》していない口調で美菜が訊《たず》ねる。

「ちょうど淹れたところなんだ」

松島は、美菜がいつも使っているマグカップにお茶を注《つ》いでやった。少し薄かったか……昔は、どこのミニ支局にも必ず庶務担当の女性がいたものだが、今の柏支局にはいない。毎朝掃除《そうじ》の人が入るだけだ。こういうところからも経費を削っていかないと、新聞社の経営は苦しくなる一方なのだろう。

「すみません」美菜がマグカップを取り上げる。一口飲んでからデスクにつき、ノートパソコンの電源を入れた。

「野田の方、どうだ？」

「動き、完全に止まってますね」パソコンの方を向いたまま、美菜が答える。

「じゃあ、チャンスだな」

「何がですか？」

「家族に——母親に接触する」

美菜が椅子《いす》を回して松島の方を向いた。この支局は少し変わったレイアウトで、デスクが二つずつ、左右の壁に向かって置かれている。かつて、記者が四人在籍していた時代の名残《なごり》だ。真ん中には応接セット。松島と美菜は、それぞれ贅沢《ぜいたく》にデスクを二つずつ使い、背中合わせに仕事をしている。

「本気ですか？　まだどこの社も接触できていないはずですよ」美菜が眉《まゆ》をひそめる。

「だからチャンスなんだ。捜査の動きも止まって、各紙とも続報が出ない。今こそいいタイミングじゃないか」

「うーん……でも、ガードは堅いですよ」美菜は事件発生直後に祖父母の家に張りついたが、結局まともなコメントは取れなかった。家族はその後弁護士を通じ、「取材はご遠慮下さい」とマスコミに連絡を回している。強制とは言えないが、ある程度の抑止力《よくしりよく》はある。

「もう一回チャレンジしてみないか？　今なら、家族の気持ちも少しは解《ほぐ》れているかもしれない」

「あまり無理はしたくないですけどね」美菜は一歩引いていた。発生直後は自ら進んで祖父母の取材に行ったのだが、あれは事件が持つ興奮に巻きこまれていたからだろう。時間が経《た》てば冷静になり、しかも弁護士が釘《くぎ》を刺した状況だと、おいそれとは突入できない。

「そうか……こういう中だるみのタイミングはチャンスなんだけどな」

「それより松島さん、昔の事件との絡みはどうなんですか？　埼玉の件もあるんでしょう？」

「調べてる。まだはっきりしないけどな」

「いい線なんですか？」

「そんな感じはするけど、まだ全体像が見えてこないんだ」

「連続殺人犯の可能性は……」

立ったままだった松島は、ようやく椅子に腰を下ろし、お茶を一口飲んでやんわりと否定した。

「そんなに長い間、同じ人間が犯行を繰り返しているとは考えにくいんだ」

「でも、似たような事件もありますよね」

「分かるけど、あまり参考になるとは思えない。事件は一つ一つ違うからな……さてと、今日の原稿の予定は？」

「『経済ホットライン』はすぐに出します」週一回掲載の決まりもので、地元企業のトップに話を聞く企画だった。千葉県内には大きな企業もたくさんあるから、ネタには事欠《ことか》かない。「生《なま》は、話題ものが一本ありますよ」

「ネタは？」

「聖地巡礼の話です。『東葛《とうかつ》ラプソディ』っていうアニメなんですけど」

「知らないな」その辺りの話になると、松島はとんと疎《うと》い。子どもの頃から、漫画やアニメにはほとんど興味がなかったのだ。

「深夜アニメなんですけど、人気ですよ」美菜は何だか不満そうだった。もしかしたら、若い連中の間では常識なのかもしれない。

「その舞台が柏なのか」この街がアニメの舞台に適しているのだろうか、と松島は首を傾《かし》げた。

「そうなんです。柏市がそれに目をつけて、ファンの聖地巡礼の後押しをしているという話です」

「写真は？」聖地巡礼という言葉だけは知っているが、松島には理解不能な行動だ。

「現地の写真もありますけど、原稿が通ったら、テレビ局からアニメの絵を借りようと思います」

「二県の肩にはなりそうだな」二ページある地方版の一ページは生ニュース中心、もう一ページは連載や軽い話題ものの定位置だ。

「二県のトップを狙《ねら》ってるんですけど」美菜が唇を尖《とが》らせる。

「それは売りこみ次第だな。デスクが渋ったら言ってくれ。後押しするよ」松島は取材道具一式が入ったバッグを肩にかけ、残ったお茶を流しに捨てた。

「お出かけですか？」

「ちょっと松戸まで行ってくる。帰りは分からない。何かあったら電話してくれ」

「分かりました」

ごく日常的なやり取り。今は携帯電話があるから、どこにいてもすぐに連絡は取れるのだが、同僚に対して、自分がどこで何を取材しているか教えておくのは記者の習性だ。

「何の取材ですか？」美菜が訊ねる。

「ややこしい相手に会うんだよ」

今日は、どれぐらいややこしい話になるだろう。ややこしい相手は、現役を退《しりぞ》いてからもややこしいままなのだろうか。


東葛地域の中心はどこか、という議論が昔からある。人口的には松戸と柏がツートップなのだが、わずかに松戸の方が多い。そして東京にも近い。ＪＲの松戸駅と柏駅、どちらの周辺が賑《にぎ》わっているかは、これまた何とも言えない。松島の感覚では、東京に近い分、松戸の方が都会的な印象が強いのだが、駅の乗降客数は柏の方が多いのだ。東日が柏に取材拠点を置いているのは、東葛地域の地理的な中心だから、という理由である。

とはいえ、今日向かったのは松戸市でも常磐線沿線ではなく、新京成線のみのり台《だい》駅である。駅の近くは、いかにも首都圏の私鉄沿線の雰囲気——地元の商店がまだ残り、雑然とした空気感が漂っている。

羽田の自宅は、みのり台駅の北側、車で五分ほど走った住宅街の中にあった。一度家の前まで行ったのだが、道路が狭く、とても車を停《と》めておけない。仕方なく、少し駅の方へ引き返してコイン式の駐車場を探した。こういうことで余計な時間と金がかかるんだよな、と苦笑してしまう。もちろん駐車料金として経費で請求してもいいのだが、数百円の駐車料金を一々求めるのも馬鹿馬鹿しい気がする。元々松島は、経費の請求がルーズなタイプだった。経費がいらないほど給料をもらっているわけではないのだが、生来、こういう作業が面倒で仕方ない。妻には「全部請求していたら、今頃車一台ぐらい買えていたんじゃない」とからかわれるが、さすがにそこまでのことはない——ないはずだ。

まだ冷えこむ街を歩き出す。駅前の雑然とした気配が消え、すぐにのんびりした田舎《いなか》っぽい雰囲気が感じられるようになった。こういうのは当然、車よりも歩いている方が感じられるものだ。

羽田の家付近は、何十年か前の造成地のようだ。周囲に小高い丘が残っているのが、ここがかつて「山」だった証拠に見える。新しい家はほとんど見当たらない。

細い道路を歩いて行くと、左側に鬱蒼《うっそう》とした森が姿を現す。「ひったくり注意」の看板があるのもさもありなんだな、と思った。街灯の設置状況を見ると、夜にはかなり暗くなるのが容易に想像できる。その森を通り過ぎ、右へ折れた先が羽田の自宅だ。午後五時。既に夕闇《ゆうやみ》が迫っており、窓には灯《あか》りが点いている。つまり誰《だれ》かが家にいるわけだ。

途中で電話をかけてから来ればよかった、と悔《く》いる。相手は、かつての同僚――先輩である。予《あらかじ》め連絡を入れておくのが礼儀だったかもしれない。羽田本人は、他人に対して礼を失したことばかりしていたが、そういう人間ほど、相手に対しては敬意と礼儀を求めるものだ。

どこかで電話をかけてから出直そうかとも考えたが、時間がもったいない。松島は直接インタフォンを鳴らした。すぐに、落ち着いた女性の声で返事がある。

「はい」

「東日新聞の松島と言います」予め考えておいた台詞《せりふ》をゆっくりと話した。「以前、ご主人と千葉支局でご一緒していて、お世話になりました。ちょっとお話を伺いたいんですが、御在宅でしょうか」

「ちょっとお待ち下さい」

この短いやり取りで、羽田はまだ生きていて会話も可能だということが分かった。もっとも、亡くなったら社員相談室に連絡が入るはずだ。

ほどなく玄関のドアが開く。顔を出したのは羽田――本当に羽田なのか？　松島は一瞬、頭が混乱するのを感じた。羽田は、喧嘩っ早い性格に加え、見た目も印象的な人間だったのだ。百六十五センチほどと小柄ながら、上半身が異常にがっしりした体格。聞けば、大学まで軽量級の柔道選手として活躍《かつやく》していたということで、記者になっても、忙しい仕事の合間を縫《ぬ》って稽古《けいこ》に精を出していたらしい。格闘技の経験がある人間が暴力を振るうのはまずいはずだが、思い出すと彼の暴力は常に「殴る」だった。投げたり締めたりという柔道技を使わなければ問題ない、ということなのだろうか。

七十一歳になった今は、当時の二倍ぐらいに膨《ふく》れ上がっているようだった。特に、腹がぐんと突き出ているのが目立つ。ジャージ姿なので尚更《なおさら》だ。そして手足は細い――卵に爪楊枝《つまようじ》を四本突き立てた様を松島は想像した。そのせいか、動きは妙にノロノロしている。

「松島君？」

松島「君」？　松島は一瞬動揺した。一緒に千葉支局にいた時、羽田からは一度もそんな風に呼ばれたことがなかったのだ。後輩は常に呼び捨て。当時はそういうのも珍しくなかったが、羽田の場合はいかにも悪意というか、先輩風を吹かせようとする圧力が感じられた。今だったら、立場を悪用したマウンティングというところだ。

「ご無沙汰《ぶさた》してます」松島は素直に一礼した。ぱっと顔を上げると、すっかり老《ふ》けた羽田の表情が目に入り、少し悲しくなる。あんなに威張《いば》っていた人も、会社を辞めて社会と離れると、こんな風に老けてしまうのだろうか。最近は、努力して体形をキープし、いつまでも若々しい人も珍しくないのだが。

「どうした」

「取材です」

「俺《おれ》に？」

「そんなかしこまった話じゃないですけどね。昔の事件で、ちょっと教えてもらえればと思いまして」

「今、柏支局長だったよな」

「はい」

「ということは、松戸も管内か」

「ええ。松戸は直接関係ないんですけどね」松島はうなずいた。「急に押しかけて申し訳ないんですが、少しお時間、いただけませんか？」

「アポも取らないで来るのは、乱暴じゃないか」

そう言われて、松島は昔羽田に怒鳴《どな》られたことを思い出した。その時松島は、誰かと——相手が誰だったか忘れた——会おうとして必死で電話をかけていた。携帯電話などない時代だから、相手を摑まえられるのは自宅か職場の電話だけ。そこに電話をかけて摑まらなければ、立ち回りそうな場所に次々と電話をかけて居場所を探っていくしかない。しかし羽田は、そういうやり方が手ぬるいと思ったのだろう。いきなり「さっさと家まで行って待ってりゃいいんだよ!」と声を張り上げたのだ。アポもクソもあったものではない。

呆《あき》れて反発する気にもなれず、松島は支局を出て県庁の記者クラブに場所を移し、電話攻勢を再開した。いきなり行けって……しかし今の羽田は、あの時の羽田とは違うようだ。

「アポはいらない、急に行った方がいいって、羽田さんに教わりましたね」松島は少し皮肉をまぶして言った。

「そんなこと言ったかね」

「ええ」松島は思わず苦笑した。こういうことは、言われた方がいつまでも覚えているのに、言った方は翌日には忘れてしまったりする。いじめと同じだ。「それで……どうですか? お忙しいでしょうが、ちょっとお時間をいただくわけにはいきませんか」

「時間はあるけど、家の中は困るな」羽田が後ろを振り向く。それからもう一度松島の顔を見て、本当に困ったような表情を浮かべた。「今、孫たちが来ていてね。家の中では、話ができる場所もない」

「そうですか」だったらお茶でも飲みながら、と思ったが、この辺には喫茶店《きっさてん》もない。駅の近くまで戻らないといけないのだが、羽田は歩くのを面倒臭がるかもしれない。「外で、話ができる場所はないですかね」

「近くに公園がある。君が寒さを我慢できれば、そこでもいい」

「結構です」

「ちょっと待ってくれないか。年寄りは、防寒対策をしっかりしないといけないんだ」

自虐的《じぎゃく》に言って、羽田が家の中に引っこんだ。松島は呆然《ぼうぜん》として、頭の中でイメージ補正に必死になった。羽田は、こんな風に自分の弱みを見せたり、それをジョークのように話したりすることなど絶対にないタイプだった。むしろ自分を飾《かざ》り、必要以上に強く、有能に見せたがる。三十代からの長年の地方支局回りで疲れ切り、心が折れて性格も変わってしまったのだろうか。

「どうも、お待たせして」五分ほどして羽田が出て来た。時間がかかるのも当然、すっかり着替えて、まさに完全防寒という感じだった。分厚いウールのコート。手袋にマフラー姿で、マスクもしていた。コートのサイズが合っておらず、毛布を引きずっているような感じがした。

「すみません、寒いのに」

「君は、寒くないのか？」

松島は裏地つきのステンカラーコートを着ているので、歩き回っている時は、暑くなるぐらいだった。手術後、瘦《や》せて寒さが染みるようになってきたが、今日はほどよい気温である。

「三月ですからね」

「まだ若いね」

「いや、俺も五十九ですよ」

「五十九？」羽田が目を見開く。「ということは、君と千葉支局で一緒だったのは、もう三十年以上前か」

「そうなりますね」

「いやはや」力なく首を横に振って、羽田が歩き出す。歩みは遅く、足がちゃんと上がっていない。一歩ごとに靴底で道路を擦《す》るような歩き方で、杖《つえ》をついた方がいいのでは、と松島は心配になった。松島も最近、靴の爪先《つまさき》が道路に引っかかって転びそうになることがある。手術後は、特にそういうことが多くなった。やはり体力が落ちて、足がきちんと上がっていないのだろう。医者からは「無理しない範囲で体を動かした方が免疫力《めんえきりょく》もつく」と言われているのだが、生来運動が嫌いなので、ウォーキングさえする気になれない。

羽田と並んで歩き出すと、ペースが保てないぐらいゆっくりになってしまう。松島はふと、数年前に亡くなった父親と最後の散歩をした時のことを思い出した。気づくと父親を置き去りにしてしまって、何度も立ち止まり振り返ったものだ。羽田は松島とは十二歳しか離れていないのだが、と考えると気分が暗くなる。十年後、自分もこんな風に年老いているのだろうか。いや、生きているかどうか……。

五分ほど歩いて——松島一人だったら二分だったかもしれない——小さな公園に辿《たど》り着いた。公園というより、森の一角にベンチを置いて一休みできるようにしたスペース。羽田は呻《うめ》き声を上げて、ベンチに腰を下ろした。松島は少し間を空けて隣に座る。

「膝《ひざ》が悪くてね。君は元気そうじゃないか」

「年齢なりに、いろいろありますよ」がんのことは言わずにおいた。年寄りは病気の話が大好きだから、この話題を出したら、それで会話が終わってしまうかもしれない。「古い話で申し訳ないんですが、三十三年前の事件です」

「それはまた、ずいぶん古いな」

「羽田さんが千葉支局で県警キャップをやっていた頃の事件です。流山で、七歳の小学生の女の子が殺された事件、覚えてますか」

「ああ」羽田の声のトーンが落ちた。「金城真美《きんじょうまみ》ちゃんだな」

「はい」すっと名前が出てきたので、松島は少し驚いた。こと事件に関しては、羽田の記憶は今でもしっかりしているようだ。

「お父さんが、沖縄《おきなわ》出身の人だったな。金城って、沖縄で多い苗字《みょうじ》だろう」

「そうですね」

「あれは、まあ……時効になったんだよな？　俺が千葉支局を離れて大分経ってからだったけど」

「発生当時の詳細は、羽田さんが書いた記事で読みました」

「可哀想《かわいそう》になあ。何の罪もない小学二年生の女の子が殺されるなんて」

羽田が感傷的になっているので、松島はまた驚いた。この男が「可哀想」などという言葉を口にすることがあるとは思わなかった。

「塾帰りに行方《ゆくえ》不明になって、翌日遺体が発見されたんですよね」

「ああ。夜のうちにご両親が警察に届け出て、捜索が行われた。翌朝、捜索を再開してからすぐ、江戸川の河川敷で遺体が発見されたんだよ」

「よくそこまで覚えてますね」

「千葉支局に来て初めてのでかい事件だったからな。それに、子どもが犠牲《ぎせい》になる事件は、どうしても強い印象が残るんだよ」

「解決しなかったわけですけど、犯人の目星もついていなかったんですか」

「ああ」

「子どもですから行動範囲も狭いし、容疑者はすぐに浮かびそうなものですけどね」

「野田の事件はどうだ？　あれも、続報が止まってるじゃないか」

「先輩にニュースをチェックされていると、怖いですね」松島は少しおどけて言った。羽田は暇《ひま》を持て余して、新聞を隅《すみ》から隅まで読んでいるに違いない。「容疑者はまったく浮かんでいません。それで、三十三年前の事件との共通点が気になったんです」

「同じ小学校低学年の女の子が犠牲になってるわけか……性犯罪の匂《にお》いがするな」

「いや、犠牲者は二人とも、暴行は受けていませんでした」

「人を殺すことで、性的な満足感を得る犯人もいるぞ」

羽田が低い声で言った。事件取材に強い記者——心を折るような事件の取材を何度も経験している記者が言うと、不気味な感じが胸の中に広がっていく。

「流山の事件も、そういうことだと？」

「犯人が捕まっていないから、何も言えないけどな」羽田がうなずく。「変質者による犯行、という推測は当時も出ていた。ただし警察の事前チェックでは、流山近辺に、そういう犯罪候補者はいなかったんだ」

松島はうなずいた。警察は、性犯罪の「候補者」を常にリストアップしている。過去に性犯罪を犯した前科者などが対象だ。まさに防犯のためで、事件が起きない限りは手を出さないが、いざとなると真っ先に引っ張って厳しく叩《たた》く。

「野田の事件では？」

「あそこも、性犯罪候補のリストはないようです」

「変態野郎ばかりが街を歩いているわけじゃないんだな」羽田が鼻を鳴らす。現役時代の傲慢《ごうまん》な雰囲気が一瞬蘇《よみがえ》った。「君は、あの事件の取材には直接関《かか》わってなかったよな」

「県政クラブにいましたから。それに、事件発生からすぐに、本社に異動になったんです」

「本部の捜査一課は必死で捜査したんだろうが、俺たちはどうしてもそこに戦力を割《さ》けなくなったんだよな」

「……何かありましたっけ」

「おいおい、しっかりしてくれよ」羽田が非難するような視線を向けてきた。「君がいなくなってからだと思うけど、千葉市役所の汚職が弾《はじ》けた。大した事件じゃなかったけど、汚職は汚職だからな。あれで振り回されて、殺しの方の取材からはしばらく離れざるを得なかったんだ」

言われて松島も思い出した。逮捕されたのが誰だったか、どういう構図だったかはすっかり忘れたが、新聞を見て仰天《ぎょうてん》したのを思い出したのだ。同時に、少し後ろめたい気分も味わった。千葉県政と千葉市政の担当者は別で、松島は異動直前には県政だけを担当していたのだが、千葉市政の異変にまったく気づかなかったのは悔しかった。

「地方支局にとって、汚職は一大事だからな。警察は部署によって担当が違うからいいけど、地方記者は何でも取材しなければならない。結局、汚職の取材が一段落した時には、殺しの方はすっかり冷えていた。実際、捜査にも動きはなかったし」

「タイミングが悪かったんですね」

「それは言い訳にならないけど」羽田が肩をすくめた。「あの女の子には可哀想なことをした。両親も、ショックだろうね。まだご健在だとは思うが」

「そうですか？」

「若いご両親だったんだよ。二人とも、当時はまだ二十代だったんじゃないかな」

「直接取材したんですか？」

「もちろん」

　そういう時代だったか……今は、被害者家族への取材はかなりハードルが高く、美菜も祖父母への取材さえまともにできていない。しかし三十三年前だったら、マスコミ各社が一斉に自宅へ押しかけ、強引にコメントを求めたのだろう。その圧力に恐怖を感じて、喋《しゃべ》ってしまう家族もいたはずだ。今ならまさに、メディアスクラムとして非難の対象になる行為である。

「野田の事件と共通点があると思っているわけだ」

「今のところ、共通点と言えるのは被害者の年齢ぐらいですけどね。ただ四年前には、隣の吉川市で、やはり八歳の小学生が行方不明になる事件が起きています」

「隣って言っても、埼玉県だろう?」

「そうなんですけど、江戸川を挟んで五百メートルぐらいしか離れてないんですよ」

「サツはどう見てる?」

「関係ないという判断のようですね。まったく注目していない。県が違えば事件も違うということでしょう」

「そこが警察の弱点だな。県境を越えると、途端に自分のところとは関係ないと思う。ただ、どうかな……君が疑うのも分かるけど、筋はよくない気がする」

「埼玉支局の県警キャップが教えてくれたんです。向こうで気づいたんですね」

「今でも、やる気満々の若い記者はいるわけか」

「有望な青年ですよ」

　自分と違い、古山にはまだまだ将来があるわけだが……彼の今後のキャリアのためにも、この事件が上手《うま》くまとまるといいと思う。今のところ、空回りで終わる可能性も低くないが。

「流山の事件の資料はまだ取ってあるよ」

「そうなんですか？　ずいぶん物持ちがいいですね」

「物持ちが良過ぎて、女房には煙たがられてる。古い資料は捨てないといけないんだけどな。定年のタイミングで処分できないと、後は機会がない」羽田が苦笑した。

「分かります」松島も、昔の取材資料を結構残している。段ボール箱で何箱ぐらいあるだろう……それが自宅の押し入れを圧迫してスペースを殺しているのは間違いない。

「資料をちょっとひっくり返してみるよ。もしかしたら、何か役に立つものが出てくるかもしれない」

「いいんですか？」

「暇だからね。仕事の真似《まね》をするのもいいだろう」

「助かります」

「いやいや、現役の人の役に立てれば、こっちも嬉《うれ》しいよ」

変わりましたね、と言おうとして言葉を呑みこんだ。自分のせいなのだが、彼は彼で苦労してきたはずだ。その結果、柔らかくなった——あるいは人間としての強みを失ってしまったのだろう。その間の事情や気持ちの変化をじっくり聞くのはきつい。

羽田を家まで送り、丁寧に礼を言って別れる。小さな一歩になるかもしれないと思うと少しだけ気持ちが盛り上がったが、一方で、羽田と会ったことで微妙に複雑な気分になっていた。

あの羽田が、まともに話のできる人間になっていたとは。

歳《とし》を取ると人は確実に変わる。彼の変わり方が、いい感じなのかどうか、判断ができない。そして十年後の自分は……生きていたら、どんなジイさんになっているのだろう。

2

柏へ戻り、一度支局に寄る。美菜はいなかった。たぶん、夕飯でも食べに行っているのだろう。松島もさっさと家に帰ることにした。いつもの夕食の時間を過ぎているから、早く空腹を満たしたかったし、少し疲れてもいる。無理はしないこと、と自分に言い聞かせているが、どうしても仕事の時間が長くなり、後でげっそりするパターンが多くなっていた。

出たり入ったりで忙しい……立ち上がったところでスマートフォンが鳴った。古山。何か情報が入ったのだろうか。松島はまた、自席に腰を落ち着けた。

「今、大丈夫ですか」

「支局だ。しかも一人だ。ややこしい話をするにはいい環境だよ」

「ややこしいというか、変な感じなんです」古山の声は静か——落ちこんでいる感じだった。

「何があった？」

「実は、県警の方から非公式に警告を受けました」

「警告？」

「四年前の事件の取材を控えるように、と」

「何だ、それは」松島はスマートフォンを握り締めた。違法行為でもない限り、警察には取材についてどうこう言う権利はない。「そんなもの無視しろよ。そうじゃなければ、サツから言われた通りに書いちまえばいいじゃないか。こんな風に警告されましたって」

「それはちょっと……向こうの言い分は、家族にショックを与えないで欲しい、ということなんです」

「それは言い訳だな。何か絶対に裏がある」

「俺もそう思いました。もちろん、取材をやめるつもりもありません……松島さんの方は、何かプレッシャーを受けてないですか？」

「俺は特にないけど、気をつけておくよ。埼玉県警と千葉県警が同じように考えて動いているかどうかは分からないけど、密《ひそ》かに連絡を取り合っている可能性もあるからな」

「ですね……何か、動きはありましたか？」

「野田の件は、まったく動きがない。あと、昔の事件については網を広げて調べている」

「さすがですね」古山が持ち上げた。

「持ち上げても何も出ないよ。なあ、資料が出揃ったら、直接会ってすり合わせをしようか」

「もちろんです」古山は前のめりだった。「流山橋の上とかにしますか？」

「君は、ジョークは下手《へた》だな」流山橋は江戸川に架かる橋で、流山と三郷をつないでいる。

「すみません……でも、どこか県境で会えばいいですよね。それならお互いに時間もかからないし」

「何だかスパイみたいだな」

「あ、嫌いじゃないんですよ、スパイ小説」古山がどこか嬉しそうに言った。

「そんなのが流行《はや》ったのは、冷戦の頃までだぜ」

電話を切った時には、少しだけ気分が上向いていた。古山は最近珍しい、前のめりな記者だ。松島が若い頃は、こういうのも普通だったのだが、今の若手はもっとスマートというか、要領はいいが熱意がない。本社へ異動になったら浮くかもしれないな、と心配になったが、そういうことは言わぬが花だ。やる気満々の若手の気持ちを削《そ》いではいけない。一番いいのは、彼の取材をきっちり仕上げさせてやることだが……。

さて、取《と》り敢《あ》えず飯にしよう。遅くなると胃に負担がかかるからな……立ち上がったところで、今度は支局の電話が鳴った。千葉支局から問い合わせかもしれないと思ったが、受話器を取り上げると、聞いたこともない男の声が耳に飛びこんできた。

「東日さんですか?」

こちらが名乗る前に、いきなり訊ねてくる。電話の相手は、ずいぶん前のめりのようだ。

「東日です。柏支局です」

「松島さんはいらっしゃいますか?」

「松島ですが」さらりと認めてしまってから、松島は一瞬後悔した。記者は常に情報を求めてオープンな存在であるべきだが、あまり名前を知られても困る。世の中には、偽情報を流して悪戯《いたずら》してやろうとする人間が一定数いるものだ。

「私、朽木《くちき》と言います」

「朽木さん……どこかでお会いしましたか?」まったく記憶にない名前だった。

「いえ、面識はありません」

「どこかで名刺でも……」最近はそういうことはないが、昔は酔っ払って呑み屋で名刺をばら撒《ま》き、後で訳の分からない勧誘の電話がかかってきたこともあった。

「そういうわけではありませんが、あなたが柏支局長になったということは、新聞にも出ていたじゃないですか」

自分の名前が知られている理由はそれで分かった。しかし問題は、この電話の用向きだ。

「どういったご用件でしょうか」

「野田の殺人事件なんですが」

おっと、垂れ込みか？　ここは注意していかないと。今のところ、相手はこちらをからかっている様子はないが……。

「まさか、犯人を知っているわけではないでしょうね、朽木さん」

「いえ」

「だったら、どういうことですか？　何か、事件の解決につながる材料をお持ちとか？」

「野田の事件に関しては、特に情報はないんですが、それ以外のことについては……」

「それ以外？」一瞬頭が混乱した。「どういうことですか？」

「三十三年前の流山の事件を調べているんですか？」

おっと——松島は思わず唇を引き結んだ。相手は間違いなく警察官だ。これまで、何人かの警察官に三十三年前の事件について聞いているから、話が広がっていてもおかしくはない。そういうことだろうとは想像がついたが、迂闊《うかつ》には話せない。

「何を取材しているか、お話しするわけにはいきません。それともあなた、何か情報を持っているんですか？」

「私は別に……」

「でしたら、あまりのんびりとお話ししているわけにはいきません。こちらも忙しいんです」

「一つ、言わせていただいていいですか？」

「何でしょう」

「十分気をつけて下さい」

「気をつける？」短い忠告が、松島の胸にかすかな恐怖心を呼び起こした。時にこういう忠告を受けることもあるが、だからといって取材をやめるわけにはいかない。だいたい、どんなに危険な取材でも、記者が直接的な暴力の被害に遭《あ》うのは、日本ではレアケースなのだ。世界的に見れば、ジャーナリストが命を狙われるのも珍しくないのだが。

「危ない取材はあるでしょう」

「そういう取材はしてませんよ」

「あなたが気づいてないだけかもしれません」

「本当に危ないと思っているなら、はっきり言ってくれた方がありがたいんですけどね。もどかしいですよ。いや、言ってもらわない限り、本気にできない」

「そこは信じてもらうしかないですね」

「あなた、警察官ですね？」

指摘すると、今度は朽木が沈黙する。当たりだ、と松島は判断した。それなら、この情報はかなり信憑性《しんぴょうせい》が高いと言っていい。県警内部にいる良心的な——あるいは正義感の強い警察官が、何かを嗅《か》ぎつけて俺に警告してくれているのだろう。

「どうですか？　電話では何ですし、一度会ってくれませんか」

「それはちょっと……」朽木が戸惑《とまど》う。

「あなたの都合に合わせますよ。いつでもどこでも構いません。他の人にバレないように、十分気をつけますから」

「そう言われても、危ない橋は渡りたくない。こうやって電話で話すことも、かなり勇気が必要なんですよ」

「あなたが警察官ならご存じだと思いますが、今は電話の通話記録を辿るのは難しくありません。通話の内容はともかく、誰が誰と話していたかは、簡単に分かるでしょう。つまり、電話での会話を重ねれば重ねるほど、あなたが私と話していたことが他人にバレる可能性が高くなるんです。電話よりも、直接会った方が安全ですよ。私は、あなたにも危険な目には遭って欲しくない」本当に重大な情報を持っているなら、だが。

「……そうですか」電話の向こうで、朽木が溜息《ためいき》をついた。自分も危ない、と実感したのかもしれない。「では、一度お会いしましょうか」

「いつがいいですか?」

「できれば、夜遅い時間がいいんですが」

「構いません」

「では、時間と場所は改めてご連絡します。明日、今日と同じぐらいの時間に、そちらに電話を入れます」

電話を切り、ふっと息を吐く。懐かしい感覚だった。警視庁記者クラブ詰めの時に捜査二課担当だった松島は、様々な情報提供の電話を受けた。暴力団、弁護士、ブローカー、選挙関係者。いい加減な情報も、特ダネにつながる情報もあったが、酔っ払いが社会部にかけてくる電話——毎晩必ず数件はあった——とは違い、やはりピンとくるものが多かった。

あの頃受けた電話と感覚が似ている。これが記事につながればいいのだが。

「遅かったわね」妻の昌美が心配そうに言った。

「出がけに電話がかかってきたんだ」

「大丈夫なの?」

「ああ」

今日の夕飯のメーンは、油揚げと九条ネギの味噌炒《みそいた》めだった。昔は大豆製品になど見向きもしなかった松島だが、胃がんを経験してからは、できるだけ肉や脂《あぶら》を摂《と》らないように気をつけていたので、代わりにタンパク質を摂取《せっしゅ》するための食材として、大豆製品がテーブルに上がることが多くなった。油揚げと九条ネギだと気合いも入らないだろうと思っていたのだが、生姜《しょうが》を効《き》かせた味噌味は、なかなかガツンとくる。酒を呑んでいた頃なら、ビールをぐいぐい行ってしまうところだ。

ご飯は茶碗《ちゃわん》に軽く一杯。今はこれで、満腹になってしまう。少し体重を戻した方がいいと医者からは言われているが、今は食べて太るのが難しい。大きな病気は、人間を簡単に変えてしまうものだとしみじみ思った。

「今日ね、橙子《とうこ》から電話があって」昌美が切り出した。

「何だって？」二人の長女、橙子は今年二十八歳。広告代理店に就職して、今は東京で一人暮らししている。松島の感覚では、「生意気にも」住所は港区《みなと》だ。

「連れてきたい人がいるんだって」

「おいおい」松島は慌ててお茶を飲んだ。何だよ……娘の結婚の知らせは、こういう感じでいきなりくるのか。「君は、何か知ってたのか？」

「初耳よ。だいたいあの子、うちにボーイフレンドを連れてきたこともないでしょう」

「……だったな」次女の夏海《なつみ》はオープンで、高校生の頃から、堂々とボーイフレンドを家に連れてきていた。もっともそれは、父親がいないタイミングを狙っての確信犯で、松島は後から話を聞くだけだったが。橙子はそういうことが一切ない。親があれこれ口出しすることではないと思ってはいたが……。

「あなた、週末で休みが取れる時って、いつ?」

「それは、今週末でも大丈夫だけど……突発的に何か起きたら、アウトだけどな」

「じゃあ、約束だけ入れておく? 駄目になったら駄目になったで、そう言えば済むし」

「急にキャンセルしたら、あちらさんに申し訳ないんじゃないか?」

「ああ、それは大丈夫みたい」

昌美は微妙に視線を逸《そ》らしている。何か隠し事をしているような感じだ……気になったので、思わず突っこむ。

「相手は何者なんだ? 誰かヤバい奴じゃないだろうな」

「まさか」昌美が慌てて首を横に振った。「コーヒーでも飲む? 今日はもう二杯飲んじゃった?」

「いや、夕方は飲み忘れた。飲みたいな」

「ちょっと待って」

昌美がダイニングテーブルを離れ、キッチンに入った。ほどなく、コーヒーメーカーが豆を挽《ひ》く音が甲高《かんだか》く響き、コーヒーの良い香りが漂い出す。すぐに、昌美がカップを二つ持って戻って来た。

「で、相手は誰なんだ?」

「言ったら、あなた、最初からNGかもよ」

「今時、そんな相手、いるかね」おかしな奴に引っかかったのだろうか、と松島は本気で心配になった。

「ライバル社」

「まさか、日本新報か?」

それなら考え直すように本気で言わないと。日本新報は経営難で、一時は外資のネット企業による買収さえ計画されていたようだ。あくまで噂《うわさ》に過ぎないのだが、「買収しようとした外資系企業が最終的に見捨てた」という話が流れるぐらい、社内の体制もぐずぐずになっていると言われている。

夕刊を廃止し、地方支局を整理して、大規模なリストラを断行したのも、買収話が不成立になったかららしい。新聞業界全体の不況を考えると、今後も楽観視はできない。そこの記者だったら、どんなに優秀でも、娘の嫁《とつ》ぎ先として百点はつけられない。せっかく結婚したのに、勤務先がすぐに倒産でもしたら目も当てられないではないか。

「東経《とうけい》新聞」

「ああ」それならまだしも……いや、東経の記者は、マスコミ業界の中では結婚相手として悪くない。経済専門紙だから、これから読者が極端に減るとは考えられないし、デジタルへの取り組みも先進的で、あまり新聞を読まない若い読者も摑んでいる。給料も業界トップレベルだ。ただし、一人の記者が東経本紙だけではなく関連するメディアに書き分けるのが常らしく、異常に忙しいようだ。

「どうかしら」

「どうかしらって言われても、橙子の問題だろう」

「反対しないの?」

「反対はしないさ。会ってみてクソ野郎だったら考えるけどな。君は、橙子がその男とつき合ってたこと、知ってたのか?」

「全然。初耳よ」困ったような表情を浮かべ、昌美が肩をすぼめる。「あの子、昔から全然自分のことは言わないのよね。何なのかしら」

「そんな風に育てた覚えはないってことか?」

「そういう意味じゃないけど、とにかく昔からそうだったでしょう? 進学や就職も、全部自分で決めて事後承諾《しょうだく》だったし」

「自立心が強い、ということかな……相手は何歳だ？」最近は歳の差結婚も珍しくないが、あまり年齢差があると色々面倒なこともある。

「三十三歳って聞いてるわ」

「じゃあ、そんなに極端に歳は違わないわけか。バツイチとかじゃないだろうな」

「そんな詳しい話は聞いてないけど、バツイチでも別に問題はないでしょう。子どもがいたらいろいろ大変かもしれないけど」

「問題はないよ。ないけどさ……」何となく気に食わないだけだから、上手く説明はできない。別に離婚に対して偏見《へんけん》があるわけではないのだが。

「とにかく会ってみて」

「何だよ、君はもう認めてるのか」

「認めるも何も、橙子が自分で選んできた相手なんだから、よほどのことがない限り、こっちから反対する理由はないでしょう」

「しかしなあ」

「心配なら、直接電話でもしてみたら？」

「それはまあ……いいよ」実際に娘と話すとなると、少し腰が引けてしまう。

「心配？」

「いくら東経でも、マスコミ業界が斜陽産業なのは間違いないんだぜ。将来のこととか考えると、いろいろ心配になるよ」

「あなたは逃げ切ったわね」

仕事の面では……しかし、がんの恐怖から逃げ切れるかどうかは分からない。今のところは最初の兆候はなく無事に生き延びているが、このまま健康でいられるかどうかは分からない。がん闘病で体力が落ちているから、病気にもかかりやすくなっているだろうし。

この件では、肉体的というより精神的なダメージを受けることになるだろうな……娘の結婚だから、基本的には祝福して松島自身も喜ぶべきことなのだが、何故《なぜ》か素直に笑顔を浮かべられない。

自分はそういう父親だったのだろうか。ろくに子育てに参加してこなかったのだから、文句も批判も言う権利がないと思っていたのだが。

3

これがバレたら面倒なことになる——古山は眉間《みけん》に皺《しわ》が寄るのを意識した。さすがに尾行はされていないだろうが、どこで誰が見ているか分からないから、今日は少しだけ用心することにした。車を石川と交換。さらにマスクとサングラスの着用に及んでいた。スーツ姿でサングラスだと怪しい感じがするのだが、取り敢えず見た目が変わったのでよしとする。

今回の作戦が正しいかどうかは、何とも言えなかった。本当は自宅を訪ね、腰を据えてじっくり話を聞くべきだろう。勤務先の吉川市役所を訪ねてみようと決めたのは、取り敢えず向こうの「バリア」がどの程度強固なのか確認する意味もあったし、勤務先なら怒り心頭に発しても大騒ぎしないだろうという計算もあったからだ。

吉川市役所は三階建て、モダンなグレーの外観で、役所っぽく見えない。庁舎に入った瞬間、古山はサングラスを外した。マスクはコロナ禍《か》以降の生活必需品なので、ずっとしたままでいても不自然ではない。顔の下半分が隠れるので、ちょうどいい変装にもなる。

行方不明になった所あさひの父親、所信太が、長寿支援課に勤務していることは既に割り出していた。今はそこの係長……四十三歳の公務員としては、普通の出世ぶりだろうか。

警察と違い、一般の役所はオープンで、記者は中に入って行っても文句は言われないのだが、一階のホールに向かっているカウンターから中に挨拶《あいさつ》して、東日の記者だときちんと名乗り、所を呼び出してもらう。普通の取材だと思ってもらえればそれでもいい……係長なら、取材を受けることもあるだろう。

所が、怪訝《けげん》そうな表情を浮かべて出て来る。古山は丁寧に頭を下げ、本人に向かって「東日の古山です」と名乗った。何度か取材はしているのだが、ずいぶん前の話であり、もうこちらの顔は覚えていないだろうと思った。しかし所は「古山さん。お久しぶりです」とあっさり言った。表情に変化はない。

「覚えていていただいてましたか」少し驚きながら古山は言った。

「マスコミの皆さんにはお世話になりましたから……その節はいろいろとご面倒をおかけしまして」

所が丁寧に頭を下げる。

あまりにも丁寧な態度に拍子《ひょうし》抜けした。家族がマスコミの取材を嫌がっている？　いったいどこから出てきた話なんだ？　古山は途端に、警察に対する疑いが高まってくるのを感じた。

「今日は、どういったご用件ですか？」所が怪訝そうに切り出す。

「娘さんの一件です」古山は思い切って切り出した。

途端に所の表情が引き締まる。怒っているわけではなく、悲しみが蘇ってきたようだ。

「何か、新しい情報があるんですか？」

「残念ながら、お知らせできることはありません。すみません」古山が頭を下げた。

「いや、別にあなたたちの責任じゃないから……」そう言いながら、所は明らかにがっかりしていた。

「とにかく、少しお時間をいただけませんか？」

「ちょっと出ましょうか。庁舎の中だと話しにくい」

「大丈夫ですか？」

「二時から会議ですが」所が手首を持ち上げて腕時計を見た。「それまでに戻れれば」

「分かりました。時間厳守します」

「ちょっと上着を着て来ます」

どうするか……市役所の近くには、軽くお茶が飲めるような店がない。道路を挟んで市役所の向かいには運動公園があるが、そこで話すわけにはいかない。となると……。

「車の中でいいですか？」

「もちろんです」

庁舎の前にある来客者用駐車場の一角へ所を誘導する。石川の車に辿り着いたところで名刺を渡し、彼が自分の分の名刺を取り出そうとポケットを叩いている間に観察する。すらりと背が高く、何となくスーツのサイズが合っていない——このスーツを買った時よりもずっと痩せたようだ。細長い顔には、どこか寂しげな表情がずっと張りついている。どこかおかしな感じがするのは、庁舎の中で履《は》くためのサンダルのままだからだと気づく。勤務中にサンダルを履く公務員が多いのは何故だろう？靴を履いていると、そんなに足が苦しいのだろうか。

「ＢＭＷですか……記者さんは車に金をかけるんですね」名刺を交換した後、所がちらりと車を見て言った。

「いや、これは後輩の車なんですよ」所の感想に直接答えたことにはならないが、古山はこの話は打ち切りたかった。説明していると面倒になる。

新人記者の石川がこのBMWX1――BMWのSUVで一番小さなモデルだ――を買った時には、支局の中で小さな波紋が生じたものだ。別に、外車に乗ったら問題があるわけではないのだが……いや、ある。取材相手が、外車に乗る記者を見たら反発する可能性もあるのだから。燃費もそれほどよくないだろうし、収入の低い若い記者が高い車を買うと、後々ローンで大変じゃないか。もっとも古山は、この車が五年落ち、既に三万キロ走っていた中古車だと知っている。購入価格は、全《すべ》てこみで二百万円ぐらいだったはずだ。国産の新車の方がよほど高い――とはいえ、普通の人の感覚では「外車は高級」だ。

古山は、所を後部座席に誘導した。運転席に座っていると、ハンドルが邪魔になってメモが取りにくいのだ。

「さすがBMWは、シートもいいですね」所がまた感心したように言った。

「後ろに人を乗せることなんかほとんどないですから、へたらないんでしょう……すみません、お時間いただいて」車談義をしているわけにもいかないので、古山は話を先へ進めることにした。「先日、野田市で殺人事件が起きたのはご存じですか」

所が黙りこむ。車内の空気が一気に冷えて重くなり、息苦しささえ感じるぐらいになってきた。

「所さん?」

「ああ――はい。もちろん知ってます。まさかその件が、あさひの失踪《しっそう》と関係しているわけじゃないですよね」

「具体的な関係は分かりませんが、共通点はありますよね」

「年齢ですか？」

「ええ」

「でも、あさひは……」殺されていない。そう強く否定したいところだろうが、所の口調は弱々しく、言葉は途中で消えてしまった。

「実は三十年以上前にも、千葉県で同じような殺人事件が起きています」自分の台詞の残酷《ざんこく》さを意識しながら、古山は言った。

「そうなんですか？　三十年以上前っていうと……分からないですね。私もまだ小学生でしたから」

俺は生まれてもいないな、と思いながら古山は続けた。

「その事件は未解決のまま、時効が成立しました。被害者は七歳の女の子です。共通点はもう一つあります。現場は全て、江戸川沿いなんです。県は違いますが、距離的にも近い」

「連続した事件なんですか？」

「その可能性もあると思っています」

「そういえば……確かにそうかもしれません」所がうなずく。「記憶が定かではないんですけど、あさひがいなくなる何年か前に、松伏町《まつぶしまち》で同じように女の子が行方不明になる事件がありましたよ」

「そうなんですか？」初耳だ。これも未解決事件だとすると、知らなかったのは自分の怠慢《たいまん》である。

「そうだ、思い出した」所の声に緊張が混じる。「二〇一一年です。しかも三月十日だった」

「東日本大震災の前日じゃないですか」

「そうです。だからニュースの扱いも小さくて、新聞にはほとんど載らなかったんじゃないかな」

「どうして覚えているんですか？」

「あさひが、まだ二歳でしたからね。子どもが小さいと、子どもが絡んだ事件は気になるんですよ」

「なるほど……」これはチェックする必要がある。もしかしたら大きく報道されていないだけで、女児が犠牲になった、あるいは行方不明になった事件はまだあるのではないか？　これは何とかチェックできそうだと思ったが、よく考えてみると、松伏町の管轄《かんかつ》は吉川署である。副署長の宮脇に話を聞くのは避けたかった。彼から県警本部に情報が流れているのは、まず間違いないだろう。また釘を刺されるようなことになったら、たまらない。まあ、警察に当たる前に、まず記事データベースを調べてみよう。記事にさえなっていれば、すぐに分かるはずだ。

「不勉強でした」古山は思わず頭を下げた。

「いえ……でも、あさひは本当にどうしたんでしょう」

「最近、警察の方から連絡はありますか」

「ないですね。動きがないならしょうがないでしょう」

また警察の嘘《うそ》がバレる。いかにも家族と話をしているような感じで言っていたのに、実際には接触していない。そこで古山はまた疑念に囚《とら》われた。この程度の嘘なら、俺がすぐに見破ると考えなかったのだろうか。本気でそう思っていたとしたらずいぶん舐《な》められたものだ。あるいは警告で俺が萎縮《いしゅく》して、家族には直当《じかあ》たりしないと甘く見ていたのかもしれない。

どちらも外れた。

「当時の記事を探しますから、見てもらっていいですか」

「ええ」

両手を擦《こす》り合わせてから、古山はデイパックからノートパソコンを取り出し、会社の記事データベースにアクセスした。記事はすぐに見つかった。紙面そのものをイメージとして収録しているので、当時の扱いも分かる。埼玉では、東日本大震災の直接的な影響は大きくなかったのだが、それでも紙面は地震関連の記事で埋まり、九歳の女児が行方不明になった記事は、紙面の片隅で二段で報じられていた。こんな時でなければ、県版ではトップ扱いだろう。掲載は三月十三日付。行方不明になったのは十日だが、すぐに発表はなかったようで、実際に記事が書かれたのは十二日、掲載は発生から三日遅れになったのだろう。何もない時なら無理に突っこんだかもしれないが——埼玉県版の最終締め切りは午後十一時過ぎだ——支局員総出で地震関連の原稿を作っていたはずだから、仕方あるまい。

9歳女児不明　捜索始まる

10日午後10時頃、松伏町田中《たなか》、会社員塩谷治郎《しおやじろう》さん（38）の長女、真弓《まゆみ》ちゃん（9歳）が帰宅しないと、塩谷さんが一一〇番通報した。

真弓ちゃんは、学校から帰宅した後、越谷市にある学習塾に向かい、バスで帰宅予定だった。普段は午後8時には帰って来るのだがこの日は戻らず、携帯電話にも反応がなかった。

吉川署はこの日、自宅近くを捜索したが、夜間なのですぐに打ち切り、11日朝から30人体制で捜索を再開した。

この記事はいくら何でも短か過ぎないか、と訝《いぶか》しんだ。しかし未曾有《みぞう》の大災害の最中には、これぐらい載せるのが限界だったかもしれない。取材した記者は詳しく書いたかもしれないが、デスクがカットした可能性もある。

「この記事なんですが」

古山はノートパソコンを所に渡した。所が額《ひたい》の上にはね上げていた眼鏡《めがね》をかけ直し、画面に視線を落とす。

「ああ、これです」読みながら低い声で言った。「こんな小さな扱いだったんだ」

「地震のニュース以外は、ほとんど新聞に載ってないですね」

東日本大震災は、自分が記者になる前の話で、当時の混乱は一種の「伝説」でしか知らないのだが、他のニュースが落とされたことは十分想像できる。

「これも、未解決なんでしょうね」所が溜息をついた。

「確認します」

パソコンを返してもらって、「塩谷真弓」をキーワードに検索を試みる。二件、引っかかった。行方不明から一年後と三年後に続報が出ているが、中身はない。行方不明になった当時の状況を再掲載し、吉川署の電話番号が紹介されているだけだ。いくら初報の段階で小さな扱いだったと言っても、九歳の女児が行方不明になった重大事件なのだ。何かのタイミングで大きく特集記事を作るとか、取り上げる方法はいくらでもあったはずだ。読者の目に留まれば、何か新しい情報が入ってくるかもしれないのに。

「こういうものなんですか？」所が不思議そうに訊ねる。

「紙面は限られていますから、どうしても扱いの大小は出てきます」

「そうですか……あの、あさひのことはまた記事にしていただけるんですか？」

「どんな形になるかは分かりませんが、記事にしようとは思っています」

「お願いします」所が、膝にくっつきそうなほど深く頭を下げた。「書いてもらえれば、何か思い出す人がいるかもしれませんし」

「我々は忘れていませんから」

そんなことはない。記者は頻繁に異動する。五年も経てば、支局の全スタッフが入れ替わってしまうのが普通だ。いかに緻密《ちみつ》に引き継ぎをしていても、どうしても「漏れ」は生じてしまう。「殺し」ではなく「行方不明」となると、どうしても案件に取り組む意識が低くなってしまうのだ。

自分の中ではそれで理屈は完成しているが、とても所には話せない。あさひの件だって、今は自分が必死で取材しているが、いなくなった後に石川がきちんと続報取材をしてくれるかどうかは分からない。

だからこそ、自分がここにいる間に何とか筋道をつけなければならない。残された時間は、決して多くはないのだ。

「お前、吉川署に知り合いはいないか?」県警記者クラブに戻るなり、古山は小声で石川に訊ねた。

「吉川署ですか? 署長と副署長ぐらいしか知りません。向こうがこっちを覚えているかどうかも分かりませんね」

「そうか……」

となると、吉川署を日常的に取材している越谷支局の記者に頼むしかない。埼玉支局の県警記者クラブは、県警本部、それにさいたま市とその近郊の所轄の取材を受け持つ。その他の所轄は、原則的にミニ支局や通信局が担当している。県警クラブの記者は、何かあればどこの所轄も自由に取材することができる決まりだが、それは重大事件の時だけである。現地からの報告を待っていては間に合わないと判断すれば、躊躇《ちゅうちょ》なく取材に入る。

古山は記者クラブを出た。夕方のこの時間は、多くの記者が取材先からここへ戻ってきている。夕方のテレビ各局のニュースを確認するのが日課なのだ。共用スペースには、特にざわついた雰囲気もない。

「フルさん、どちらへ？」日本新報のキャップが疑わしげな視線を向けてきた。

「広報だよ」

「何かありましたっけ？」

「暇潰《ひまつぶ》し」

そんなに疑うなよ、と内心苦笑しながら、古山は裏門通りに出た。向かいにある県民健康センターのホールに足を踏み入れ、スマートフォンを取り出す。

越谷支局には記者が二人いる。支局長の友岡《ともおか》と若手の水城《みずき》。狙いは当然、水城だ。ベテランの友岡には頼みごとがしにくい――腰が重い人なのだ。「仕事の話ならデスクを通せ」と文句を言われるのが簡単に予想できる。水城は二年目、一緒に仕事をしたこともあるので、ちょっと圧力をかければ動くのは分かっていた。

水城はすぐに電話に出た。

「今、どこにいる？」古山は切り出した。

「市役所です」

「話せるか？　周りに誰かいないか？」

「ちょっと待って下さい」

通話が途切れる。話しにくい状況なのだな、とすぐに分かった。

「すみません。出てきました」

「外か？」

「駐車場です」

「だったらいい。ちょっと吉川署に探りを入れて欲しいんだ」

「何ですか」水城の声には明らかに不安が滲《にじ》んでいた。元々気が弱く、ややこしい取材を押しつけられると腰が引けてしまうタイプなのだ。

「ちょうど十年前——二〇一一年に、松伏町で九歳の女の子が行方不明になる事案が起きている」

「それは……覚えてないですね」

正確には「覚えていない」ではなく「知らない」だろう。その頃水城は、まだ中学生か高校生だったはずだ。

「吉川署の管内では、四年前にも八歳の女の子が行方不明になる事案が発生している。どっちも未解決だ」

「その件で、何かあったんですか？」

「動きがあったわけじゃない。今どうなってるかを調べて欲しいんだ」

「一つの署の管内で、七年の間に二件の行方不明事件ですか？　ちょっと変ですね」

「ああ、変なんだ」古山はうなずいた。「こっちがノーマークだったのはお恥ずかしい話だけど、大きな事件かもしれない」

「大っぴらに動いていいんですか？」

「いや、さりげなくで」

「分かりました。後で連絡します」

一応、事情は理解してくれたようだ。後はどんな風に情報を探り出してくれるか……水城は今ひとつ頼りないのだが、古山の今の立場では吉川署には取材しにくい。また副署長に疑いの目で見られ、本部に報告が上がってしまうのは間違いないだろう。今度は捜査一課長ではなく、刑事部長から警告が飛んでくるかもしれない。

記者クラブに戻り、データベースで過去の事件を調べていく。急に嫌な予感が膨らんできた。七年の間に行方不明事件が二件。千葉では、間隔はもっと離れているが、殺人事件が二件発生している。場所はいずれも、江戸川の近くだった。

古山は手を擦り合わせ、埼玉県版と千葉県版に絞って、「小学生」「行方不明」「殺人」をキーワードに記事を検索していく。十分後、古山は、金鉱——変な言葉だが——を掘り当てたかもしれない、と思った。

埼玉県内では、一九九二年に三郷で七歳の小学一年生女児が殺される事件があり、これも未解決のままだ。さらに一九九九年には越谷で八歳の女児が行方不明になったまま、未《いま》だに見つかっていない。おいおい……これだけではない。千葉県内でも、二〇〇五年に柏で女児の行方不明事件が起きている。

古山は、時系列で一連の事件をまとめた。

1988年：流山で殺人事件　被害者・金城真美　7歳（小2）
1992年：三郷で殺人事件　被害者・佐《さ》島《しま》菜々《なな》子《こ》　7歳（小1）
1999年：越谷で行方不明事件　被害者・浜浦《はまうら》美南《みなみ》　8歳（小2）
2005年：柏で行方不明事件　被害者・嶋《しま》礼奈《れいな》　6歳（小1）
2011年：松伏で行方不明事件　被害者・塩谷真弓　9歳（小3）
2017年：吉川で行方不明事件　被害者・所あさひ　8歳（小2）
2021年：野田で殺人事件　被害者・桜木真咲　7歳（小1）

パソコンの画面上で文字列になっているのを眺めているだけで、ぞっとしてくる。いったい、埼玉と千葉で何が起きてるんだ？

同時に、自分たち記者は何をやっていたのだろうと呆れてしまう。しかし……普通、署の目立つ場所——一階の交通課の近くとか——に失踪者や指名手配犯のポスターなどが貼《は》ってあるものだが、散々警察署に出入りしていたのに、そういうのを見た記憶がない。

この件でも、水城の手を煩《わずら》わせるしかないだろう。何度も電話をかけるのは悪いので、今度はＬＩＮＥでメッセージを送っておいた。どうせ夕方には越谷署に顔を出すはずだから、その時に探りを入れてもらおう。

もしもこれが本当に連続した事件だったら……犯人の行動パターンがまったく読めない。

水城は夜になって、古山のスマートフォンに連絡を入れてきた。支局の近くの中華料理店で一人夕飯を食べていた古山は、食事を中断して電話に出て、店の外に飛び出した。

「まず、越谷署の件です」水城が前置き抜きで切り出した。

「ああ」

「古い事件だから……の一言で片づけられましたよ」

「おいおい」古いと言えば確かに古い。二十年以上も前の事件だから、当時捜索を担当した警察官にとっても、記憶の彼方《かなた》に消えつつある事件だろう。

「詳細を教えてもらいたいって言ったんですけど、記録を引っ張り出すのが大変だからって拒否されました」

「確かに、二十年前の書類を引っ張り出すのは大変だけどな……」記者が急にそんなことを言い出しても、何かと理屈をつけて断るだろう。だいたいこの件を担当していたのはどこなのか？「署では、刑事課が担当してたのか？」

「メーンは地域課です。事件ではないという判断だったみたいですね。行方不明の時は、だいたい地域課の制服組が中心になって探すじゃないですか」

「そうだな」

「それと、気になったんですけど、ポスターの類《たぐい》が全然ないんですよ」

「ない？」自分も同じところに目をつけていたのだが、思わず聞き返してしまった。

「よく、交通課の目立つところに指名手配犯のポスターが貼ってあるじゃないですか。行方不明者のポスターを見たこともあります。子どもが行方不明になった事件だから、そういうのがあってもおかしくないんですけどね」

「それだけわざと省《はぶ》かれたとか？」

「それは分かりませんけど……それと吉川署の方ですけど、けんもほろろでした」

「副署長か？」

「ええ」

「あの副署長には、俺も四年前の行方不明事件について話を聞きに行ったんだけど、適当に誤魔化《ごまか》されたよ」

「俺もそんな感じでした。おかしいですよね」

「ああ」

「何なんですか？　何か、関係してるんですか？」

「今それを調べているんだけどな。吉川署の副署長に何か言われたか？」

「もっと大事な取材があるんじゃないかって……そういう言い方はないと思うんですけどね」普段はあまり感情を露《あら》わにしない水城が、怒りを滲ませて言った。「隠そうとしているみたいじゃないですか」

「隠すのは不可能だよ。行方不明になった時には、マスコミも巻きこんで大騒ぎになっていたはずだから」

「ですよね……とにかく大事《おおごと》にしたくないっていう感じです」

「何かあるな」

「ヤバい話じゃないですか？」

「そんな感じはする」

「もうちょっと調べてみますか？」

「いや、今は動かないでくれ。実は俺は、県警の幹部から忠告を受けているんだ」

「マジですか？　忠告って……」

「吉川の失踪事件の件について、だ。無駄な取材はしないようにっていう話で――実質的に警告だな」

「無駄、ですか」

「被害者の家族を刺激しないで欲しいということなんだけど、俺はその後、被害者の家族と会った。向こうは、何か情報が出てくるかもしれないから、記事にして欲しいと言ってたよ」

「行方不明者の家族なら、そう考えるのが自然ですよね」

「ああ。とにかく、東日の記者が何人も動いていると分かったら、また何か言われるだろうな。お前に迷惑はかけたくないから、取り敢えずこの件は忘れてくれ。今後、越谷署や吉川署で取材しにくくなったら困るだろう」

「それはそうですけど……県警は何を隠してるんですかね」

「分からない」

電話を切って、古山は食事に戻った。馴染《なじ》みの中華料理店で、少なくとも五十回ぐらいはここのチャーハンを食べて舌に馴染んでいるのだが、今日はもう食が進まない。

これは是が非でも、松島に直接会わなければならない。松島は柏の事件を知っているかどうか……松島のことだから、少なくとも県内の類似事件は全てチェックしていると思うが、とにかく情報を共有して、この後どうやって取材を進めていくか、話し合わなくては。

今夜だ。思いついたらすぐに動いた方がいい。

4

午後十一時、古山は三郷市にあるファミレスに到着した。松島はまだ来ていない。この店は、埼玉支局からより柏支局からの方が近いのだが、県境を越えて来るから仕方ないかもしれない。もちろん、江戸川を越えるといっても、そんなに大変なことではないのだが。

デスクの徳永には「夜回り」と伝えてある。今日は県警クラブからは原稿を出していないから、ゲラのチェックを気にせず動ける。

遅いな……古山は何度も腕時計を見た。このファミレスの営業時間は午前零《れい》時までなので、到着が遅れると、話せる時間が短くなってしまう。

松島は、十一時五分に店に入って来た。外は息が白いぐらいの陽気なのに、額に汗を浮かべている。ベテランを焦らせて申し訳ないな、と古山は思った。

「すまん、遅れた」松島が頭を下げ、ボックス席に滑りこんだ。

「俺も来たばかりです。何にしますか？」

「この時間だと、コーヒーは避けたいな」

「眠れなくなるんですか？」

「最近は、一日二杯にしてるんだ」松島がメニューをチェックした。「ま、ドリンクバーだな」

「俺もそれにしました」

古山は自分のグラスを指さした。中身はオレンジジュースである。本当ならぐっとビールでもいきたいところだが——不安を潰すために酒を呑むということもある——車なのでどうしようもない。

松島が店員にドリンクバーを注文したので、古山は腰を上げかけた。

「取って来ましょうか？」

「いいよ」松島が苦笑する。「それぐらい、自分でもできる」

「でも、支局長なんですから」

「肩書きだけだよ」

ニヤリと笑って、松島が席を立つ。何だか元気がない……去年会った時よりも、だいぶ歳を取った感じがする。五十代後半の男性にとって、一年という歳月はそれなりに長いものなのだろうか。

松島はすぐに戻って来た。古山と同じようなオレンジ色のドリンクを持っているが、グラスの中は泡だっている。

「何ですか、それ」

「オレンジジュースに炭酸水を混ぜた」

「あ、いいですね。そういうのは考えなかったな」

「ファミレス、あまり使わないのか？」

「使わないですね」

「そうか、君らの世代だと、ファミレスはもう人気じゃないんだな。俺は散々使ったよ。子どもが小さい頃は、ファミレスが一番便利だったから」

「ああ……そうですよね」

松島が、グラスの中身を一気に半分ほど飲んだ。走って来たわけでもあるまいに、気持ちの焦りが喉《のど》の渇《かわ》きにつながったのだろうか。

「久しぶりだね。一年ぶりか？」

「そうですね。十一ヶ月ぐらいです」

「細かいな」松島がニヤリと笑う。

「よく言われます」

「あの時はお世話になった。本当なら、若い警察《サツ》回りに頼むような仕事だったのに」

「たまたま俺しか手が空いてなかったんですよ。でも、こっちも勉強になりました」

松島は当時、埼玉県で七年前に発生した殺人事件を取材していた。犯人は逮捕され、一審で有罪判決を受けたのだが、二審の東京高裁で逆転無罪判決を受けていた。古山が記者になる前の事件なので、当然ノータッチだった。ただ、さいたま地裁での裁判はほぼスムーズで、特に問題になるようなことはなかったと聞いている。兄を殺した弟が、懲役《ちょうえき》十二年の実刑判決——弟が一貫して無罪を主張し、逮捕時から裁判までずっと、「強盗にやられた」と言っていたことを除けば。しかし、一一〇番通報で警察官が駆けつけた時、弟は血塗《ちまみ》れの包丁を手で持っていた。当然、包丁にもべったりと指紋がついていた。しかもこの兄弟は仲が悪いので近所でも有名だったのだ。両親を亡くした四十代の兄弟が二人で暮らしていれば、何かとトラブルが起きるのは想像に難くない。

ところが東京高裁で開かれた二審では、弁護側が新たな証拠を次々に持ち出し、一審の判決が危うくなった。松島は裁判担当ではなく事件担当の編集委員だったのだが、その時点で取材を開始し、無罪判決を見届けた。判決は、「実際に現場に第三者がいた可能性が高く、被告が被害者に致命傷《ちめいしょう》を与えたとする相当の証拠はない」という内容だった。弁護側の主張——強盗が被害者に致命傷を与えた後、動転して精神状態がおかしくなった被告が、遺体を包丁で刺して損傷させた——がほぼ裏づけられた格好《かっこう》である。つまり被告は、兄の遺体に包丁を突き立てていた——厳密に言えば死体損壊罪に当たるのだが、この裁判ではその容疑は争われていない。

それからが松島の本当の出番で、県警の捜査の不備を暴き出し、かなり批判的——攻撃的な解説原稿を書いたのである。いわゆる「前近代的捜査」「証拠主義の廃棄《はいき》」。記事が出てしばらくは、県警との関係がぎくしゃくしたぐらいだった。

その取材で、古山は埼玉県内の取材の水先案内人をした。現場を一緒に回り、県警幹部への厳しい取材に同席し、淡々と、かつポイントを突いていく松島の取材ぶりを目の当たりにして、感動したものだ。自分も今後、事件取材ではこんな風にやりたい——古山はつい熱くなって、相手が引くほど前のめりで取材することもあるのだが、それが逆効果になる時があるのを、松島の取材ぶりを見て思い知った。

「もしかしたらだけど、俺たち、去年の記事で埼玉県警から恨みを買ってないか?」松島が真顔で言った。

「そりゃあ、恨《うら》まれてるでしょうね」

「あの後、取材はやりにくくないか？」

「まあ、多少は……」古山は苦笑した。「『あの人は何だ』とは言われましたけど」

松島が声を上げて笑い、「申し訳なかったな」と言って、ジュースをぐっと飲んだ。冷たいジュースが引き金になったように真面目《まじめ》な表情を浮かべ、「まさか、あの件が今でも尾を引いて、圧力をかけられてるんじゃないだろうな」と訊ねる。

「それはあるかもしれませんけど、もっと別の事情があると思います」

「具体的には？」松島はグラスの縁越《ふちご》しに古山の顔を見つめた。

「不祥事《ふしょうじ》」

「捜査ミス、じゃないのか」

「捜査ミスという不祥事です」

「俺は別のニュアンスで考えていた」

「何ですか？」

「隠蔽《いんぺい》」

そうか、その方がしっくりくる。隠しているのは捜査ミス、あるいはもっとまずい事情——犯人が警察官だとか——かもしれない。「問題は、二つの県警が関係していることですよね。一連の事件だったら、ですけど」

「面目《めんぼく》ない」頭を下げて言ってから、松島がスマートフォンを取り出した。「君からのメールを見て、久々に顔面蒼白《そうはく》になったよ。こんなのは、新人の頃に地元紙に完璧《かんぺき》に抜かれて以来だ」

「すみません」

「ライバル社に抜かれるよりも、当然分かっているべき事実を見逃していた方がショックが大きいな」

「……ですよね」

「柏の件がまさにそうだ。特に、自分の足元だからな」

「でも、発生当時には、松島さんは本社にいたじゃないですか。取材していたわけじゃないし」

「ただ、俺はその頃も千葉県民だった。毎日ちゃんと県版の記事も読んでいたのに、頭から抜け落ちていた」

「全部の事件を覚えていられるわけじゃないでしょう」

先輩を慰《なぐさ》めながら、今日の松島は妙に弱気だな、と古山は不思議に思った。去年、一緒に取材して回った時の松島は、偉そうにしていたわけではないが、自然体で自信を感じさせていた。今は、何かが抜けている。そう、エネルギー切れという感じなのだ。

「松島さん、飯は食ったんですか？」

「済ませたよ。どうして？」松島が不思議そうに古山の顔を見た。

「何か、エネルギーが足りない感じがしますけど」

「そりゃあ俺も、元気一杯とはいかないよ」松島が苦笑いした。「五十九歳、もうすぐ定年なんだぜ」

「でも、全然若いじゃないですか」

「君みたいな男に言われても、全然嬉しくないぞ」

「……すみません。調子に乗りました」

「いいよ。とにかく君からの連絡は、ここ数年で最大のショックだった。慌てて確認したよ」

「サツの方、どうなってますか」古山はテーブルに身を乗り出して声を潜《ひそ》めた。閉店まで一時間を切ったファミレスはそんなに混んでいるわけではなく、両隣のボックス席にも人はいないが、用心に越したことはない。どうせなら、このファミレスの駐車場で、車の中で話せばよかった。

「署に確認した。状況は把握しているが、実質的には動いていない」

「十五年以上経つと、そんなものですかね」

「この件は今、県警クラブに調べてもらっている」

「何か出てきますかね」

「出てこないことはないだろう。今のところこっちは、君と違って県警からは何の忠告も受けていない。ただ、サツの連中、微妙に熱が低い感じがするんだよな」

「と言いますと？」

「今回の事件で、野田署の動きが何だか鈍いんだ。もちろん捜査はしてるんだけど、どうしても犯人を逮捕しようという気概《きがい》みたいなものが感じられない。普通の捜査本部事件とは様子が違うな」

「それは、うちも同じようなものですよ。捜査がどうなっているかはともかく、こっちに取材して欲しくないって言ってくるのは明らかに変でしょう」

「そうか……ちょっと事件の内容を精査しようか」

松島はスマートフォンを操作し、古山はノートパソコンを広げた。本当は、プリントアウトしたものを挟んで話し合った方がいいのかもしれない。後で破って捨ててしまえば、誰かに見られることもない。パソコンだと、忘れたり盗まれたりする心配がある——普段はそんなことは考えもしないのだが、今は妙に用心深くなっているのを意識した。

「共通点は、被害者が全員六歳から九歳、小学校低学年の女児ということですね。行方不明になった時の状況も似ています」

「塾帰り、か」

「というより、通っていた塾が全部同じ——永幸塾《えいこう》なんですよね」

「昔千葉支局にいた時に、取材したことがあるよ。三十年以上前だけど」

「マジですか」古山は思わず目を見開いた。

「当然、この件絡みじゃないよ」松島が顔の前で手を振った。「経済ネタだ。今もあるけど、企業のトップに話を聞くっていうやつだ」

「ああ、千葉県版にも、そういう企画があるんですね」

「そういうこと。永幸塾の本部は柏にあるんだよ」松島がうなずく。「社長——というか塾長に話を聞いて記事にまとめた。なかなかの切れ物というか、俗物だったね」

「俗物？」

「堂々と金儲《かねもう》けの話をしていたから」

「露骨《ろこつ》ですね」古山も苦笑してしまった。「確かに教育産業の関係者は、そういうことをあまり言わない気がします」

「まあ、言ってることは何も問題ないんだけど……あの塾の創業者はもう亡くなっていて、今は息子さんが継いでるよ。千葉、埼玉、茨城《いばらき》、それに東京で三十二ヶ所も運営している」

「それは俺も調べました。最近、この塾に関する記事はないんですけど、まだまだ拡大するみたいですね」

「夢は全国チェーンかもしれないけど、とにかく千葉や埼玉の子どもたちにはよく知られた存在なんじゃないかな。創立五十年、どこの街にもある学習塾だよ。東日の社員にも、通っていた奴がいるかもしれない」

「ですね……まあ、それだけたくさんある塾なら、通っている子が多くてもおかしくないですね」

「共通点というには、ちょっと弱いかもしれない。あと、間隔が微妙だな。最初の事件から数えて、間隔は四年、七年、六年、六年、六年、四年だ。規則的に発生しているわけじゃない」

「ただし、発生は三月と四月が多いんですよね。年度代わりに何か関係があるような感じもします」

「具体的には思いつかないけど、確かにそうだな」松島がうなずく。「ただし、この間隔のばらつきは何とも微妙な感じなんだ」

「ですね」

「こんな風に間隔が開いて、しかも長期間に及ぶケースはないんだ。俺が知っている限り、三十年間で数件だけという事件はない。アメリカのテッド・バンディは、わずか四年ほどの間に三十人を殺している」

仮に犯人が、最初の犯行時に二十歳だったとしても、今は既に五十歳を超えているわけだ。同じ人間も、十年経てば変わる。三十年間も同じような犯行を繰り返すのは、古山にはまったく理解できない。しかも間隔も気になる。数年おきに殺人衝動《しょうどう》が起きるというのも考えにくい話だ。そして同じような状況で何人も殺していれば、必ず捜査線に引っかかるのだ。

「同一犯による連続殺人事件、ということで話してますよね、俺たち」古山は確認した。

「ああ」

「同一犯じゃなくて、たまたまこういう衝動を持った人間が何人かいて、それぞれ好き勝手に事件を起こしている可能性はあり得ませんか?」

「あり得ない話じゃないけど、同一犯の犯行に比べれば、可能性は低いんじゃないかな」

「うーん……」松島は顎《あご》に手を当てた。「どっちもありそうな感じがしますけど、可能性が高いのは同一犯ですかね。でもそうだとしたら、サツが気づかないのはおかしくないですか？」

「俺たちも気づかなかった」

松島が指摘したので、古山は低い声で「ああ」と認めるしかなかった。

「俺たちもサツも組織だ。当然、人事異動がある。しかも結構頻繁だろう？　サツの場合は、本部のエース格で、しかも出世に興味がない奴なら、捜査一課一筋三十年ということもあるけど、そういうのは数少ない例外だ」

「記者も、本社でずっと同じ取材をする人もいるけど、一握りですよね。松島さんみたいな人は珍しい」

「ある意味ラッキーだったのかもな」松島が薄い笑みを浮かべた。「一番長かった職場が編集委員で、十四年も同じデスクを使ってたからな」

「羨《うらや》ましいです」古山は本音を吐いた。「編集委員って、記者の天国みたいなポジションですよね」

古山は本社で勤務したことすらないのだが、編集委員が記者として最高の仕事だということは色々な人から聞かされていた。長く取材を続けて、他人に負けない専門知識を持つようになった記者が任されるポジション。きついノルマや泊まり勤務もなく、自分の好きな分野を好きに取材して、原稿が書ける。大抵は生ニュースではなく、裏側を探る解説記事が中心なのだが、今の時代、新聞に求められるのは速報的な仕事ではなく、深く掘り下げた解説記事だろう。新聞が続く限り、編集委員の仕事はなくならないはずだ。

「君も本社へ行けば、どういう感じか分かると思う。自分のやること、向いていることをゆっくり探せばいいよ。三十代前半までが勝負かな」

となると、数年しかないわけだ。警察回りから警視庁クラブ、あるいは地検や裁判を担当する司法記者クラブに配属されれば、忙しすぎてじっくり将来のことを考えたり、専門分野の勉強をする暇はないだろう。

「いずれにせよ、サツも我々も異動は頻繁で、積極的に新陳代謝していくのが昔からの常だ。その結果、引き継ぎがどうしても甘くなる」

「分かります」古山は思い切りうなずいた。自分も、越谷の事件について、先輩記者からは一言も聞いていなかった。改めて事件について知ってみると実に腹が立つが、自分もこれまで後輩にしっかり引き継ぎができていたかどうか、自信はない。「警察の方が、引き継ぎはしっかりしていると思いますが」

「そうなんだけど、時効になったら単なる想《おも》い出《で》話だ。それに、県境を跨《また》ぐとなかなか情報が取れない」

「本庁はどうなんですか」古山は誰かに聞かれるのを避けるために、敢えて「警察庁」という言葉は使わなかった。

「微妙だな」松島がスマートフォンを手元に引き寄せた。「警察庁は全国の警察を指導・指揮する立場だけど、実際には個別の事件については、あまり口を挟まないんだ。それぞれの県警に、ノウハウの蓄積も能力もあるからな。余計な口出しをして、混乱させるのは無駄だと思ってる。もちろん、統計的に過去の事件については把握しているけど、それが関連しているかどうかを見抜けるかどうか……微妙だな」

「千葉と埼玉、両方で勤務したことがあるキャリア官僚もいますよね」

「あの連中は、個別の事件なんか一々覚えてないよ」

「そんなものですか？」古山は首を捻《ひね》った。

「大規模災害なんかで、県警挙げての対応が必要になったら、記憶に残る。しかし個別の事件となったら、そういうわけにもいかないようだ」

「変なメンタリティですね」

「いやいや、君も十年経ったら、埼玉支局で取材した事件なんか忘れるよ」

「俺は忘れませんよ」かすかに顔が強張《こわば》るのを感じながら古山は反論した。「忘れない記者になりたいと思います」

一瞬、松島が口をつぐむ。しかしすぐに相好《そうごう》を崩《くず》した。

「何ですか……」温かみのある笑みだったが、妙に居心地が悪くなる。

「いや、最近、君みたいに熱い記者は少なくなったな、と思ってさ」

「そうですか？」

「自分でも、周りから浮いてるとは思わないか？」

「それは、まあ……」言われてみればその通りだ。取材方針について同僚と意見が食い違うと、つい大声を上げてしまう。そして相手が譲《ゆず》るまで絶対に引かない。そもそも、議論にならないことも多かった。議論になる前に、相手が古山の大声に引いてしまうのだ。

「昔は、熱い奴が多かったんだよ。いや、多数派だった。それこそ、議論から喧嘩になることも珍しくなかった。泊まり勤務の時に殴り合い、とかね。もちろん殴り合いはよくないけど、それぐらい真剣に議論もした、ということだ。今は皆、利口《りこう》になったね。クールだ。でもそのせいで、何かが失われてしまったような気がする」

「何かって……何でしょうね」ぼんやりイメージはできるのだが、はっきりした言葉にならない。

「熱意とか、根性とか、言葉は何でもいいけど、今時は流行らない、そういうことだよ」松島がまた笑みを浮かべる。「居心地が悪いかもしれないけど、そういう気持ちを忘れないでくれよ。貴重な化石みたいなものかもしれない」

「化石って……」

「生きる化石」

「あんまり格好良くないですよ」

「小賢《こざか》しくなって、要領よく仕事をすることだけを考えている記者ばかりだったら、新聞はこれからも衰退《すいたい》する一方だよ」松島が急に真顔になった。「もちろん、衰退の原因はそれだけじゃない。そもそも新聞を読む人が急に少なくなったとか、理由はいくらでもある。でも、世間を驚かせるような、社会的に意味のある特ダネが載っていない新聞には魅力がない——違うか？」

「分かります」

「君はこれからも、ガンガン特ダネを書いてくれよ。俺も協力するからさ」

「これは松島さんのネタでもありますよ」

「今回、先に言ってきたのは君だ。だから、君がきちんと書くべきだ」

「まだ記事にできるかどうか、分かりませんけどね」

「意地でも記事にするんだ」松島が真顔で言った。「この件には、事実関係以外にも何かおかしなところがある。サツの大きな不祥事が隠れている可能性もあるんじゃないか？」

「確かにそんな感じはします」古山は同意した。

「週刊誌にばかり特ダネを書かれて、悔しくないか？」

「競う相手じゃないかもしれませんけど……いい気分はしませんよね。しかも新聞は、週刊誌に書かれても追いかけないんだから」

「だろう？　たまにはこっちが書いて、週刊誌が追いかけるようにさせようよ。俺が駆け出しの頃は、そんな感じだったんだから」

「何とかします」異動を前に、時間はないのだが。

「一つ提案だけど、これが連続した事件だということを、まず記事にしてみる手はあるな」

「発覚した、みたいな感じにするんですか？」

「そんなに急には、犯人は特定できないと思う。埼玉県警と千葉県警が、これから協力して捜査していくにしても、動きはそんなに早くないだろう。うちが先に書いて、サツの反応を見る、あるいは刺激してみる手もある」

「しかし、実際に捜査を始めていないと、記事にはしにくいですよ」

「ああ」松島が腕を組んだ。「そこは何とか考えよう。まず、個別の事件の詳細と現在の状況について詳しく調べていこう。そこで漏れがあると、話にならない」

「分かりました。まず、それぞれの県内の事件ですね」

「すり合わせは頻繁にやっていこう。毎日、夜に情報交換してもいい。それなら別に会わなくてもできるし。今風にリモートでもいいな」

「了解です」

松島がてきぱきと方針を決めたので、古山の気持ちはまた上向いた。さすが、ベテランの事件記者は違う。いや、今の彼は事件記者ではなく、選挙や経済ネタまでこなす、何でもありの地方記者なのだが。

「上の人間には、もう話しておいた方がいいですかね」

「もう少しはっきりした形になるまで待とうか。すぐにでも原稿として出せるぐらいまで、取材を進めておいた方がいい」

「分かりました。じゃあ、しばらくは極秘で行きます」

「俺は、支局の上の方にも話をしたけど、しばらく沈黙するよ。こっちの事件は三つだから、一人で何とかまとめられると思う」

「分かりました」うなずいた瞬間、前から聞こうとしていたことを思い出した。「松島さん、どうして柏支局にきたんですか？」

「柏に住んでるからさ。引っ越す必要もないし」

「そういう意味じゃなくて聞いたんですけど……どうしてわざわざ、編集委員から、きつい勤務の支局に異動しようと思ったんですか？　希望したんですよね？」

「ああ。幸い、左遷じゃないよ」松島が戯《おど》けた声を出した。

「俺にはちょっと分からないです」

「還暦《かんれき》が近くなると、いろいろ考えることもあるんだよ」松島は穏《おだ》やかな声で言った。

「それを教えてもらうわけにはいかないんですか？」

「個人的な事情だから」

「そうですか……」

「ほら、君もまだ緩いな。断られてもしつこく突っこむぐらいじゃないと」

「じゃあ――」

「おっと、取材はお断りだ」松島がまた真顔になってうなずく。

やっぱり、一癖ある人だな。ベテランの扱いは難しい。

第四章　展開

1

二日続きで夜遅くなると、さすがにきつい。体力が落ちていることを、松島は如実《にょじつ》に実感した。場所も悪かった。手賀沼《てがぬま》の西の端に隣接する北柏ふるさと公園では、沼を渡る冷たい風が意外に強く吹きつけてくる。分厚いウールのコートを着てきたが、寒さは完全には防げていない。

午後十一時二十五分。約束の時間の五分前に、松島は駐車場に車を乗り入れた。さすがにこの時間だと、三十台ほどが停《と》められる駐車場には車は一台も停まっていない。相手——朽木は、その辺の事情が分かっていてこの場所を選んだのだろう。実際、面会場所としては悪くない。車の中で話していれば、目立たないだろう。

しかし、サービスのいい駐車場だ。昼間は六十分百円、夜間は二百円で、そもそも昼間は一時間以内なら無料だ。駐車場の右手にあるコンテナのような部屋はレストラン。その手前にはトイレがあり、壁に押しつけられる格好《かっこう》で飲み物の自販機が三台あった。相手が飲むかどうかは分からないが、温かいペットボトルの茶を二本買っておく。熱いペットボトルをコートの両ポケットに入れると、何となくカイロ代わりになる。車に体を預けて立っていても、それほど寒さを感じなかった。

そういえば昔、この公園に娘たちと遊びに来たことがあった。時期はもう少し遅く、たぶん五月だったが、園内の花が咲き乱れ、娘二人のテンションが異常なほど高かったのを覚えている。常にクールというか喜怒哀楽を明らかにしない長女の橙子も、あの時は思い切りはしゃいでいた。あの静かな橙子にも、普通の子ども時代があったということか……。

自転車のブレーキが鳴る音がして、慌てて顔を上げると、本格的なツーリングの格好をした男が自転車に跨《また》がっていた。まさか、こいつが朽木か？　タイツにハーフパンツ、上半身は保温性の高そうなウィンドブレーカー姿で、完全にこの季節のツーリング向けの格好だった。グラブをはめてヘルメットも被《かぶ》っているし、あろうことか、夜中なのにラップアラウンド型のサングラスまでかけている。大きなネックウォーマーが首元から鼻まで覆《おお》っていた。おいおい、いくら何でもそこまでは寒くないはず……いや、顔を見られないようにガードしているのだろう。

「松島さんですか」男がネックウォーマーだけを下げ、顔の下半分を露《あら》わにした。こんな遅い時間なのに、細い顎《あご》に髭《ひげ》はまったく目立たず、肌はつるつるだった。弱い街灯の光の下で見ただけでも、よく日焼けしているのが分かる。ぴったりしたタイツに覆われた脹脛《ふくらはぎ》の筋肉が、よく発達しているのが見て取れた。普段から、相当本格的に自転車に乗っている人間だと分かる。乗っているのはイタリアのビアンキ。松島も大昔、ロードバイクに凝《こ》ってツーリングを趣味にしていた時期があるので、すぐに分かった。かなり金のかかる趣味である。年齢不詳……だが、三十代後半から四十代前半ではないかと松島は読んだ。

「朽木さん？」

「そうです」朽木がうなずき、サングラスに軽く触れて、「このままでいいですか」と訊《たず》ねた。

「顔を見られたくない？」

「申し訳ないですが、そういうことです」

顔を見られるとまずい……ということは、この男は県警内部の人間かもしれない。マスコミに情報提供しようとする人間は、とかく正体を隠したがるものだ。

「構いませんよ。しかし、あなたが本当に、電話をくれた朽木さんかどうかは分からない」

「時間通りに約束の場所に来たじゃないですか」

松島はうなずき、この男が朽木だと確信した。少なくとも、電話をかけてきた男なのは間違いない。少し低い、かすれがちな声にも聞き覚えがあった。

彼が情報源になるかどうかは、半信半疑だった。何となく、昔の公安の連中のやり口を感じさせる。正体を隠して監視対象者に接近し、あわよくばS——スパイとしてリクルートするのが連中のやり口だ。まあ、今の段階では何とも判断しにくい。話の端々から正体を探っていくしかないだろう。

「車で来ているので、中に入りますか？」

「いや、ここで結構です」

「では、お茶をどうぞ」

松島はコートからペットボトルを取り出して渡した。朽木は素直に受け取った。おっと、この辺もよく分からない。本気で用心しているなら、この飲み物は貰《もら》わないはずだ。ただし朽木は、お茶には口をつけようとはしない。松島は飲むことにした。実際、体が冷え始めていて、温かいものが欲しい。

「三十三年前に流山で起きた女の子の殺人事件を調べているんですね」朽木がいきなり切り出した。

「個別の取材については言えないですね」やはり県警の人間で、こちらの状況を探りにきたのだろうか。

「あの事件は、捜査が中途半端に終わったそうです」朽木が打ち明ける。

「中途半端？」その意味は様々に受け取れる。「どういうことですか」

「中途半端です」朽木が繰り返した。「捜査は完全には行われなかった、ということですよ」

「意味が分からないな」

「途中で誰《だれ》かがブレーキを踏んだんです」

松島は口をつぐみ、もう一度朽木の顔を凝視《ぎょうし》した。サングラスで目が隠れてはいるが、やはり四十代にしか見えない。だとしたら、流山の殺人事件が起きた時は、まだ子ども——十代だったはずだ。事件のことを知るわけもない。明らかに胡散臭《うさんくさ》い。

「こういう事件で捜査にブレーキを踏むことは、普通はあり得ない。汚職や選挙違反なら、上層部の胸先三寸でやめてしまうこともあるでしょうけどね」

「さすが、よく分かっていらっしゃる」朽木が納得したように二度、首を縦に振った。

「あなた、警察官なんでしょう」松島はさらりと追及した。「逆に言えば、警察官でなければあなたの言葉は信用できない。一般人が、捜査の状況を知るわけがないですからね」

今度は朽木が黙りこむ。サングラスのせいで目が見えないために、どうしても本音が読めなかった。最近は、人と会う時はマスクをするのが普通になっているが、口元よりも目の方が、人の感情はストレートに現れる。

「別にあなたの正体を詮索《せんさく》するつもりはないですが、情報の担保として、ある程度のことは知っておきたい。ただ話しているだけなら、あなたの情報を聞く意味はない」

情報源に対してはとにかく下手《したて》に出るべし——記者になって最初に教わるのはそれだ。さりげなく持ち上げ、真剣に話を聞き、相手が話しやすい環境を作る。しかし長く記者を続けるうちに、松島は逆のパターンも見つけ出していた。ダイレクトに自分の思いをぶつけ、相手の胸ぐらを摑《つか》むような質問をするのだ。正面からぶつかった後で和解できれば、向こうは「共犯者」的な感覚を持つようになるらしい。そういう強引なやり方で獲得したネタ元が、松島には何人かいた。

「どうですか？　最低限のことが分からなければ、これ以上あなたに話を聞く意味はない」松島は車のドアに手をかけた。

「――分かりました」朽木が溜息《ためいき》をついた。「でも、バッジを見せるのは勘弁して下さい」

「そこはあなたを信用します」

「確かに私は、千葉県警の警察官です。本部勤務です。所属までは申し上げたくない――どうせあなたは調べるでしょうが」

「それが嫌なら、余計なことはしませんよ」

「私の言うことを信用してもらえますか？」

「取《と》り敢《あ》えず、話は聞きましょう。でも、流山の事件が起きた時、あなたはまだ警察官になっていなかったのでは？」あるいは若く見えるだけで、実際は自分と近い年齢かもしれない。

「仰《おつしや》る通りです」朽木がうなずく。「でもあの事件は、県警の心ある警察官たちの間で、教訓として伝えられてきたんですよ」

「捜査をストップしたことが問題だと？」

朽木が無言でうなずく。口元に力が入っているのが分かった――まるで悔しさを噛《か》み潰《つぶ》そうとしているようだった。

「いったい何があったんです？」

「伝説は、真実を伝えているとは限らないものです」

「格好つけて言っても、よく分かりませんよ」

朽木の口元が歪《ゆが》む。しかし一瞬肩を上下させると、それだけで緊張と怒りを消してしまったようだった。

「伝説は、全面的な創作ではないことが多いそうですよ」松島は言った。「何か具体的なこと——天変地異とか災害とか、そういうことを後で理屈づけるために伝説が作られる、という話をよく聞きます」大学で文化人類学を学んだ時に聞いた話だ。四十年も前のことなのに、こんな話は覚えている。

「全《すべ》ては、上層部で決まった話です。下の人間は、命令とも言えない命令を受けて捜査の手を緩めた」

「忖度《そんたく》のようなことですか」

「というより、上司と部下の阿吽《あうん》の呼吸で」朽木がうなずく。

「それで実際に、捜査がストップしたんですね？」

「ストップというわけではなく、緩めた——まあ、この辺はニュアンスの問題でしょう。そう、でもあなたが言う通り、実質的に捜査はストップした。そして十五年が経過して、時効が成立したんです」

「何のためにそんなことを？」

「残念ながら、それは分かりません」朽木は首を横に振った。「ただ伝説では、誰かを庇《かば》うためにやった——つまり、犯人は早い段階で判明していたけど、逮捕するわけにはいかなかったということです」

「警察官だったとか？」それもあり得ない。これまで、現職の警察官が殺人事件の犯人として逮捕されたケースは何回もある。

「どうですかね」

朽木がふっと顔を背《そむ》ける。間違いなく知っている、と松島は判断して畳《たた》みかけた。

「警察官だったとしたら、とんでもなく高位の人だ。一般の警察官だったら、絶対に逮捕されているでしょう」

「警察官だったとは聞いていません」

「だったら誰を庇ったんですか」

松島は朽木に一歩詰め寄った。朽木は一歩も引かない。相変わらず信用していいかどうか分からないが、肝《きも》が据わっているのは間違いないようだ。

「正直に言います。分かりません」

朽木の一言に、体から一気に力が抜けるのを感じたが、松島は何とか踏みとどまった。今のは嘘《うそ》だ。朽木は絶対に、犯人が誰か、知っている。腹の底まで曝《さら》け出すかどうか、まだ覚悟が決まっていないだけではないだろうか。彼の決心を固めさせるには、どうしたらいい？　すぐには答えが見つからない。初対面の相手だから、どこを突いたらどんな反応が出るか、まったく読めないのだ。

「それであなたは、私に記事を書かせようとしている？」松島は一歩突っこんだ。

「それは私が要求できることじゃないですよ。記者さんが決めることでしょう」

「書かせようとする意図《いと》がなければ、わざわざ情報を提供しようとはしないはずだ」

問題は何のために書かせるか、だ。正義感ということも、当然ある。組織内部の問題を目の当たりにして、義憤に駆られてマスコミに助けを求めてもおかしくはない。問題は、こちらが組織内部の暗闘に利用される恐れもあるということだ。千葉県警も大きな組織であり、昔から様々な派閥《はばつ》があった。出身高校別に始まり、特定の所轄《しょかつ》で特定の時期に一緒だった人間同士で作る様々な「ＯＢ会」とか……ほとんどは酒を呑《の》むための言い訳のような集まりだが、中には「派閥」化している集団もあるという。敵対する派閥の誰かを貶《おとし》めるためにこの男が動いてるなら、巻きこまれたくない。

いや、本当に不祥事《ふしょうじ》ならば、余計なことは考慮せずに書いてしまうべきか。

「詳しい話は、古い人に聞いて下さい」

「つまり、あなたは詳しい情報は知らない？」

「伝説で聞いているだけなので。古い人なら――例えば、三十三年前に捜査本部に入っていた人なら、もっとよく状況を知っていると思いますよ」

「例えば？」

朽木の喉仏《のどぼとけ》が大きく上下した。誰に当たればいいか知っている、と確信し、松島は「例えば誰ですか？」と質問を繰り返した。

「今だったら、署長になっているような人とかですね」朽木がしばし黙りこんだ末、ようやく答えた。

「三十三年前に駆け出しだったら、確かに今頃《いまごろ》署長になっていてもおかしくないですね」

「そしてまた、同じような事件に遭遇している……」

それでピンときた。まさに自分たちが追いかけている事件ではないか。

「野田署長とか？」

朽木が無言でうなずく。しばらく、二人の間に冷たい沈黙が流れた。朽木がもう一度うなずき――力なくうなだれただけかもしれない――サングラスに手をかける。顔全体を見せる気になったのかと思ったが、慎重《しんちょう》にかけ直しただけだった。

「当たりどころですね」

「まさか、今回の件でも動かないように指示が出ているとか？」捜査本部の動きが鈍いのは、松島もずっと気になっていた。

「現在のことは知りません。距離があるので」

ということは、この男は捜査一課――あるいは刑事部の人間ですらないかもしれない。ただし、ある程度は噂《うわさ》が耳に入るポジションにいる。

「調べれば必ず分かります。県警は一枚岩ではありません」

「あなたの狙《ねら》いは……正義の実現ですか」あまりにも正面からぶつかり過ぎたかもしれないと思いながら、松島は質《ただ》した。

「警察官は正義の味方であるべきです。ただ、長い間警察官をやっていると、初心を忘れて、正義感以外にも重視することが出てくる。それは自然かもしれませんが、それではいけないんです。マスコミなら、まだ正義だけで勝負できるんじゃないですか」

朽木がネックウォーマーを引き上げた。これで会談は終わりの合図と松島は判断して、慌てて言った。

「あなたの連絡先が知りたい」

「ああ」

朽木がウィンドブレーカーのポケットから一枚の紙片を取り出した。名刺かと思ったがただのメモで……携帯の番号が書いてある。

「これは私用の携帯ですか？」

「あまり詮索しないで下さい」

「こっちは警察じゃないですからね。番号から契約者を割り出そうとしても、まず無理ですよ。無駄な努力はしません――この電話には、確実に出るんですか？」

朽木が無言でうなずき、ペダルに足をかけた。そう言えば彼は、ずっとサドルに跨ったままだった、と気づく。

県警内部にも、朽木のような情報提供者はいるわけだ。もしかしたら一連の事件は、破裂寸前になっているかもしれない。三十年以上に及ぶ警察の隠蔽《いんぺい》工作も、ここに来て終わるのではないか？　しかしそこで、松島の頭にまた疑問が浮かぶ。

千葉県警の事情は何となく想像がつく。しかし埼玉県警は、ここにどう絡んでくるんだ？


東日新聞柏支局にとっての重要な取材先である柏署は、千葉県警内の大規模署の一つであり、署員は三百人を超える。第三方面を代表する警察署であり、年間取扱事件数が県内の所轄で最多になったこともある。

副署長の小宮《こみや》は、堂々とした男だった。県警のノンキャリアの中では、順調に出世街道を駆け上がっていると言っていいだろう。警備畑の出身で、四十七歳。体格もがっしりしていて、顔が大きく、声の通りもいい。署長になったら、上手《うま》い訓示をやりそうなタイプだ。

「おや、久しぶりですね」会うなり、軽い皮肉をぶつけてくる。皮肉と感じるのは、松島のひがみのようなものかもしれないが。

「どうも、ご無沙汰《ぶさた》して——基本、若い奴《やつ》に任せてますからね」副署長席の前のソファに腰を下ろしながら、松島は言った。

「梶山さんは優秀ですからね」

「うちの希望の星ですから、たまにはいいネタを投げてやって下さいよ」

「そんなにいいネタはないですけどねえ」

「古い事件のネタでもいいんですけど」

「古い事件？」

「十六年前の、小学生女児の行方《ゆくえ》不明事件とか」

小宮の眉《まゆ》がぴくりと動いた。動揺した？　ちょっとしたことでは動揺しそうにないタイプに見えるが。

「ありましたね、そんな事件」

「まだ捜索は続いてるんでしょう」

「松島さん……それはちょっと、いくら何でも話が古過ぎませんか？」

「捜索はしていない？」松島は言葉を変えて繰り返した。念押しではなく疑念。

「行方不明事件が起きると、その後どうなるか、松島さんならよくご存じでしょう」

「一週間も経《た》つと、捜索は縮小される――実質的に打ち切りになる」

「まあ……警察の人員にも限りがありますし、事件は次々に起こりますからね」

「それは分かりますよ」松島は、物分かりのいいベテラン記者を装《よそお》ってうなずいた。「警察は忙しいですからね」

「正直、あまりにも古い案件なんで、松島さんに言われるまで忘れてました」

「小宮さんほど優秀な人でも？」

「いやいや……」小宮が嫌そうな表情を浮かべて首を横に振った。「うちは特に忙しいですからね。動いていない事件については、いったん頭から外しますよ」

「要するに、見つかりそうにないんですね」

「広報担当の口からは、そんなことは言えませんが」小宮の表情が厳しくなった。「どうしたんですか、松島さん」

「いやいや……管内のことですからね。古い未解決事件を調べていて、引っかかってきたんですよ」

「引っかかった？　今更取材するつもりじゃないですよね」

「さあ」松島は肩をすくめた。「取材はするかもしれません。字にするかどうかは、今の段階では何も言えませんが」

「ベテラン記者が、こんな小さな事件を取材するんですか？」

「子どもが犠牲《ぎせい》になる事件に関しては、ベテランだろうが若手だろうが関係ありませんよ」

「それは、まあねえ……」小宮の口調が歯切れ悪くなる。

「興味があれば調べるのも、記者の権利だと思っています」

「しかし、今更取材しても、親御さんが辛《つら》いだけじゃないかな」

「ご両親はご健在なんでしょう？」十六年前に行方不明になった嶋礼奈は、生きていれば二十二歳になっているはずだ。二十二歳の女性の両親だったら、そこまで歳《とし》とっていないだろう。いや、松島より年下の可能性も高い。まだ連絡先は割り出していなかったが、何とでもなるはずだ。当時の記事はあまり詳細を伝えていなかったから、ここは再取材は絶対に必要だ。

「ご健在だから、辛いんでしょう」

「行方不明になった子どもが帰って来ないと諦《あきら》める親はいませんよ。記事が出れば、また新しい情報が入ってくるかもしれないし」

「まあ、それも否定はできませんけどね」小宮が周囲を素早く見渡す。早くこの話を切り上げたがっているのは明らかで、その材料を探しているようだった。

「いずれ、この件についてはまた詳しく取材させてもらいますよ。もちろん、本部案件じゃないでしょう？」

「この手の行方不明事件は、だいたい所轄だけで扱いますね」

殺しとなると話は別だが、この件では遺体は発見されていない。

「ところで小宮さん、埼玉県でも何件か女児の行方不明事件が起きているのはご存じですか？」

「いや」

「そうですか。隣県の事件だと、だいたい情報が回ってくるものですけどね」松島は適当に言った。

実際にはそんなことはない。

「私は知らないですね」

「そうですか……本部にいる時の話だからかな。小宮さんみたいに警備の人は、こういう事案には関《かか》わりませんからね」

「そうですね……松島さん、何を企《たくら》んでいるんですか？」

「企む？」松島はわざとらしく首を傾《かし》げた。「過去の未解決事件を取材する——新聞記者の仕事としては、ごく普通じゃないですか？　でも、警察的には嫌かもしれませんね。未解決事件を引っ掻《か》き回されて記事にされるのは、失敗を指摘されるようなものだから」

「別に、そういうわけでは……」小宮が言葉を濁《にご》した。

「いや、失礼しました」松島は大袈裟《おおげさ》に膝《ひざ》を打った。「お忙しいところ、記事になるかどうかも分からない話で、ご迷惑をおかけしましたね」

さっさと立ち上がり、一度も振り返らずに副署長席から去った。小宮の視線を強く感じたが、歩みは止めない。

種は蒔《ま》いた。今の話で、小宮はどれぐらい苛立《いらだ》つだろう。上司に相談が必要だと考えるかどうか。ここで少し波紋を起こし、波がどんな方向へ広がっていくか、見極めるつもりだった。

もう一ヶ所、小石を投げこむ場所がある。松島はその足で、流山署に向かった。あちこちに石を投げこんでおけば、その波紋がぶつかり合い、いずれ大きな模様を作るだろう。それが、この事件の真の姿を表現してくれるかもしれない。

流山署では空振りした。署長の村尾《むらお》はずっと会議中で、署長室に降りて来ない。副署長を揺さぶっても何も出てきそうにないので、適当に話をして引き上げる。

支局へ戻ると、宅配便が届いていた。送り主は羽田だった。開けると、当時の新聞記事のコピー、警察の広報資料などがぎっしり詰まっている。新聞記事はデータベースでも読めるのだが、と苦笑したが、広報資料は役に立つ。羽田は激しい性格に似合わず字は綺麗《きれい》で、資料への書きこみもはっきり読めるのだ。

メモが手紙代わりに入っていた。

松島大兄
取り敢えず、手元に残っていた資料は全《すべ》て同封しました。役に立つかどうかは分かりませんが、お目通し下さい。

あの傲慢《ごうまん》な人が、「大兄」とはね……やはり長年の地方暮らしで角が取れ、普通に頭を下げられるようになったのだろうか。感謝しながら、松島はまず、広報資料と羽田本人が書いたメモを選《よ》り分けた。どうやっていいか困ったが、取り敢えず時系列に並べていく。そのうち、一枚の奇妙なメモに気づいた。人の名前と住所、電話番号がずらりと並んでいる。トップが捜査一課長の岡山。それでピンときた。これは、当時の捜査幹部の名簿だ。あの頃、県警クラブでは代々引き継いだ幹部の名簿——独自に割り出した自宅住所入り——を持っていた。夜回りのためなのだが、これはその名簿とは違う。それまでの名簿とは関係なく、この事件の取材のために羽田が独自に作ったもののようだった。名簿に書かれた名前は二十人……二十一人いる。これを見ただけでも、羽田の記者としての能力の高さがよく分かった。事件が発生してから短い時間で、これだけの人間の住所を割り出すのは相当大変だ。もちろん、元からの名簿に載っていた人もいただろうが。

その中——一番下まで見て、松島は驚いた。小野の名前がある。小野は当時、本部の捜査一課に引き上げられたばかりだった。そんな平刑事の住所をいち早く割り出していたとは。自分と同じように、羽田も現場でたまたま知り合ったのだろうか。

小野か……やはり、もう一度会う必要がある。よし、今晩の仕事はこれだな。野田署にとんぼ返りだ。その前に少し気合いを入れないと。松島は家に電話して、昌美に「今夜は肉を食べさせてくれ」と頼んだ。肉を食べたいという気持ちは手術後薄れているが、やはりここは、がっちりエネルギーを補給しておきたい。

その時、胃にちくりと痛みが走った。馴染《なじ》みの痛みではなく、初めての感覚……かすかな恐怖を味わいながら、松島は立ち上がった。動こう。とにかく動いているうちは、余計なことを心配しないで済む。

2

小野は、午後八時過ぎに官舎に戻って来た。捜査が動いている最中には、新聞記者と顔を合わせないようにと、どこかで適当に時間を潰して深夜まで帰って来ない署長もいるのだが、小野はそういうタイプではないようだ。松島としては、そもそも各社とも官舎前で張っていないのが気に食わない。泥臭《どろくさ》い事件取材は、今時流行《はや》らないものなのか……。

小野はいち早く松島に気づき、一瞬立ち止まった。微妙に表情を歪めたが、すぐに感情を感じさせない顔つきに戻る。

「どうしました？」

「いやいや……」どうしたもこうしたもないものだが、と松島は苦笑した。「署長なのに、送りはないんですね」

「歩いて五分なのに、車に乗ったら時間の無駄でしょう」

「そういう署長もいましたよ」

「そうでなくても座ってばかりなんだから、行き帰りぐらいは歩かないと」

いかにも運動不足のように言う割に、小野の体は引き締まっている。

「ちょっと時間をもらっていいですかね」

「そう言われると、帰れとは言いにくいな」小野が苦笑する。

「俺《おれ》の車でいいですか？　官舎には入らない方がいいでしょう」

「より少ない悪の選択、ですかね」

俺と会うことは悪なのか、と松島も苦笑いしてしまった。署長が記者の夜回りを受けるのは暗黙の了解で誰でも知っているが、具体的に「いつ」「誰と」会っていたかがばれるとまずい。

車に落ち着くと、松島は前置き抜きでいきなり切り出した。

「小野さん、三十三年前に捜査一課にいましたよね」

松島が現場で知り合った時、小野はまだ所轄の刑事だった。その後すぐに捜査一課に引き上げられたので、松島の記憶も鮮明である。高卒の小野は、当時まだ二十四歳。当時は、この年齢で本部勤務になるのはかなり異例のことだった。少なくとも数年は所轄で下積みの仕事をして、本部へ上がるのはだいたい二十代後半だったのだ。今は二十代半ばの本部の刑事も珍しくない。修業期間が短くなったということか。

「ええ」当惑の表情を浮かべたまま小野がうなずく。「それは、この前も話しましたね。でも何ですか？　そんな昔の話を持ち出して」

「小野さん、一課で最初の捜査本部事件は何でした？」

「わざわざ昔話をしに来たんですか？」小野が疑わしげに訊ねる。

「確かに昔話ですね」取り敢えずは。「流山の殺しじゃなかったですか？」

「ああ……そうだったかな」

「被害者は金城真美ちゃん、七歳」

「嫌な事件だった」助手席に座る小野が、両手で顔を擦《こす》った。「子どもが犠牲になった事件の捜査本部は、普段よりもずっと重苦しいものです」

「今回のように？」

「そう……ですね」

「三十三年前の事件は、時効になりました」

「嫌な話をしますね、松島さん。最初に手がけた捜査本部事件が時効になる……担当者がずっと嫌な気分なのは分かるでしょう」

「出だしでつまずいたようなものでは？」

「そんな感じですね」

「どうしてつまずいたんですか」

「何ですか、その質問は」小野の声にかすかに怒りが滲《にじ》んだ。

事件が解決しないのは、大抵刑事たちがミスを犯しているからだ。どこかで重要な手がかりを見過ごしていたり、間違った証言に引っ張られたり……見当違いの捜査を進めているうちに真犯人は手の届かないところへ去ってしまう。しかし特定の刑事に責任をなすりつけることは難しく、どちらかと言えば捜査本部全体の責任と目される。しかし実際に捜査している刑事は、多少なりとも自分に責任があると思うものだ――松島は昔、ベテランの刑事からそう聞かされたことがあった。未解決事件は、永遠にかさぶたが塞《ふさ》がらない傷のようなものなんだよ……。

「いや、純粋に好奇心からです。何がまずかったと思いますか」

「ただの平刑事だった私には、何も言えませんね」

「真面目《まじめ》に捜査してたんですか？」

「松島さん、何が言いたいんですか」小野の声が固くなる。

「途中で捜査が緩んだんじゃないですか」松島は遠慮《えんりょ》なく指摘した。「緩んだというか、真面目に捜査する必要はないと、上の方から指示があった」

「松島さん、あんた、自分が何を言ってるか、分かってるのか」小野が声を荒らげた。「ことは殺人事件ですよ？　わざと捜査しないなんてこと、あるわけないでしょう」

「誰かがそうすべきだと判断したのかもしれない」

「馬鹿な」小野が吐き捨てる。「いったいどうしたんですか、松島さん？　いきなり訳の分からないことを言い出して」

「この件、県警の中では伝説になってるそうじゃないですか」

ふいに小野の言葉が消える。ちらりと横を見ると、必死の形相《ぎょうそう》で唇を引き結んでいた。一言も漏らすまいと決心を固めたように見えた……が、ほどなく小野は「ああ」と短く漏らした。

「上層部が捜査にストップをかけて、その結果、事件は未解決のまま時効を迎えた——ずっと県警の中で語り継がれているそうですね。それをキャッチできなかった俺たち新聞記者も間抜けだけど、警察はもっとひどい」

「それは、私には何とも言えませんけど……松島さんが聞いてきた情報は、根拠のない話ではない」

小野が低い声で認めた。

「つまり、捜査方針の大きな変更はあったんですね？」松島は念押しして確認した。

「私は下っ端も下っ端で、捜査本部全体の動きを知る立場じゃなかった」

「ええ」

「だから本当に、何があったのかは分かりません。でも、刑事たちの動きが明らかに変わった日があった。その日を境に、しばらく時間潰しをするようになってね」

「時間潰し？」

「聞き込みをしている振りをして、街をブラブラしたり、お茶を飲んだりして、一日何もしなかった」

「どの刑事さんも同じだったんですか？」

「おそらくは。当然、捜査会議ではいい情報が上がってくるわけもない。一ヶ月経つと、捜査本部の人員は半分に縮小されましたよ」

「早くないですか？」松島は思わず訊ねた。捜査が長引けば、いずれ捜査本部に投入した刑事は引き上げざるを得なくなる。必ず次の事件は起きるものだし、新しい事件には一気に大量に人を投入する必要があるからだ。しかし、発生からわずか一月で人員半減というのは、松島は聞いたことがない。

「早いですね」小野が認めた。「その時私も、別の事件の捜査本部に投入されました。確かに事件が多い時期ではあったけど、新しい事件はそれほど大したものではない——すぐに解決したんですよ。でもその後、流山の捜査本部に戻ることはなかった」

「悔しくなかったですか?」

「それは——」小野が声を張り上げかけた。しかしすぐにまた黙りこむ。

「どんなに悔しくても、その感情だけで勝手に捜査をすることはできませんよね」

「松島さんは、よく分かっていらっしゃる。ただ……あの時の感情とは、未《いま》だに折り合えない。あの傷は、永遠に残るでしょうね」

「何とかしようとは思わなかったんですか? 例えば、流山署へ異動を申し出れば、自分で捜査を続けられるチャンスもあったはずだ」

「実際、異動を願い出たことはあるんですよ」小野が打ち明ける。「しかし、駄目だった。しかも『余計なことをするな』と釘《くぎ》を刺されました」

「どうしても、ちゃんと捜査させたくなかったわけだ……」松島は、ふつふつと怒りがこみ上げてくるのを感じた。ことは殺人事件である。少女が殺されて犯人が野放し——刑事だったら、絶対に自分で解決したいと願うのが普通ではないだろうか。その思いを押し潰すのは……警察は組織の中の組織であり、上からの命令は絶対だ。息をする、水を飲む、上司の命令には従う——逆らわないのが自然になっているのだ。

「小野さん、当時のこと、今では結構分かっていますよね。出世の階段を上がると、秘密も分かるようになるものじゃないですか」

「まあ……」小野が言葉を濁した。

「それを話して下さい。もしかしたら、三十三年前の事件が、今につながっているかもしれない。今だけじゃないかもしれません。千葉と埼玉で、断続的に幼い女の子が行方不明になる事件が起きている。全て関連している可能性もあるんですよ」

「それを記事にするつもりですか？」

「十分な手がかりがあれば」

「そうですか……私には何とも言えない」

「圧力をかけないんですか？」

「圧力？」

「埼玉県警を担当している記者が、警察から圧力を受けたんですよ。向こうは、書いて欲しくないようですね。千葉県警は露骨な圧力はかけてこないけど、どこに取材しても適当に流される」

「なるほど」小野がうなずく。

「小野さん、全ては三十三年前の流山の事件から始まったと思うんです。あの事件の捜査で何があったか、そしてどうして捜査の手が緩んだか……それが分かれば、この件は記事にできる。もちろん、主眼は数年おきに千葉と埼玉で起きている女児の殺人事件、行方不明事件なんですけどね」

「分かってますよ」

「県警も把握してるんですか？　一連の事件だと？」松島はつい勢いこんで、立て続けに突っこんでしまった。「同一犯による犯行じゃないんですか」

「そこまではっきりしたことは分からない」

「話してくれる気はありますか？」こういう質問は間抜けだなと思いながら、聞かずにはいられない。

「時間を下さい」

「時間があれば……」

「調べることもある。それに何より、私自身が……」

決心するまでには時間が必要、か。松島は一人うなずき、静かに言葉を続けた。

「分かりました。小野さんが話す気になってくれるまで待ちます。でも、他でも取材を進めますよ。それで確信が持てれば、すぐに書きます」

「それは相当難しいと思う」

「どういうことですか？」

「壁は高く厚い、ということです」

「うちだけが取材しているわけじゃない。埼玉支局も必死です」

「それに対して、警察は千葉も埼玉もばらばらに動いている……その点は警察の方が不利ですか」

「何とも言えませんが、とにかくタイミングがくれば書きます」

「松島さん、ちょっと様子が変わりましたね」小野が急に話を変えた。「こっちへ戻って来て、最初に署に来た時は、肩から力が抜けていた。枯《か》れていた。でも今は違う。昔みたいじゃないですか。この件は、記者としてそんなに魅力的ですか？」

それは間違いないが、それだけではない。松島は、取材先では決して言わなかった事実を打ち明けた。

「がんなんですよ」

「本当に？」

「胃がんです。寛解したから仕事に戻ったんですけどね。柏支局に来たのは、正直、少しのんびりしたかったせいもある。まだ体も不安だし、来年で定年ですからね。のんびり仕事しながら、これからのことを考えようと思っていたところへ、あの事件ですよ。急に火が点《つ》いた。自分がまだやれるか、この取材で証明してやろうと思った」

「無理をしてるんじゃないんですか？　体第一ですよ」

「今のところは大丈夫」松島は胃に掌《てのひら》を当てた。「やれる時はやる——一年生記者に戻ったような気分ですよ」


小野はやはり「時間が欲しい」という一線を譲らなかった。資料を集める時間というより、覚悟を固めるための時間だろうと判断し、松島はこの夜、一度引くことにした。小野は重要なハブになる可能性がある。無理せず、自ら進んで話す気になるのを待とう。

翌日、早くも小野から連絡があった。支局に出勤した直後、スマートフォンに見知らぬ携帯番号からの着信があったのだ。それが小野で、「もう少し時間が欲しい」という言い訳と、「今後は直接会わない方がいい」という控えめな提案だった。何か、他人にはバレない方法で情報を送る手を考えるから——松島としては、その言葉を信じるしかなかった。

その日は一日、事件とは関係ない通常取材をこなして過ごした。美菜には、「今回の事件の件では、しばらく野田署へは当たらないように」と言い渡す。美菜は怪訝《けげん》な表情を浮かべて理由を聞いたが、松島としては「俺のネタ元の関係で」と言うしかなかった。

夕方、意外な相手から電話がかかってきた。同期で、今も本社で政治担当の編集委員を務める佐野《さの》。同期とはいえ、支局も違えば本社での所属も違ったので、一緒に仕事をしたことは一度もない。ただ、編集委員として同じ部屋にいた時には、よく一緒に食事には行った。ただ、彼との定期的な食事が胃がんの遠因だったのでは、と松島は疑っている。とにかくよく食べる男で、つき合って食べているうちにこちらの胃もダメージを受けたのは間違いない。

「飯、食おうぜ」

「おいおい」第一声がそれかよ、と苦笑しながら松島はスマートフォンを握り締めた。

「今、柏に来てるんだ」

「柏？　何でお前が」

佐野は政治部出身で、編集委員になっても与党・民自党《みんじ》に食いこんで取材を続けている。当然、取材現場は都内が中心だ。というより、都内以外で取材することなどないのではないか。

「今度、『自画像』の連載をやるんだよ」

「ああ」

「自画像」は解説面で長く続いている連載で、各界の著名人の一代記のようなものである。

「相手は？」

「菅原宗介《すがわらそうすけ》――民自党の元幹事長だ」

党人派の代表的な政治家で、政局の節目節目で暗躍したと言われている人物である。もう十年以上前に引退したのだが、今も講演などの形で政治活動は行っているはずだ。

「あの人、千葉じゃないだろう。地盤は東京だよな」

「周辺取材も必要だろう？　今日は、本間彰《ほんまあきら》に話を聞いてたんだ」

「それで、柏か」本間も引退した民自党の代議士――柏が地元だった――で、同期当選の菅原とは長年コンビを組んで仕事をしていた。二人を評して「政界のツインタワー」。あの世代――既に九十歳近い——にしては二人とも背が高かったので、そんな風に言われていたはずだ。松島は政治に興味はないのに、新聞の隅《すみ》から隅まで読むから、そういうことは覚えている。

「この辺、よく知らないんだ」

「お前も千葉県民じゃないか」

「千葉は広いからな」

松島が住んでいるのは、常磐線沿線の東葛地域。佐野は葛南《かつなん》地域と呼ばれる市川市《いちかわ》在住で、京葉線《けいよう》、総武《そうぶ》線沿線の住人だから、生活のベースはまったく違うと言っていい。柏のレストラン事情を知らないのも当然だ。

「俺は最近、外食なんてしないぜ」

「分かってるよ。でも、店ぐらい知ってるだろう」

何という強引な、と松島はまた苦笑した。たぶん佐野は、取材でもこういう強引なやり方で数々の特ダネをものにしてきたのだろう。言われてもすぐには店が思い浮かばないので、取り敢えず柏駅東口のペデストリアンデッキで待ち合わせることにした。あの辺に出れば、和洋中、何の店でもある。佐野はよく食べる男だが、美食家ではない。居酒屋か何かで、テーブルを埋《う》めておけば満足するだろうと思って店の見当をつけておいたが、久しぶりに会った佐野は第一声で、「パスタが食いたいな」と言い出した。

「お前がパスタ?」

「何か変か?」

「変じゃないけど、お前とイタ飯を食ったことなんかないじゃないか」

「何でも初めてはあるよ」佐野がニヤリと笑った。

イタリアンなら案内できる店がある。娘たちが好きで、何回か行ったことのある店が、元町《もとまち》通りにあるのだ。

「五分ぐらい歩くが」

「飯前の腹ごなしにちょうどいい」

佐野の調子の良さは変わっていないようだった。体形も……いや、ますます丸くなったようだ。コートは着ているが、腹は突き出ていて、開いた隙間《すきま》からワイシャツとネクタイが覗《のぞ》いている。相変わらず好きなだけ食べて運動もしていないようだが、これで健康状態は問題ないのだろうか。

「クソ、マスク、外していいか」デッキを歩き始めると、佐野が言った。

「俺は別にいいけど」

「苦しくてしょうがないんだよ」

見ていると、佐野が顎までマスクを引き下ろした……いつの間にか口髭をはやしている。しかしどうにも似合っていない。まあ、この件には触れないでおこう。佐野は時々いるタイプ——自分大好きなのだ。人を魅了するようなルックスでもないのに、妙に格好をつける癖《くせ》があり、この髭もその一環だろう。

何年ぶりかで来たこのイタリア料理店は、記憶にある通りだった。赤白チェックのテーブルクロスに、カウンターの上に吊《つ》るされた大量のワイングラス。ただし、席はだいぶ減っていた。以前は、隣の席の囁《ささや》き声さえ聞こえてしまいそうなほどテーブルがくっついていたが、どうやら半分ほど間引きしたようだ。コロナ禍《か》以来、多くの飲食店がこういう風にテーブルの配置を変えた。仕方ないこととはいえ、きちんと客が回転して金を落としていくのだろうかと心配になる。

二人は奥の壁に近い席に陣取った。

「俺に任せるか？」

「いいよ」

嬉《うれ》しそうに、佐野がメニューを眺め渡す。間もなく手を上げて店員を呼び、料理を大量に注文した。

「おい、俺はそんなに――」テーブルが料理で埋まる様を想像するだけで、胃もたれしてくる。

「大丈夫だよ、俺が責任持って食べるから。お前、飲み物は――酒はまずいか」

「ああ、やめてる」

「どうする？」

「ガス入りの水だな」本当は、刺激の強いものは避けた方がいいらしい。ただ、味つけの濃いイタリア料理を普通の水で流しこむことを考えると、胸焼けしてくるようだった。

すぐに前菜が運ばれてきて、同時に佐野は今回の取材の内容をベラベラ喋《しゃべ》り始めた。毒にも薬にもならない話だが、記事になる前の情報を公共の場所で堂々と話すのはどうかと思ったので、松島は会社の同僚たちの噂《うわさ》に話を振った。そうなるとまた、佐野の独演会は止まらなくなる。とにかく佐野は、人の話を聞くより自分が喋る方が大好きなのだ。

料理が出てくるに連れ、佐野の口数は減っていった。食べながらこの調子で話し続けられたらたまらないと思っていたのだが、取り敢えずは一段落だ。松島は、刺激の少ない料理を選んで、量も少しずつ食べた。久々に食べた本格的なパスタ――ポモドーロだった――は身震いするほど美味《うま》かったが、オイルまみれなので胃が心配になる。いや、そこまで気にしてもしょうがないだろう。イタリアにも胃がんで手術する人はいるはずだ。たとえ胃を全摘《ぜんてき》しても、イタリア人がオリーブオイルなしで食事を済ませられるとは思えない。

佐野はブルドーザーのような勢いで皿を空にしていく。前菜から二種類のパスタ、メーンもチキンのトマト煮込みとミラノ風カツレツ、二つを頼んだのだが、全体の三分の二は佐野が平らげてしまった。松島は完全に満腹になっていたが、佐野はまたメニューを取り上げ、デザートを検討し始めた。

「デザート、どうする」

「俺はパス」

さすがに口の中が油っぽい。本当はエスプレッソの苦味で一気に流したいところだが、濃いコーヒーで胃に負担をかけたくなかった。デザートも兼ねてカフェラテでいくことにする。佐野もカフェオレを頼んだが、デザートにパンナコッタを選んだ。それがまた巨大で、松島は自分もたっぷりデザートを食べたような気分になった。

「お前、今何を取材してる?」佐野がいきなり切り出した。

「いろいろさ。地方記者は何でも屋だ」

「そういう意味じゃなくて、一番力を入れてるのは何だ?」

何が言いたい? 松島は警戒して口をつぐんだ。

「ほら、事件とかさ。お前は事件記者の最後の生き残りなんだから」

「事件もたくさんあるよ。柏は事件が多い街だから」

「なるほどね……あのな、一つ、忠告していいか?」

「忠告?」

佐野が素早くうなずき、パンナコッタをスプーンで大きく抉《えぐ》って口に運んだ。

「疲れる取材はやめた方がいいぞ」

「何の話だ?」

「体のこともあるじゃないか。もっと自分を労《いた》われよ。今無理したって、何の得もないだろう」

「おいおい、何言ってるんだ」松島は思わず目を見開いた。佐野は、自分大好き人間だ。取材相手ならともかく、同僚の体調を心配するような人間ではない。

「実際、体調はどうなんだ？」

「特に何もないよ。定期的に検査は受けてるけど、数字も問題ない」

「そうか。だけど、病気が病気だからな。無理してストレスがたまると、それで再発することもあるんじゃないか」

まったく、この男は……がん患者が一番嫌いな言葉が「再発」である。本当に、人の気持ちが分からない人間だ。これでよく、長年政治家の取材を続けられたものだと思う。取材相手に対しては異様に気を遣《つか》うので、同僚や家族に対しては雑な態度になるのかもしれないが。

「医者が大丈夫って言ってるんだから、大丈夫だよ」

「そうか。でも、柏支局長なんて、若手に取材を任せて、デスクでふんぞり返っていればいいんじゃないか」

「今は、地方支局もどんどん人が減ってるんだ。支局長もフル回転しないと、紙面が埋まらない」

「大変だねえ」

「お前みたいに逃げ切る人間には、一生分からないだろうな」

「そうだな、俺は逃げ切れそうだ。だけど、お前だって同じだろう。それとも、定年になってもまだ、支局で働くつもりか？」

「今のところはそのつもりだ。お前はどうするんだ？」

「たぶん、ＢＳで解説の仕事がある」

「へえ」

系列のBS東テレだろう。佐野のルックスはとてもテレビに耐えられるとは思えないが、地上波でなければこれでもいいのかもしれない。もしかしたら口髭は、テレビ対策なのだろうか。

「アルバイトみたいなものだけど、年金がもらえるまでのつなぎだ」

「政治の裏側を分かりやすく解説ってやつか？」

「まあな」佐野が、どこか自慢げな笑みを浮かべた。しかしその笑みは一瞬で消え、極めて真面目な表情になる。「本当は、ややこしい事件を取材してるんだろう？」

「野田の事件か？　お前があの事件を知ってるとは思わなかった」

「俺も千葉県民だぜ」

「しかし政治部のお前は、事件記事なんかに興味はないだろう」

「俺は、ないよ」

佐野の微妙な言い方が気になった。「俺は」。他に誰か、気にしている人間がいるのか？

「お前、警察庁辺りとつながっているのか？　それとも国家公安委員会？」

「いや」

「じゃあ、法務省か」

日本の法執行機関は複雑な構造だ。警察のトップは警察庁、しかし所轄官庁は国家公安委員会だ。さらに裁判は検察庁と裁判所、それに法務省の管轄になる。このうち、警察庁と検察庁、裁判所の取材を受け持つのは社会部だが、法務省や国家公安委員会となると政治部の担当だ。しかし警察官僚出身の政治家もいるから、政治部の記者も、警察とつながりがないとは言えない。

「まあ、俺ぐらい長く記者をやってると、どこがどうつながってるか、自分でも分からなくなってくるよ」

「お前、回りくどくなったか？」松島は皮肉を飛ばした。

「いや」

「じゃあ、はっきり言えよ」

「政治記者の言葉は、常にはっきりしないいんだよ。曖昧《あいまい》な世界で生きてるもんでね」

「格好つけるな」

「とにかく、今お前が取りかかっている件の取材は適当にしておけ。絶対に無理するな」

「これはお前個人の忠告か？　それともお前は誰かのメッセンジャーなのか？」

松島が政治部を毛嫌いする理由がこれだ。取材しているだけならともかく、政治家にいいように使われて喜んでいる記者もいる。伝書鳩《でんしょばと》のように、普段接触のない党の幹部同士とか、敵対派閥のトップ同士をつなぐことこそが自分の仕事だと思いこんでいる記者も少なくない。記者の仕事も、政治家の仕事と同じだと思いこんでいるのだ。佐野もそういう記者の一人なのだろう。

しかし、人の取材にまで口を出してくるとはどういうことだ？

「ちゃんと伝えたからな」

「お前は、俺が具体的に何の取材をしているかは知らないはずだ」

「お前とその話をしたことはないな」佐野がうなずく。

「でも、俺が何をしているかは知っている。誰に聞いた？」

「誰かに話せば必ず漏れる。それぐらい、お前には分かっているだろう」

社内での情報漏れか……それ自体は、責められない。佐野が、自分の動きに関する情報をどこかで聞きこんでもおかしくはないのだが、それが忠告――警告につながるのが理解できない。

「取材をやめろ、ということか」

「お前がそう解釈するなら、そうしろよ」

「はっきり言えよ」

「そこは忖度してくれないと」言って、佐野がまたニヤリと笑う。「俺はちゃんと言ったからな。この先、怪我《けが》しないように過ごすかどうかは、お前次第だ……さて、今日は俺が奢《おご》るよ。店を紹介してもらったからな」

「いや、いい」松島は背広のポケットから財布を抜いた。「俺が払う」

「おいおい」

「お前に買収されたら、死ぬまで気分が悪いだろうからな」

3

三郷、被害者・佐島菜々子。越谷では浜浦美南、松伏では塩谷真弓、吉川では所あさひが行方不明。

古山は手を擦り、ノートパソコンの画面を睨《にら》んだ。四つの事件で一人が犠牲になり、三人が行方不明のままだ。これに千葉の事件を加えると、犠牲者は二人、行方不明者は一人増える。

長い歳月にわたっているとはいえ、小学校低学年の女児ばかりが狙われる事件がこれだけ何回も起きていたのに、地元の人たちの話題にもならなかったのだろうか。この辺は、街の人たちにじっくり話を聞いていかないと分からないが、それは後でいい。まずは個別の事件をしっかり取材して、それぞれの詳細を摑むことだ。もちろん、捜査状況も。

古山は今日、越谷で行方不明になった浜浦美南の両親に会う約束を取りつけていた。越谷支局の連中には知らせないことにしている。

子どもが行方不明になった親は、様々な反応を示すものだと、古山はこれまでの取材で学んでいた。「いつまでも忘れずに、機会があれば書いて欲しい」というのが一つの典型。今回はもう一つの典型――「もう触れて欲しくない」だった。

古山は、ゆっくりと息を吐き出した。自宅は松伏町との境に近い、静かな住宅街。日曜の昼、浜浦春生《はるお》は一人で自宅にいた。何とかリビングルームには入れたのだが、すぐに、どんよりした空気が流れているのに気づいた。

古びてひび割れたソファ、傷だらけのテーブル。その中で、春生自身が一番くたびれた感じがする。事前に調べた限り、春生はまだ五十七歳で、越谷市内にある運送会社で今も働いている。しかし顔を見ると、もうとうに定年を迎え、毎日やることもなく時間を潰している人のようにしか見えなかった。

応対してくれた美南の父親、春生は、最初に「もう勘弁してもらえませんか」と言ったきり、腕組みして黙りこんだ。事前に電話をかけず、いきなり自宅を訪問したのが失敗だったのかもしれない。じっくり電話で説明してアポを取りつけた方が、上手くいったのではないだろうか。

「実は、直接美南さんに関係したことではないんです」

「は?」春生が、疑わしげな表情を浮かべて古山を見た。

「美南さんのような小学生の女の子が行方不明になった事件が、埼玉と千葉で何件も起きているんです。この近くだと、松伏でも同じような事件がありました。美南さんがいなくなって、十二年後です。その件について、何かご存じじゃないですか」

「俺が犯人だとでも?」春生の顔に怒りが過《よ》ぎる。

「違いますよ」古山は慌てて顔の前に両手を上げた。「ただ、比較的狭い地域で似たような事件が起きているんです。時期は離れていますが、同じ犯人によるものかもしれません」

「当時……確かに話は聞いた」

「はい」古山は身を乗り出した。

「隣町で九歳の女の子が行方不明になった、と。どきりとしたよ。同じ人間がさらっていったんじゃないかって……俺もそうかもしれないと思った。ただ、うちの娘がいなくなってから十二年も経っていたからな。何の証拠もない。面白がって、無責任に話す人間はどこにでもいるだろう」

「面白がっているだけだと思いましたか？　本当に関係しているとは考えませんでしたか？」

「それは、俺に聞かれても分からない」春生が力なく首を横に振る。「ただ、気にかかったこともあるんだ」

「何ですか？」

「美南もその子も、永幸塾に通っていたんだ」

「はい」古山は大きくうなずいた。被害者の共通点。「その事実は私も把握しています。気づいた時に、どう思いました？」

「いや……だってあの塾、この辺だったらどの街にもあるからね。一瞬おかしな感じもしたんだけど……ただ、娘と松伏の子は、越谷の同じ教室に通っていた」

「そうですね」

「永幸塾は、美南が行方不明になった時に、ずいぶん協力してくれたんですよ」

「協力？」

「先生方が捜索に参加してくれたり、その後にビラ配りをする時も手伝ってくれたり……美南が通っていた小学校の先生たちより、よほどよくしてくれたんだ」

「親切だったんですね」

そう言いながら、古山は違和感を抱いていた。永幸塾は大きな学習塾チェーンである。個別の教室は地元密着型だろうが、果たしてそこまでやるだろうか。たまたま親切な職員が揃《そろ》っていたのかもしれないが、「どうしてそこまで」という疑念は消せない。

「本当に、同じ人間が犯人だと？」春生が疑わしげに言った。

「それは犯人を捕まえてみないと分からないんですけど……」

「できたら、放《ほう》っておいてくれないかな」

「しかし、記事になれば、何か新しい手がかりが出てくるかもしれませんよ」

「二十二年前にいなくなった娘が、今になって見つかると思うんですか？」

そんな風に、絶望的に考える親がいるのも理解はできる。しかし初対面の記者には、簡単にはそんなことは言わないはずだ。よほど気心が知れた相手に、酔っ払った末に打ち明けるようなことである。

「可能性はないとは言えないと思います」古山としては曖昧にそう言うしかなかった。

「親は、そんな風には言えないですよ」

諦めたんですか、とつい聞きそうになった。しかし、この言葉は爆弾になりかねない。自分で言うならともかく、初対面の人間からは絶対に聞きたくないだろう。

「二十二年だ」春生が溜息をついた。「生きていたら、娘はもう三十歳だよ」

「被害者が長い間監禁されていた事件もありますよ」

「三十歳になるまで？　いくら何でも途中で逃げ出せたでしょう」

実際には、誰かが美南を二十年以上監禁し続けているとは思えなかった。同一犯なら、特に……犯人が、複数の女性をどこか一ヶ所に閉じこめて、自分だけのハーレムを作っているとは想像もできない。

「何とか、乗り越えたんだ」春生が打ち明けた。「娘の温かみを思い出すこともあるけど、今は何とか生きている。あとは死ぬまで、記憶が薄れるのを待つだけだ」

「これは、三十年以上にわたる一連の事件の可能性もあります。今まで我々が気づかなかったのは怠慢かもしれませんが、今から記事にすることで、何か重要な情報が出てくるかもしれないでしょう。ぜひ、書かせて下さい」

「書くのはあんたの勝手で、俺には何も言えないよ」春生が力なく首を横に振る。「でも、俺が何か言ったなんて書かないでくれよ。ノーコメントだ」

「……分かりました」

古山としては、これだけで取材は終わりなのだ。家族と会うのは、何か埋もれた情報がないか探るためでもあるのだが、実際にはそう上手くいくとは期待していなかった。むしろ「書くこと」を告げるのが主眼だった。いきなり書かれると、古傷がさらに痛むことになりかねない。だから、被害者の家族には必ず会って、事前に告げておこう――これは松島の提案だった。正直、古山はそこまで気が回っていなかったので、松島の気遣いには感心した。長年の記者経験で、人権意識が発達したのか……「さすがです」と言うと、「予防線だよ」と返されたが。確かに事前に会っていれば、記事が出た後、家族が何か文句を言ってきても「ちゃんと話は聞いた」「記事を書くと言った」と言い訳できる。

まあ……とにかく松島が用心深いのは間違いない。

結局、春生からは何も情報が出てこなかった。ただし、越谷の事件と松伏の事件を結びつけて考える声が当時からあったというのは大きな情報だった。

ただし、本当に一緒にしていいかどうか、疑問は残る。車に戻った古山は、東に向かって車を走らせた。ほどなく、古利根川《ふるとねがわ》にかかる橋を渡る。この向こうは松伏町だ。古利根川は川幅が狭いが、橋の近くには水門があり、それなりに迫力ある光景になっている。

古利根川。それがおかしい。

七件の事件の多くは、江戸川沿いで起きている。しかし越谷の一件だけは、江戸川からは少し離れているのだ。これをどう考えるべきか……考えても意味はない、と古山は切り捨てようとした。犯人は、江戸川に執着していたわけではないと思う。川に遺体を遺棄したわけではないし、たまたま江戸川が埼玉と千葉の県境になっているだけの話ではないか？　近い距離で犯行を繰り返すのが犯人の習性で、江戸川の存在は特に意識していなかったのかもしれない。そういう考えでいくと、越谷も千葉に近い街だ。あまり「江戸川」を意識しない方がいいかもしれない。この件が表沙汰になって、週刊誌やテレビのワイドショーが取り上げると、「江戸川事件」と名づけられるかもしれない。そうすると、江戸川区の人間が「関係ない」「迷惑だ」と騒ぎ立て、ネット上で一悶着《ひともんちゃく》起きる……そんなところまで考えが暴走してしまった。

橋を渡り終えたところには「松伏町」の標識がある。そこを通り過ぎると、左側にあるクリーニング店の前に、自動販売機が何台か置いてあるのが見えた。その先の道路を左折し、クリーニング屋の駐車場に車を乗り入れた。自販機で何か買えば、ここに停めておいても文句は言われないだろう。

ちょうど切れた煙草《たばこ》を一箱。ブラックの熱い缶コーヒーを一本。見ると、クリーニング屋の一角に煙草の自販機もあり、吸殻《すいがら》入れが置いてあった。煙草をくわえ、コーヒーを開けてちびちびと飲む。本社へ行ったら、また禁煙しないとな、と思う。東京では路上喫煙《きつえん》に対してもずっとうるさいだろうし、煙草も高くなった。余計な金は使わないに越したことはない。

さて……家族への取材は、これで一通り終わった。県警の方からも、今は何も言ってこない。警告はまだ生きていると考えるべきだが、そろそろタイミングだろう。

書ける。

もう一度松島と情報のすり合わせをして、支局で大々的にぶち上げよう。これだけの事件だから、もしかしたら本社からも応援が入ってくるかもしれない。いや、それは千葉支局の方か……今アクティブというか、実際に捜査が動いているのは野田の事件だから、取材の現場は向こうになる。まあ、それを俺が考えても仕方がないだろう。今ある材料でどこまで原稿が書けるか、そろそろ試してみてもいい。そう、取材が終わっていなくても原稿を書いてみるのも手なのだ。書けば、何が抜けているか分かることもある。そこから穴を埋めていけば、完全な原稿が完成する。

よし、今夜、支局長とデスクにきちんと報告しよう。松島と協力して動いていることも、その時明かせばいい。他の支局の記者と一緒に勝手に取材したことは問題視されるかもしれないが、構うものか。難詰《なんきつ》されたら、松島から一言言ってもらえばいい。支局長やデスクより松島の方が年上だし、事件記者として鳴らした人なのだ。

いよいよだ、と考えるとやはり気合いが入る。支局での仕事の総仕上げとして、これ以上の記事はないだろう。そして……この記事がきっかけになり、行方不明になっている子どもたちの手がかりが出てくれれば、最高だ。それができなくても——既に亡くなっているにしても、犯人に辿《たど》り着ければ供《く》養《よう》にはなる。

逆に問題は……どうして今まで、犯人が捕まらなかったかだ。警察的に、そんなに難しい事件なのだろうか。取材させたくない、イコール捜査したくない事情がある？　県警全体で、事件を隠蔽しようとしている可能性もあるのではないだろうか。いや、この場合「隠蔽」ではない。少なくとも発生時には、どの事件も大きく伝えられているのだから——東日本大震災の前日に発生した一件を除けば。

これは勝負だ。

記者として最初の大勝負かもしれない。

「弱いな」デスクの徳永があっさり断定した。

「弱い？　弱くないでしょう。そもそもそんなに難しいことじゃないんですよ」古山はすかさず反論した。「三十年以上にわたって、ごく狭い地域で類似事件が発生している——それを書くだけなら問題ないでしょう。事実なんですから」

「弱いよ」徳永が繰り返した。「俺たちが勝手に類似事件と判断していいのか？」

「誰が見ても明らかじゃないですか。それに素材はもう、揃ってるんですよ。そもそも全部の事件が記事になっています。それをまとめるだけですから、誰かに文句を言われる筋合いはない」

「それじゃ、見出しがつかないな」徳永も引かなかった。「要するにお前は、女児ばかりが狙われた事件が三十年以上も続いていると言いたいわけだろう？」

「実際、そうなんです」

「同一犯による犯行かどうかは分からない。全部違う人間による犯行かもしれないぞ」

「まさか」古山は立ち上がった。狭い支局長室の中を歩き回り、考えをまとめようとする。支局長の藤岡《ふじおか》は何も言わない。元々、記事の内容にはあまり口を出さない人なのだが、こういう時は旗幟《きし》を鮮明にして欲しかった。

「千葉支局とは、ダイレクトに話してるんだな？」徳永が訊ねる。

「松島さんが知り合いですから。去年、仕事を手伝いました」

「それは知ってるけど、ルール違反だぜ。どこかの支局と一緒に仕事をする時は、ちゃんと本社の地方部を通さないと」

「そんな呑気《のんき》なことをしてたら、間に合いませんよ」

「お前、自分の都合だけで考えてないか？　ここにいる間に、何とか記事にしようとしてるだろう」

痛いところを突かれて、古山は黙りこむしかなかった。確かにこんな大きな事件は、何とか自分で記事にしたい。本社へ異動して警察《サツ》回りになったら、とてもこの件の取材を続けていけるわけがない。

「手柄が欲しいのは分かるけど、焦り過ぎじゃないか。こういうことには、警察の裏づけが欲しい。警察が捜査しているという一言が入らないと、世間も納得しないよ。新聞記者が騒いでるだけじゃ、信用されないんだから」

徳永が皮肉めかして言ったが、これは当たっていないわけでもない。最近、記者に対する世間の風当たりは強くなる一方なのだ。メディアスクラムの問題もそうだし、権力に対する距離感がおかしい——近くても遠くても馬鹿にされる。

「サツは、この件を隠したがっています。こっちにも、取材しないように圧力をかけてきた。だからこの件では、警察は当てにできないんです」

「よく分からないな」藤岡が初めて口を挟んできた。「どうして警察が困るんだ？　犯人が警察官なのか？」

「その可能性も否定できません」それまでも考えてはいたが、古山は初めて口にしてみた。「警察官なら、捜査から逃れる方法も十分分かっているでしょう」

「そうだとしたら、警察が捜査を渋る理由も分かるな」藤岡がうなずいた。「いずれにせよ、徳永の言う通りだ。警察が、連続した事件として捜査しているという一節がないときつい。埼玉県警が認めないとしたら、千葉県警に言わせるしかないな」

「――やってみます」

「手はあるのか？」徳永が疑わしげに訊ねる。

「ちょっと時間を下さい」

やはり松島の力は必要だ。ベテランに頼らざるを得ないのは情けない限りだが、使えるものは何でも使わないと。

このチャンスを逃してはいけない。徳永にバレたら、また「本社を通せ」と怒られるかもしれないが。


「そうか、デスクが渋ったか」松島が納得したように言った。

「そうなんですよ。『警察は捜査している』っていう一節をどうしても入れたいと言ってるんです」

「まあ……実際うちが犯人に辿り着いているわけじゃないしな」

松島も味方になってはくれないのか。古山は思わず溜息をついた。それを松島が聞き咎《とが》める。

「溜息なんかついてる場合じゃないぞ。とにかく、サツが何か隠しているのは間違いない。それをはっきりさせてから原稿にするのが筋だ」

「手がかりは、今のところ皆無《かいむ》ですよ」

「俺は、種を蒔いている。焦らず芽を出すのを待てば、絶対に何か情報は手に入るよ」

「俺はもうすぐ異動なんです。本社に行ったら、この件の取材はできません」

「だったら、異動を延期するか？　頼めば何とかなるんじゃないかな」

「それは……」本当にそんなことができるかどうかは分からないし、自分から口にするつもりもない。

本社への異動のチャンスは、絶対に逃したくないのだ。

「まあ、気持ちは分かるよ。本社へ上がるのは、記者にとって最初のチャンスだからな。このステップを踏み外すと、後々面倒なことになる。君ぐらいちゃんとしてれば、支局をたらい回し、なんてことにはならないと思うけど」

「どうしましょうか。何か、アイディアはないですかね」つい弱気になって、古山は松島に頼った。

「要するに、サツに『捜査している』と言わせたいわけだよな？ そこまでいかなくても、『注視している』とか『情報を収集している』とか」

「ええ」

「分かった。警察庁に言わせればいいんだよ。それなら文句は出ないだろう」

「そんなこと、できるんですか？」古山は目を見開いた。

「俺も、警察庁の担当は長かったから、話ができないわけじゃない……まあ、頭ごなしにやるとまずいから、ちゃんと筋を通して、社会部に頼むよ」

「警察庁もこの件に絡んでいたらどうなりますか？」

一瞬、松島が黙りこんだ。その可能性は……自分で言っておきながら、さすがにそれはあり得ないだろうと判断する。これはあくまで埼玉県警と千葉県警、いや、主に埼玉県警の問題のような気がしている。県警で不祥事があっても、警察庁に報告しないで誤魔化してしまうこともあるはずだ。

「ちょっと大きくなり過ぎな気もしますけど、可能性としては……」

「でも、『警察が』という一節がないと、そっちのデスクは納得しないんだろう？」

「かなり頑《かたく》なです」

「少しだけ待ってくれ。必ず連絡する」

電話を切って、古山はまた溜息をついた。何だか悪いことをしているような気分になる。支局長室から出て来た藤岡が、ちらりとこちらを見た。ひょいと頭を下げて挨拶《あいさつ》して、そのままになるかと思ったが、藤岡が近づいて来る。そのまま支局長席――支局長室とは別に、共用の事務スペースにも席があるのだ――に座る。古山の席は支局長席のすぐ近くなので、どうしても意識せざるを得ない。午後九時、こんな時間に支局長席で仕事があるとは思えなかったが……何も言わずにメモをまとめているると、急に声をかけられた。

「千葉支局――松島さんと話したのか？」

「ええ」怒られるかもしれないと思ったが、認めざるを得なかった。

「何とかなりそうか」

「松島さんは、何とかすると言ってました」

「そうか……無理したくないけどな」

「無理って……」

「松島さんは、強引な取材をしていた最後の世代なんだよ。ちょっと後輩の俺らは、もうイケイケだけでは仕事はできなかった」

藤岡は何歳だろう。松島より数歳下のはずだが、それぐらいは「誤差」のような気がする。例えば一九八四年入社の人間と九〇年入社の人間で、取材方法や人権意識に差があるのだろうか。昭和と平成、年号は変わったが、それは人のメンタリティや行動パターンに影響は与えなかったはずだ。

「俺だって、若い頃は無理して記事も書いた。それで失敗した――結果的に誤報になったこともあるよ。だから難しい事件ではどうしても慎重になる。でも松島さんは、一回も失敗してないんじゃないかな。実力も運もあったんだろうけど、だからこそ強気にもなる。今は、強気になりたい理由もあるんだろうがね」

「何ですか？」暇《ひま》な地方支局へ異動してきたのは、定年の準備だろう。定年で辞めてもシニア記者として地方で取材を続けるためには、「慣らし」の期間が必要なはずだ。本社でどんと座って解説記事を書いているのと、新人の頃に戻ったように現場を走り回るのでは、だいぶ違う。

「いや、何でもない」藤岡が首を横に振った。明らかに何か知っている……昼行灯《ひるあんどん》のような支局長だと思っていたのだが、意外に事情通なのかもしれない。

外へ出ていた徳永が、煙草を手に戻って来た。面倒臭い話し合いを終えて、一服してきたのだろう。すぐに本社との直通電話を取り上げ、原稿の相談を始める。この時間はだいたい、県版の原稿の追いこみだ。古山は、自分の向かいにある共用デスクに移動し、原稿処理用の端末を確認した。このパソコンでは、支局の記者から出稿された原稿を全て読むことができる。画面には見出しがずらりと並んでおり、文字色で現在のステータスが分かる。黒は出稿されたがまだ未処理。赤は現在誰かが読んでいる、あるいは修正中。青は本社へ送信済みだ。今日は、県政クラブから議会絡みの面倒な原稿が出てくるはずだが、それはまだ一覧に加わっていない。まだ締め切りまでは少し時間があるのだが、徳永は気が短く、早い時間に原稿が揃っていないと機嫌《きげん》が悪くなる。本社へ早く送りたいというより、自分がじっくり目を通す時間が欲しいのだ。徳永は、今度は普通の固定電話の受話器を取り上げた。すぐに、まだ県政クラブで原稿を書いているはずの記者へ催促《さいそく》を始める。

ソファでは、一仕事終えた記者が二人、出前の夕飯を食べている。自席で原稿を書いている記者が一人。手持ち無沙汰なのか、ぼんやりとテレビのニュースを見ている記者が一人。ここにいない記者は、まだどこかで取材中か、夜回りの最中だろう。

いつもと変わらぬ支局の光景だ。社会人になってからずっと、自分もこういう光景の中に溶けこんで仕事をしてきた。そして来月には、環境ががらりと変わる。去年本社の社会部に上がった先輩に探りを入れてみると、まず「席はないからな」とあっさり言われた。社会部の警察回りは、都内の拠点警察署の記者室を根城にするのだが、そこにいるのは原稿を書く時ぐらいだ。普段は事件の現場で取材したり、細かい街ネタを探して自分の受け持ち――だいたい一人で三区ぐらい持つらしい――を歩き回ったりしている。そうでない時は、本社の先輩記者に何か言いつけられ、取材の手伝いをしていることがほとんどだ。本社の社会部は基本的に大昔からフリースペースで、自分の席もないから、とにかく落ち着かないぞ、と。

本当に、将棋《しょうぎ》の駒《こま》のようになるのだろう。自分の意思は関係なく、指し手の狙いであちこちに動かされる。

そこに慣れないと、将来は開けない。

新聞が斜陽産業と言われて久しい。九〇年代半ばにインターネットが普及し始めてから、紙のメディアの需要《じゅよう》は減る一方だ。大学の時のゼミが「メディア論」だった古山は、ラジオやテレビよりもインターネットの方が、新聞に大きな影響を与えている、と学んだ。戦前にラジオが普及し始めた時、戦後にテレビが出てきた時も「新聞はもう終わりだ」と言われたのだが、実際にはそれほど大きな影響はなかった。しかし今は、もっと状況が深刻である。部数の低下は広告収入の低下につながり、財政的に追いこまれている。しかし、新聞業界そのものが潰れてしまうことはないだろう、と古山は読んでいた。「ニュースなんかネットで読めばいい」と多くの人が言うが、そのニュースはほとんどが新聞やテレビの提供なのだ。

誰もがニュースを求めている。つまり、取材して原稿を書く仕事は永遠になくならないだろう。

だからと言って、新聞社に入ったから安心というわけにはいかない。しっかり仕事をして結果を出し、いずれは自分の好きな取材ばかりで飯が食えるようにならないと。

そのためにも、絶対にこの仕事は仕上げたい。それに、俺たちが書かないと、殺されたり行方不明になったりした女の子たちが浮かばれないではないか。

功名心と正義感、この二つは矛盾《むじゅん》せずに存在できるはずだ。

4

「では、始めましょうか」

古山のパソコンの画面上には、オンライン会議のソフトが立ち上がっていた。ヘッドセットについたマイクの位置を調整する。何だか変な感じ……新型コロナ禍以来、こういう形での取材や打ち合わせも増えてきた。すっかり慣れたつもりだったが、やはりどうしても難しさは残る。直接顔を合わせている時にはないことだが、全員が一斉に話し出すと収拾がつかなくなるのだ。だからオンライン会議では「議長」の役目が何より大事になる。

今回は、本社地方部の筆頭デスク、木村《きむら》が議長役を務めている。

「全員揃ってますね」

木村の声を聞いて、古山は画面を確認した。埼玉支局からは自分と徳永、千葉支局からは松島、県警キャップで古山の同期の諸田、それにデスクの長原が参加している。

「じゃあ、まず古山君」

「はい」木村に呼びかけられ、すっと背中を伸ばすと、顔が見切れてしまう。ノートパソコンのモニターを動かし、ベゼルの最上部にあるインカメラの位置を調整する。

「古山君の方から、今回の案件の全容を説明してくれないか」

「分かりました」一呼吸おいて、古山は話し始めた。「事前に資料をお送りしていますが、一九八八年から今年にかけて、埼玉と千葉の近接した狭い地域で、小学校低学年女児が殺される事件、さらに行方不明になる事件が発生しています。江戸川を挟んだ狭い地域内での事件であること、被害者の人物像が似ていることなどから、全て一連の事件ではないかと考え、取材を進めてきました」

個別の事件を読み上げる。小さな画面故、参加している人間がどんな顔をしているのか、イマイチ分からない。取り敢えず、松島の顔にだけ注目することにしたが、まったく感情を読ませない表情だった。

「もう一つ、被害者の女児全員が、一都三県にチェーンを持つ永幸塾という学習塾に通っていたか、過去に通っていたという事実があります」

「何か関係あると思うか？」木村が訊ねる。

「それはまだ分かりません」

「永幸塾の本部が柏にあります」松島が話に入ってきた。「まだ直当《じかあ》たりはしていませんが、記事にする時にはコメントが必要かと思います」

「塾の関係者が犯人だとか？」木村の表情が微妙に変わった。

「可能性はあると思いますよ」松島が言った。「教育関係者が猥褻《わいせつ》事件を起こすのは珍しくありません。ロリコン野郎が、小さい女の子に近づきたくてそういう仕事を選んだことさえある。そういう性向がエスカレートした可能性も否定できない」

「具体的に、犯人の目星がついているわけではない？」

「残念ながら、そこはまだです」

二人のやり取りを聞きながら、古山は次第に不安になってきた。木村は、容疑者がはっきりしていない状態で記事にするのを渋っている。この辺の感覚は、徳永と同じだ。

「三十年以上にわたって、共通点のある被害者が出ている。しかも場所が極めて限られている——その事実を書くだけでも十分かと思います」古山は慌てて言った。

「しかし、どうして今まで、この件に目をつける記者がいなかったのかね」木村が首を傾げる。

「そのことなんですが、私から」松島が説明を始める。「例えば、我々が認知している最初の事件——流山の殺人事件が起きたのが一九八八年で、次に千葉で行方不明事件が起きたのは、十七年後の柏です。そして最後が現在捜査中の野田の殺人事件で、柏の事件からは十六年も間隔が空いています。埼玉の方の間隔は、七年、十二年、六年になります。埼玉、千葉のトータルで見ると、間隔は四、七、六、六、六、四年です。これだけ間が空いていると、支局のスタッフは全員入れ替わって、引き継ぎが曖昧になってしまう——よくあることですよね」

「まあね」木村が嫌そうに言った。

「しかも、千葉支局も埼玉支局も、発生当時は自分のところだけの事件だと考えていた。隣県で何が起きているかまでは、なかなか意識しないものです。そこに気づいたのが、古山君です」

おっと、ここでプッシュしてくれるのか、と古山は嬉しくなった。本社の連中も、この件を言い出したのが古山だということは分かっているだろうが、松島のように実績のあるベテラン記者にサポートしてもらえると、やはり心強い。

「ただし、これは過去の記事をつなぎ合わせたものでしかない」徳永が口を挟んだ。「我々の調査では限界があります。殺人犯を捕まえるのは警察の仕事だ」

「過去にはそういうこともあったぞ」松島が割って入った。「殺人事件で指名手配中の犯人が、逃げられないと諦めて支局に出頭してきたことがある。事件が起きた支局じゃなかったが」

「そうですか?」徳永が嫌そうに言った。

「三十年も前の話だよ」

「俺はまだ記者になってませんよ」

「大した事件じゃなかった……要するに、警察がちゃんと調べているという一節を盛りこみたいだけなんでしょう?」松島が話の核心に入った。

「それはそうですよ。サツの裏づけがないと、記事は空回りしてしまう」

「コメントは取れるようにしてある」松島がさらりと言った。

「どういうことですか?」木村が訊ねる。

「俺も、あちこちに伝手《つて》がありますから。伊達《だて》に歳は取っていない」

「千葉県警が本格的に捜査することになったんですか?」

「いや、実際に捜査するかどうかは決まっていない」

「だったら——」

「警察庁に言わせますよ」

「警察庁?」

「刑事部長が、『警察庁幹部』としてコメントを出します。内容的には『警察庁も重大な関心を寄せており、千葉、埼玉両県警に情報収集を指示した』となりますね」

「勝手に動いたんですか?」木村が非難の調子を滲ませながら訊ねる。

「電話一本かけただけですよ。とにかく、社会部の警察庁担当が行けば、すぐにコメントが取れるようになっている」

それからしばらく、会議は混乱した。それぞれが好き勝手なことを言い合い、話がまとまらない。

先輩たちの意見が乱れ飛ぶ中、古山は割って入るタイミングを逸《いっ》してしまった。

「とにかく、書いてみませんか」松島が一際声を大きくした。「事実関係はある。だから決して誤報にはならない。記事になることで、新しい情報も入ってくるかもしれない。腰が引けてばかりじゃ、舐《な》められますよ」

誰に舐められるのか分からなかったが、松島の言い分は極めて真っ当だ。どこかに遠慮して記事にしないと、その陰で泣く人がいる。この場合、女の子たちの家族だ。行方不明になった女の子たちは、既に全員殺されているかもしれない。もしもそうなら大変な悲劇だが、真相が分からない中途半端な状態で、ただ時間が過ぎるのを待つのは辛い。

「行きましょう」松島が話をまとめにかかった。「ここは勝負のタイミングです」


結局、松島が押し切る形になった。警察庁のコメントを待って、原稿は明日の夜出稿、明後日《あさって》の朝刊に載ることになる。当然社会面での掲載になるが、どれぐらいの扱いになるかは分からない。記事の大きさは、他のニュースとの兼ね合いで決まるのだ。

オンライン会議を終えてしばらくしてから、古山は一階の駐車場に降りた。煙草に火を点け、一本をゆっくりと灰にしてから、すぐに次の一本をくわえる。火は点けずに、スマートフォンを取り出し、松島に電話をかけた。

「ありがとうございました」真っ先に礼を言う。

「いやいや……しかし君も、だらしないぞ。デスクの説得ぐらいできないで、どうする」

「すみません」古山は駐車場の暗い空間に向かって頭を下げた。「でも、これで何とかなりますね」

「俺にお礼を言ってる暇があったら、ちゃんと原稿を書けよ」

「もう準備してます」

「一応、出稿はうちからになる」松島が確認した。「直近の事件は野田の殺しだからな。そっちから原稿を送ってもらって、うちで整えて出稿する――それで大丈夫だな？」

「もちろんです」

別の部署にいる記者が、共同で原稿を書くことはよくある。前半と後半で書き分けたり、一人が全部を書いて、もう一人がブラッシュアップしたりと、やり方は様々だ。今回は実質的に古山が書いて、松島が細部を調整する格好になるだろう。当然、記事の署名は二人分だ。

「それより、警察庁の刑事部長って……知り合いなんですか？」

「それこそ、三十年近いつき合いなんだ」

「そうなんですか？」記者と取材相手の関係がそんなに長く続くとは、にわかには信じられなかった。

「俺と彼は、趣味が一緒でね」

「松島さん、趣味なんかありましたっけ？」

「馬鹿言うな」松島が笑い飛ばした。「俺だって、四六時中仕事ばかりしてるわけじゃないんだぞ。昔は自転車が趣味だったんだ」

「それはツーリング――松島さんの時代だとサイクリングですか？」

「言葉はともかく、そんな感じだ。今はもう乗らないけど、自転車はいいぞ……それで、たまたまツーリング先で出会って意気投合したのが今の刑事部長だ。同じメーカーの自転車に乗っていたのがきっかけでね。二人とも自分のペースで走れるソロツーリングが好きだったんだけど、そういう人間同士が偶然会うと、妙に話が合う時がある」

「ラッキーだったんですね」

「まあな」松島が認めた。「でも、偶然でもラッキーでも、一度食いついた相手は放しちゃいけない。濃淡はあったけど、つき合いはずっと続いたんだ。それで、俺は刑事部長に一回、大きな貸しがある」

「貸し？　キャリアの警察官にですか？」

「女性問題だよ」松島が声を潜《ひそ》める。「詳しいことは言わないけど、表沙汰になったら責任を問われてもおかしくない一件だった。俺は、そいつを握り潰した」

「いいんですか、そんなことして」不祥事を握り潰すのは、記者としては間違っている。

「どうせ新聞記事にはならない話だったんだよ。週刊誌は喜んで書いたかもしれないけど、俺は週刊誌の連中に情報を投げてやるのは嫌いだから。今回は、その時の貸しを回収しただけだ」

「向こうは、そもそもこの件を知ってたんですか？」

「いや」

「だったら警察庁も怠慢ですよ」古山はじわじわと怒りがこみ上げてくるのを感じた。

「まあ、網から漏れてしまう事件もあるんだろうな」松島が宥《なだ》めるように言った。「でも、この件についてはちゃんとコメントが取れるようにした。こういう事件で警察庁がコメントするのは異例だけど、これで記事になるからいいだろう。それにこれがきっかけになって、県警も腰を上げるかもしれない」

「逆に上げないかもしれない」

「そうだな。だからこの件は、書いて終わりじゃないぞ。むしろ本番は、書いた後だと思う。警察の不祥事だったら、ぐっと取材しにくくなる。もっとも俺たちの一番の仕事は、公務員の不祥事を暴くことだから、やりがいはあるけどな」

「権力の監視、ですか」実際には「監視するはずのマスコミこそが権力になっている」とよく揶揄《やゆ》されるのだが。

「そういうこと」松島があっさり認めた。「取材対象といい関係を築きながら、不祥事をほじくり出すのは難しい。でも、組織の中には必ず、常識と正義感を持った人がいるから。俺はたぶん、そういう人間を見つけたと思う」

じゃあ、続報は松島さんに任せて——と言いかけて、古山は言葉を呑んだ。もう、異動までほとんど時間はないが、ぎりぎりまで頑張らないと。

「君も、長年つき合えるネタ元を見つけろよ。いつか必ず役に立つ」

「ネタをもらうんじゃなくて、脅《おど》しでもいいんですか」

「脅しじゃない」松島が笑った。「バーターだ……じゃあ、原稿を待ってる」

「何もなければ、明日の午前中には送ります」

「分かった」

電話を切り、古山は煙草に火を点けた。しかし、妙に苦く、軽い吐き気さえ覚える。煙草なんか吸ってる場合じゃない。今は原稿だ。


江戸川を挟んだ埼玉県と千葉県の狭い地域で、30年以上前から小学校低学年の女児が殺されたり、行方不明になったりする事件が断続的に起きていることが分かった。全ての被害者に複数の共通点があり、現場が狭い地域に集中していることから、同一犯による事件の可能性もあり、警察庁は情報を収集するよう、両県警に指示した。

最初の事件は1988年3月に千葉県流山市で発生。小学校2年生の女児(当時7歳)が殺され、江戸川に近い路上で遺体で発見された。この事件は未解決のまま時効を迎えたが、その後も女児が行方不明になったり、殺されたりする事件が数年おきに発生している。

東日新聞のまとめでは、類似の事件は合計7件。1988年、流山市（殺人、被害者は7歳）、1992年、三郷市（殺人、同7歳）、1999年、越谷市（行方不明事件、同8歳）、2005年、柏市（行方不明事件、同6歳）、2011年、松伏町（行方不明事件、同9歳）、2017年、吉川市（行方不明事件、同8歳）、そして今年3月には、野田市で桜木真咲ちゃん（7歳、小学校1年生）が自宅近くの森で遺体で発見される事件が起きている。

いずれの事件も未解決で、流山市と三郷市の殺人事件では時効が成立している。

現場は江戸川を挟んだ千葉県北西部、埼玉県東部地域で、県を跨《また》いではいるが、被害者が小学校低学年の児童であることなど、複数の共通点があることから、警察庁では大きな関心を寄せている。

犯罪心理学が専門の日本法科大《にほんほうか》大学院・志村武雄《しむらたけお》教授「場所が近接していること、被害者に共通点があることから、連続した事件である可能性は高い。連続した凶悪事件の場合、犯人は比較的狭い範囲で犯行を繰り返している。これまで大きく扱われなかったのは、管轄が違う千葉と埼玉で交互に発生していたために、連携が取れていなかったからではないか」

よし。コメントこみで六十行になる。社会面に売りこむのにちょうどいい長さだろう。共通点の一つ、被害者が全員永幸塾の塾生だった、あるいは過去に通っていたことは敢えて伏せた。確かに怪しい感じはするが、裏が取れていないこの時点で書くと、問題になりかねない。永幸塾から抗議を受けたら、上手く言い訳できないだろう。

この原稿は、松島に送ることになっていた。松島が完成原稿を作り、千葉と埼玉、両方のデスクがクロスチェックする。約束通り、午前中に原稿を完成させたから、松島が手を入れる時間は十分あるだろう。

　メールで原稿を送ってから、松島に電話する。

「読んだよ」彼の反応は早かった。

「どうですか？」

「大筋はこれで大丈夫だ。ただ、事件の一覧は原稿に落としこむんじゃなくて、表にした方がいいんじゃないかな。その方が読みやすいし、インパクトも大きくなる」

「じゃあ、その部分を表にして、原稿を作り変えます。わざと書き落としている部分もあるので」

「あまり長くしないでくれよ。野田の事件については、もう少しきっちり書きこみたいんだ。というか、前文に野田の件を入れないと、生ニュースっぽくならないな」

「表は別で、これぐらいの長さだとどうですか？　今、六十行あります」

「このレベルの話だったら、八十行あっても削られないよ。とにかくあと二十行、俺にくれ。前文を書き直して、野田の件を詳しく入れる」

「分かりました」

「それと……今、どこにいる？」

「支局ですけど」

「ああ、よかった」松島がほっとした口調で言った。「県警のクラブでこんな話をしていると、どこに漏れるか分かったもんじゃない」

「埼玉県警のクラブは、一応音が漏れないボックス席になってます」

「それならいい。それと、県警の方からは何も言われてないか？」

「今のところは」古山もそれを警戒していた。警察庁にこの件の情報は入っているはずだから、再度「取材するな」と警告されてもおかしくない。「警察庁に情報を上げるように求められて、ビビったんじゃないですか」

「まあ、その可能性もあるけど……埼玉も千葉も、刑事部長はキャリアの人間で、本庁とダイレクトにつながってるんだよな。何か談合があってもおかしくはない。まあ、もうこの段階に来たら、突っぱねるしかないけどな。支局長やデスクに圧力がかかってくるかもしれないけど……」

「支局長は、今日はいないことになってるんです」こういうことも予想して、古山は先に手を打っておいた。「出張中ということにしてありますから。県警から呼び出しがあっても、それで乗り切ります」

「さすがだな。うちも同じようにしておく……でも、千葉県警からは圧力がかかっていないから、問題があるとしたら埼玉県警の方だと思うんだ」

「ええ」

「取材はこれからが本番だ。それと、当然朝刊の県版でも受けの原稿が必要になってくる」

「そっちも準備しています」家族のコメントがメーンになる。他に、事件が起きた地元の人に話を聞いて、コメント中心で受けの原稿を組み立てる予定だった。それを説明する。

「うちも、受けの原稿はそれでいくしかないと思ってる。そっちも、一応お互いにチェックしていこう」

「分かりました」

ついに走り出してしまった。明日以降、県警は大騒ぎになるだろう。それで何か新しい動きが出てくるかどうか……出てこないと、逆に不気味だ。その辺は一種の賭《か》けなのだが、この賭けには絶対に勝たねばならない。県警内に問題があるなら、絶対に炙《あぶ》り出してそれも記事にしなければならないのだ。今回の記事はあくまで第一段階。本番はむしろこれからなのだ。

第五章　転がる石

1

　翌朝、松島はいつもより一時間早く、六時に目が覚めてしまった。ベッドサイドに置いたスマートフォンを取り上げ、東日のニュースサイトを開いて記事を確認する。載っている、載っている……サイトではトップ扱いだ。実際の紙面だと、一面はどうしても政治部や経済部出稿の硬い記事が中心になるのだが、ウェブサイトではアクセス数稼ぎのために、人目を引く派手な事件・事故、スポーツニュースをトップに持ってくることがよくある。ポータルサイトでは、ニュースの扱いに「大きさ」の差はなく、上にくるか下にくるかの違いだけなのだが、新聞社のサイトでは紙の新聞の作りを踏襲《とうしゅう》して、最重要と判断した記事の見出しは大きくするようになっている。

　昨夜、最終版の社会面までゲラを確認していたので、社会面のトップになっていることは分かっていたが、ウェブでの扱いまでは分からなかったので一安心する。今は、紙面でどれだけ大きく扱われたかよりも、ウェブでの扱いの方が注目されるぐらいなのだ。

「もう起きるの?」隣のベッドで寝ていた昌美が寝ぼけた声で聞いてきた。

「新聞を全部チェックしないと」

「もう少し寝ないと駄目よ」昨夜の帰宅は午前一時過ぎ。まるで、毎日夜討ち朝駆けを繰り返していた警視庁クラブ時代に戻ってしまったようだったが、疲れはない。やはり、いい記事は記者にとって最高の快感――松島にとっては薬なのだ。

昌美はすぐにまた寝入ってしまった。昔は――子どもたちが学校に通っている頃《ころ》は毎朝六時過ぎに起き出してあれこれ準備していたのだが、今は七時起床がデフォルトだ。松島もだいたい、その時間にベッドを抜け出す。

寝巻きのまま玄関まで行き、ドアのすぐ外に置いてある新聞をまとめて取り上げる。主要各紙を全《すべ》て購読しているので、郵便受けには入りきらないのだ。家を建てる時に、特注の大きな郵便受けにしておけばよかったのだが、そこまで頭が回らなかった。しかし配達の方では心得たもので、雨の日でも濡《ぬ》れない軒下に、配達順に新聞を積み重ねていく。

冷蔵庫からペットボトルの水を取り出し、ちびちび飲みながら各紙に目を通していく。当然、この件は東日の特ダネである。ここまでしっかりした特ダネを書いたのは久しぶりだった。編集委員時代は、基本的に生の事件を扱わなかったので、何十年ぶりになるだろう。もちろんこれは基本的に古山の記事なのだが、上手《うま》くヘルプできたと思う。そしてこれからは、こちらが主役だ。古山は間もなく本社に異動し、この件にはタッチできなくなる。地元の記者として、自分がしっかり続報を書いておかなくては。

新聞をきちんと折り畳《たた》み、リビングルームのテーブルに積み重ねる。六時半か……これから寝ても仕方がないから、このまま起きてしまおう。

松島は台所に立ち、コーヒーメーカーに豆を入れて抽出《ちゅうしゅつ》ボタンを押した。コーヒーが入るのを待つ間、小さな鍋《なべ》に、九州から取り寄せている出汁《だし》のパックと水を入れて火にかける。二人分の味噌《みそ》を用意し、木綿豆腐《もめんどうふ》を掌《てのひら》の上で賽《さい》の目に切る。湯が沸《わ》いてしばらく経《た》ったところで出汁のパックを取り出し、味噌を溶いて、豆腐を入れる。豆腐が入って少し冷えた汁がまた沸き立ち、豆腐がぐらりと揺れたところで完成。コーヒーをカップに注《つ》ぎ、一口飲んだところでご飯も炊《た》き上がった。

今時の男は、味噌汁ぐらい作れて当たり前かもしれないが、元来不器用な松島は、結婚しても台所に立つことはなかった。自分で料理してみようと思ったのは、やはり手術を受けてからである。退院後しばらくは自宅療養《りょうよう》になったのだが、やはり術前と同じというわけにはいかず、暇《ひま》を持て余していた。

直接のきっかけは、朝から出かけていた昌美が、常磐線の事故で帰れなくなったことだ。それで松島は、はたと困ってしまったのだった。昼までに帰ることになっていたので、昼食の用意がなかったのである。食事には厳しい制限がついていて、食べるものもそうだし、「まずはとにかく定時にきちんと食べること」と医師から厳しく言い渡されていた松島は、いきなり追いこまれた。お湯を入れるだけでできるカップ麺《めん》はあったが、これは医師に指定されたNG食品に入っている。仕方なく、冷凍してあったご飯をレンジで解凍し、鍋に入れておかゆを作った。これと梅干だけでも食べられるのだが、あまりにも寂しく、人生で初めて、見様見真似《みまね》で味噌汁を作ってみたのだ。その時は何か間違ったようで、異常に薄い味になってしまったのだが、それでも「自分でも作れた」事実に感動したものだ。帰って来た昌美は、味噌汁とおかゆを作っただけで洗い物で一杯になったシンクを見て呆《あき》れたが、味噌汁を味見すると「何度か作れば美味《おい》しくなるわよ」と保証してくれた。

以来、たまに自分でも台所に立ち、簡単な料理を作るようになった。その度に昌美は大袈裟《おおげさ》に褒《ほ》めてくれる。定年後を睨《にら》んで、料理ぐらい一人でできるようにならないと困る、とでも思っているのかもしれない。

昌美が起き出してきた。

「あら、味噌汁、作ってくれたの？」

「ああ。今日は卵焼きも作ってみようかな」

「もう少し寝てればいいのに」

「目が冴《さ》えた。もう眠れないよ……コーヒー、入ってるぞ」

「何だかサービスが良過ぎて怖いわ」

「今日は機嫌《きげん》がいいんだ」本当に、久しぶりに味わう爽快感《そうかいかん》だった。

昔は、生ニュースでの「抜いた、抜かれた」が記者の醍醐味《だいごみ》だと思っていた。しかし編集委員が長くなると、「事件の本質を見抜いて分かりやすく解説し、その時々の社会情勢を活写する」ことこそ、現代の記者の仕事だと確信するようになった。それでも、実際に生ニュースできっちり抜くと、これこそ記者の基本中の基本だとも思う。もっとも今回は、必ずしも生のニュースとは言えないし、そもそも情報を持って来たのは古山だ。

そうだ、後で古山に連絡を入れて褒めておかないと。

あの男には、突っ張っていた頃の若い自分が重なって見える。他社を叩《たた》きのめし、社内の先輩やライバルたちから称賛の目で見られたい。何より、自分の記事を多くの人に読んでもらいたい――最近は記者もすっかりサラリーマン化し、そんな昭和の価値観で動く人間は希少な存在になったが、古山にはかつて自分が持っていた、ガツガツとした精神性を感じるのだ。これは決して悪いことではないと思う。人権意識や取材のマナーを現代に合わせる必要はあるが、揺るがぬ正義感を胸に仕事するのは、悪いことではない。

「昨夜遅かったのは、この件で？」リビングルームで東日を広げた昌美が訊《たず》ねた。普段、松島が書いた記事について何か言うことはないのだが。

「そう」

「こんな事件、あったの？」昌美の声は渋かった。

「気づかなかっただろう？　俺《おれ》も全然気づいてなかった」

「この辺りって、子育てに向いてなかったのかしら。いい環境だと思ってたのに……この犯人、三十年間も野放しなんでしょう？」

「同一犯だったら、そうなるな」

「うちだって、危なかったかもしれないわね」

松島は、二人の娘が永幸塾に通っていたことを唐突に思い出した。ここはまだ詰めねばならない部分だが、永幸塾の職員が事件に関《かか》わっているのでは、という疑いはまだ消えていない。塾でも、通っていた子どもたちが犠牲《ぎせい》になっていたことは把握していたものの、コメントは「塾としては関係はない」というもので、いかにも弱く、使いようがなかった。だから記事では、そもそも永幸塾の名前を出さなかったのだ。現段階で記事に盛りこむと、名誉毀損《めいよきそん》になる可能性も高い。

さて、本格的な取材はこれからだ。おそらくこの記事は、千葉と埼玉の地域社会に大きな不安を巻き起こす。警察に対する圧力も強まってくるだろう。実際、今日書く地方版の続報は、その辺の話が中心になるはずだ。松島は昨日、美菜に対して、野田市のＰＴＡ連絡協議会に接触するよう、指示しておいた。何らかのアクションがあるかもしれず、忙しい一日になるだろう。

さて、次は卵焼きか……卵焼きはまだきちんと巻けずにぼろぼろになってしまうことが多いのだが、上手く形が整った時の達成感はなかなかのものである。

こうやって、少しずつ仕事を辞める日に備えていく。仕事がなくなったからといって、ぼんやり日々を過ごす人間にだけはならないぞ。

たとえやることが料理であっても。


いつもより少し早く、午前八時に柏支局についた。車で五分、「出勤」している感覚すらないが、今日は気が焦り、普段は気にもしない呼塚《よばつか》交差点の渋滞に苛《いら》ついてしまった。

支局につくと、すぐにポットのお湯を沸かしてお茶の用意を始める。コーヒーは一日二杯と決めており、朝食の前に飲んでしまったので、今日の残りは一杯。それは夕食後の楽しみに取っておくことにした。新聞の整理をしていると、スマートフォンが鳴る。美菜だった。今日は、朝から野田署に顔を出して、向こうの様子を探るように指示しておいたのだ。

「混乱してます」

「だろうな」松島は思わずにやついてしまった。「各社、押しかけてるだろう」

「はい。会見するように要請《ようせい》してるんですが、署では予定はないと——実質、拒否ですね」

「連続事件全体のことを聞かれてもしょうがない、ということか」

「そういうことだと思います」

「副署長や署長はどうしてる？」

「署長には会えてません。朝からずっと会議みたいです」

刑事課長や地域課長、あるいは本部とつないで鳩首《きゅうしゅ》協議の最中か……小野には申し訳ない感じがした。本当は昨夜、「明日の朝刊に記事が出る」と告げて仁義を切っておくべきだったが、情報漏れを恐れてだんまりを決めこんだのだ。小野は今回の一件では結局ネタ元にならなかったので、そこまで礼を尽くす必要はなかっただろう、と自分を納得させた。それでも、彼が今回の事件の「情報源」と判断される恐れはある。まあ、小野ほどのベテランになれば、自分の身ぐらい自分で守れるだろう。

「副署長は？」

「席にいますけど、とにかくノーコメントです」

「分かった。予定通りこの後、ＰＴＡ連絡協議会に取材してくれ。地元の事件だから、不安になってると思う」

「それが、ついさっき会長さんから私に電話がかかってきまして」美菜の声は少し弾んでいた。「今日の午前中にも、警察に申し入れに行くそうです」

「しっかり捜査しろってか？」

「そこまで強い言葉じゃないですけど、とにかく状況が分からないので、しっかり情報開示して欲しいって」

「そいつはごもっともだな。じゃあ悪いけど、しばらく野田署に張りついて、その申し入れの内容を取材してくれないか？」

「分かりました。夕刊に必要ですかね？」

「たぶん地方版回しになるとは思うけど、念のために原稿にして、送っておいてくれ。デスクにはこっちから言っておく」

「了解です」

軽い口調で言って、美菜が電話を切った。さて、こちらも動き出す時間だ。自分は柏署、それから流山署に行って、過去の事件についてどうするつもりか、突く。最終的に、県警としてどうするかという話は県警クラブの諸田たちがまとめるはずだが、それぞれの所轄《しょかつ》の動向を探っておく必要もある。

まずは近場の柏署からだなと思いながら、お茶を淹《い》れた。これを飲んだら、さっそく柏署に出かけよう――またスマートフォンが鳴る。野田署の方で動きがあったかと思ったが、朽木だった。

「松島さん……」いきなり溜息《ためいき》。「書いたんですね」

「書くタイミングでしたからね」

「一言言って欲しかったです」

「あなたに言ったら、どうなりました？」

「それは……」朽木が黙りこむ。「とにかく、心の準備が必要じゃないですか」

何を言っているのか。朽木と直接接触した後、松島はこの男が少なくとも県警の幹部――本部の管理官級以上ではないだろうと結論づけていた。県警クラブでは、幹部の名簿を常にアップデートしているが、諸田に調べてもらったところ、そこに朽木の名前はなかったのだ。この男は、あんな形で記事が出たからといって、県警全体への影響を気にするような立場にはないはずだ。もちろん、偽名かもしれないが……。

「それは失礼しました」馬鹿馬鹿しいと思ったが、松島は一応謝った。

「だいぶ波紋を呼んでいるんじゃないですか」

「どうですかね。まだ分からない」警察から圧力があるとしても、自分に対してではないだろう、と松島は踏んでいた。複数の所轄にまたがる話だから、戦いは県警本部対県警記者クラブの構図になるはずだ。

「この前、言わなかったことがあります」朽木が打ち明けた。

「一連の事件に関係することですか？」

「二〇〇五年――柏で嶋礼奈ちゃんが行方不明になった時、私は柏署にいました」

「刑事課？」

「刑事になったばかりです」

十六年前に所轄で刑事になったばかりというと、今は四十歳ぐらいだろうか。見た目の年齢と何となく合致する。

「ということは、捜索にも参加したんですね」

「もちろんです。三月でまだ相当寒くて、難儀しました」

松島は自席につき、用意していた地図を広げた。千葉県と埼玉県の地図の必要な部分だけを切り取ってつなぎ合わせ、事件の発生場所に赤い丸印をつけたものだ。柏の場合、嶋礼奈が行方不明になった場所は、やはり自宅近くと見られている。東武野田線豊四季《とよしき》駅から、子どもの足で歩いて十五分ぐらい。駅前にある永幸塾から帰宅途中、午後八時から九時にかけて、行方不明になったと見られている。

「あの辺だと、探すといっても限度があるでしょう」

「そうなんです。私は最初に聞いた時、奇妙だなと思ったんですよ。あの辺、交番勤務の時に散々歩き回っていたんですけど、子どもが事故に遭《あ》いそうな場所はない」

確かに……基本的には住宅地で、子どもが誤って落ちるような川や池などはない。

「むしろ流山の方に、大堀川《おおほりがわ》や防災調整池があって、流山署と合同でかなり入念に捜索したんです。ただし、そっちは自宅と反対側なんですね」

「確かに」

礼奈の自宅は豊四季駅の南側、防災調整池は北側になる。自治体も違う——いや、それはあまり気にする必要はあるまい。普通に移動していると、一々隣の市に入ったことも意識しないだろう。

「実質三日で、捜索は打ち切りになりました」

「早いですね」

「近くには、子どもが行方不明になるような場所がない、という判断でした。誘拐の可能性を想定した捜査もしていたんですけど、その人員もあっという間に削られました」

「おかしいと思った？」

「いや、当時は駆け出しでしたし、子どもが行方不明になる事件を担当したこともなかったので、こんなものかと……私自身は、街を捜索する仕事をやっただけで、誘拐事件の捜査には関わっていなかったんですよ。でも先輩と話をしたら、『適当にやっておけって言われた』と愚痴《ぐち》を零《こぼ》されました」

「誘拐かもしれないのに？」

「まあ……当時の私は、それについて批判ができるほどは、捜査について知りませんでした。でも後から、流山の事件を聞いて、何かおかしいと思ったんです。流山と柏、隣接した市で起きた事件ですからね」

「確かに。そしてあなたは、その件がおかしいと思いながら、誰《だれ》にも言えなかった」

「ええ」朽木が声を潜《ひそ》めて認める。「でもこの記事がきっかけで、県警も本腰を入れて調べ始めるかもしれません」

「それはどうかな」県警がどう動いているかは、キャップの諸田に確認してみないと分からない。

「県警の中でも、この件について疑問を持っている人間はいるんですよ」

「でしょうね。つまり、不満分子？」

「今まではそうではなかった。どんなことでも、上からの命令なら従わなければならないのが警察官ですから。でも、この記事が流れを変えるかもしれない」

「俺は――本当に連続殺人だとしたら、犯人が無事に捕まればそれでいいと思っている」

「県警の不祥事《ふしょうじ》を暴こうとしているんじゃないですか」

「結果的にそうなるかもしれない、というだけの話ですよ。まずは事件の解決が最優先でしょう」

捜査の手を抜け——そんな命令は絶対に許されない。仮にも殺人事件で、まともに捜査しないなどというのは、まずあり得ない話だ。松島の長い取材歴の中でも、こんな事態は一度もなかった。

「県警の上の方でどんなことが起きていたかは、私には分かりません。むしろ知りたいぐらいですね」

「新聞記者から知らされるのは、馬鹿馬鹿しいのでは?」

「まさか」朽木が笑った。「中にいる方が、正しい情報が分からないこともあるでしょう。これは、そんな案件のような気がしますよ——また連絡します」

「こちらから電話するかもしれません」

「構いません。出られない時もありますが」

「こちらから連絡するなら、夜の方がいい?」昼間、職場でスマートフォンが鳴っても、まともには話せないだろう。

「そうですね——あ、それではまた」

朽木が突然、慌てた様子で電話を切ってしまった。廊下で喋《しゃべ》っていたところへ、上司が姿を現した、ということころだろうか。朽木は大事にしなければならない。記事が出て明らかに態度が変わり、積極的にこちらのネタ元になろうとしている雰囲気だ。彼がどの程度県警内部の情報を知りうる立場かは分からないが、使えるものは何でも使う。

よし、俺も動き出すか。柏署、それから流山署に寄り、反応を見てみよう。夕刊に送るべき記事の材料が摑《つか》めるかもしれない。松島は、ここ何年も感じたことのない気力の昂《たかぶ》りを意識した。

柏署副署長の小宮は、むっとしていた。他社の記者がいなかったので直接話せたのだが、「こっちでは何も分からない」「署では言うことはない」の一点張りだった。

「本部案件になったんですか」

「本部の広報に聞いて下さいよ」

「口止めされた？」

「口止めではなく、指示です」

とにかく何も聞けそうにないので、松島は早々に諦《あきら》めた。こういう時はさっさと引き上げて、相手に悪い印象を与えないのが大事なのだ。もっとも小宮は、とうに松島を「悪い記者」だと認定しているだろうが。これからは、地元の柏での警察取材はやりにくくなるだろうな、と松島は覚悟した。

署を出た瞬間、日本新報の地元記者、古澤《ふるさわ》と出くわした。何度かここで会ったことはあるが、本来千葉支局の記者である。経費削減のために取材拠点を減らしている日本新報は、千葉県内の取材拠点は千葉支局一ヶ所しかない。千葉市に常駐しながら、広い県全体をカバーするのは大変だろうな、と松島は密《ひそ》かに同情していた。古澤はまだ若い——二十代だろうが、いつも疲れている。

「松島さん……勘弁して下さいよ」抜かれた記者の定番の第一声だ。

「悪いな、仕事だから」

「全然気づきませんでした。あんなこと、あったんですよね」

「俺も知らなかった」

「そうなんですか？」

「うちには優秀な若手が多いからさ。俺は彼らの取材に乗っからせてもらっただけだよ」

「またまた」古澤が皮肉っぽく唇を歪《ゆが》める。「とにかく、お陰で朝からバタバタですよ」

「悪いね。だけどこれが仕事だから」

古澤がぶつぶつ言いながら庁舎に入って行く。本当なら、こんなところへ来ている場合ではないだろうに……スタッフが少ない日本新報の場合、一々現場に足を運ぶより、県警本部で踏ん張って電話攻勢をかけた方が、効率的に情報収集できるだろう。

流山に移動するために、駐車場に停《と》めたポロに乗りこんだ瞬間、諸田から電話が入った。

「本部、大騒ぎですよ」諸田は特に嬉《うれ》しそうではなかった。普通、自分の新聞に特ダネが載れば気持ちが高揚して、冗談《じょうだん》の一つも飛び出すものだが、今回の記事は彼の執筆ではない。自分の足場を、赴任してきたばかりの定年間近の記者に引っ掻《か》き回され、同期でもある古山に「抜かれた」格好《かっこう》だ。いい気分でいられるわけがない。

「県警の方で、何か公式のコメントを出す気配はないか？」

「ずっと広報を突いてますけど、出ない感じですね。記事によると、警察庁が捜査を指示してるんじゃないですか？　県警はその指示を待ってるだけの状態でしょう」何となく皮肉っぽい言い方だった。

「捜査じゃなくて、あくまで情報収集だ」松島は訂正《ていせい》した。「しかし、余計なことは言わないようにストップをかけたかもしれないな」

「田舎《いなか》警察には、喋る権限もないってことですか」

「千葉県警と埼玉県警で何があったか分からないけど、こういう時は喋らせないようにするのは、警察庁としては普通のやり方だよ……それより俺は、この件は埼玉県警に何か事情があるんじゃないかと思う」

「そうですか？」

「千葉県警は、取材をやめろとは一度も言わなかった。埼玉県警は、やんわりと圧力をかけてきた。この温度差は何だろう」

「……なるほど」

「県警の連中をけしかけて、埼玉県警の悪口を言わせてみろよ。何か出てくるかもしれない」

「でも、捜査で談合しているとしたら、そう上手くはいかないかもしれませんよ」諸田が疑義を呈《てい》した。「俺は、もしかしたらキャリアの連中が噛《か》んでるかもしれないと思ってます」

「二つの県警が、事件の捜査で談合するのは現実味がないか……」これは、諸田の言い分がもっともだと思う。刑事個人同士は、違う県警の所属でも交流がある。捜査で協力したり、昇任した際に警察大学校でデスクを並べたりするからだ。ただしそれは、あくまで個人対個人の関係にとどまり、「何らかの事情で重大事件の捜査について談合する」というような複雑な事態の場合には、協力はできないだろう。警察庁のキャリアの方が、そういう談合は簡単にできそうだ。警察庁を担当した松島は、年齢も専門も違うキャリア同士が意外な関係——名門進学校の先輩後輩だったり、大学で同じゼミだったり——で結びついているケースをいくつも見ている。しかも各県警に赴任するから、地方へのコネもできるのだ。

「警察庁の方は、俺がちょっと探りを入れてみるよ」

「ええ」

「そっちは怪我《けが》しないように、上手く振る舞ってくれ」

「どこから銃弾が飛んでくるか——誰が引き金を引いているかも分かりませんけどね」

皮肉を最後に、諸田は電話を切った。彼がこの特ダネに、むしろイライラしているのが分かる。警察の不祥事のチェックは事件記者の大事な仕事だが、諸田自身は、県警キャップとして、県警側と友好関係を保っていきたいと思っているはずだ。そういう気持ちも分からないではないが、これは絶対に、最後まで追及していかなければならない問題だ。県警側が「出禁」を宣言したりすれば、ますます怪しくなる——いや、この件では千葉県警はそういうことはしないような気がする。どちらかと言えば、軽い嫌がらせをしてくるのではないだろうか。他社には流す情報を少し遅らせたり、夜回りで居留守を使ったり……諸田には迷惑をかけるかもしれない。しかしここは我慢してもらわなければ。むしろ彼にも、千葉県警の大掃除《おおそうじ》をするつもりでいて欲しい。

2

「君の仕事はここまでだな」松島は言った。残念だ、と思う気持ちは今までにないほど強い。今回の古山との仕事は、自分の記者人生の中でも上位に入る出来だった。彼が事件の異常性に気づいてから、わずか二週間強——何と効率のいい取材だったことか。

日曜日の夜、松島はまた三郷のファミリーレストランまで足を運び、古山と会っていた。祝杯を上げるわけにはいかないが、せめて飯でも奢《おご》ろうと思って誘ったのだ。

「何か、まだやり足りないですね。県警の不祥事は絶対に暴きたかった」

「埼玉県警も、依然としてノーコメントなんだろう？」

「ええ」古山がうなずく。「このままスルーするつもりかもしれませんね」

「ま、そっちは何とかしておくよ。でも、もう一本書く気はないか？」

「すぐに続報にできるストレートなネタはないですよ……それこそ犯人に関する情報とか、県警が捜査をやめた真相とかじゃないと、意味がないでしょう」

「いや、コラムで」

「コラム、ですか？」古山が首を傾《かし》げる。

「第三者の立場で考えてみろよ。今回の事件は新聞のミスでもあるんだぜ？　いくら場所と時間が離れていても、似たような事件が連続して起きているのに、新聞はノーマークだった。確かに新聞記者は異動する。数年経つと支局のスタッフは全員入れ替わる。だからといって、引き継ぎもできない、誰も連続性に気づかないのは大問題じゃないか」

「まあ……そうですね」古山が嫌そうに認めた。

「もちろん、自分たちの問題点を文書にするのは嫌だと思う。下手な反省文を読まされても、読者も面白くないだろう。でも今は、新聞だって読者を無視して勝手にやっていい時代じゃない。自分たちの取材方法を反省して、将来に生かしています、という姿勢を見せるのも大事じゃないかな」

「松島さんの若い頃は、そういうのはなかったでしょう？　ネットもないから読者とつながってる感覚は薄いし、新聞は第四権力でふんぞり返っていた」

「ご指摘の通りだね」松島はうなずいた。「読者におもねろとは言わないけど、たまには立ち止まって自分たちの取材方法を考えてみるのもいいと思うんだ。社会面の『クロスロード』なんかに売りこんでみたらどうだ？」

「『クロスロード』は不定期掲載で、内容は何でもありのコラムだ。だいたい、社会部や地方部の若手記者が、取材の内幕を少しだけ明かすような内容になることが多い。

「そうですねえ……」古山は乗ってこなかった。

「引っ越しが大変か」

「引っ越しは三十一日です。一日からもう出社ですよ」

「このバタバタで、まだ準備できてないだろう？」

「でも、たいして荷物もないですから、何とかなりますよ」古山が苦笑する。

そう、支局から本社へ上がる時には、大抵荷物は多くない。服と本ぐらいのものだ。これまで使っていた資料などは廃棄《はいき》するか後輩に引き継ぎ、車も処分して身軽になって異動する。まさに心機一転、という感じだ。

「独身だから、気軽だよな」

「部屋が一気に狭くなりますよ。１ＬＤＫから、今度はワンルームですから」

「どうせ、家には寝に帰るだけになるよ」

「ですよね」

また苦笑しながら古山がうなずいた。ハンバーグを空《から》にした皿を押しやり、空になったグラスを手にして立ち上がった。

「松島さん、何かお替りはいりませんか？」

「いや、俺はいい」

「俺、ちょっと持ってきます」

うなずき、古山を送り出す。そこで、スーツのポケットに入れたスマートフォンが一回震えるのを感じた。ＬＩＮＥだ。確認すると、美菜である。見た瞬間、思わず立ち上がった。

野田署長が自殺したようです。

思わず、店の外へ走り出す。ドリンクバーのところにいた古山が不思議そうな視線を向けてきたので、右手を振って「ちょっと待ってくれ」と合図してから駐車場に出た。途中、美菜の携帯の番号を呼び出して電話をかける。

「俺だ。どういうことだ？」

「詳細は分かりません。今入ってきたばかりの情報です」

「どこから入ってきた？」

「消防です」

しばしば、発生物に関しては消防の方が情報が早いことがある。昔から何故《なぜ》か、警察よりも消防の方が、マスコミに対してサービス精神旺盛《おうせい》なのだ。邪推《じやすい》すれば、自分たちのことをよく書いて欲しいからかもしれないが、この傾向は全国どこでも変わらない。

「サツは認めたのか？」

「まだです。調査中と……これから現場に突っこみます」

「俺もすぐに行く」

電話を切って店内に戻り、のんびりアイスコーヒーを飲んでいる古山に近づいた。ただならぬ雰囲《ふんい》気《き》に気づいたのか、古山が目を細めて立ち上がる。

「どうしました」

松島は古山の耳元に口を寄せ、「野田署長が自殺した」と告げた。古山は唇を引き結んだまま何も言わない。まだ事態を把握できないようだった。

「悪いけど、現場に行かなくちゃいけなくなった」

「分かってます」古山がかすれた声で言った。「今回の関連ですかね」

「ああ。もしかしたら……」

「もしかしたら？」

「俺のせいかもしれない」

松島は三郷インターチェンジから常磐道に乗り、現場へ向かう時間を短縮した。必死でアクセルを踏む間にも、後悔の念に苦しめられる。

小野は、過去の捜査について語る気になっていた。しかし結局は何も喋らぬまま、こちらは一連の事件を記事にしてしまった。それが何か、彼に悪影響を与えたのかもしれない。いや……もしかしたら、この情報を松島に流したのが小野だ、と疑われたのかもしれない。こちらは隠しているつもりでも、警察の方では、警察官と記者の関係についてかなり詳しく把握していたりするものだ。だから、隠しておきたいことを書かれると、その「穴」から情報が漏れたのではないかと、当該の警察官が厳しく追及されることもある。小野はそれに耐えられず、自ら命を絶《た》ったのではないか。

しかし、小野は自殺するようなタイプだろうか？　昔から真面目《まじめ》ではあったが、決して繊細《せんさい》な男ではなかった。多少の荒波なら、笑って乗り切るだろう。しかもノンキャリアの地方警察官としては、上位一パーセントに入るようなキャリアを送っている。何故ここで死ぬ必要がある？

野田署はざわついていた。今回は情報が流れるのが早かったようで、テレビの中継車まで来ている。一連の事件の最新版が野田の事件で、マスコミ各社もそれには注意していたはずだ。そこの署長が自殺したとなったら、現場に急行しようと考えるのは記者の習性である。

松島が署に飛びこむと、副署長席の周囲は記者たちでごった返していた。その輪に割りこみ、副署長の田村の顔を拝《おが》む。制服姿で、額には汗を滲《にじ》ませ、記者たちから飛ぶ質問を捌《さば》いている——いや、捌いてはいない。「まだ分からない」「調査中」を繰り返すだけだった。

袖《そで》を引かれたので振り返ると、美菜がうなずきかけてきた。そのまま記者たちの輪を離れ、警務課の隅《すみ》で美菜の説明を聞く。

「発見は、今日の午後七時半頃です」

「早いな。発見者は？」

「奥さん」

「奥さん？　単身赴任のはずだぞ」

「今日はたまたま、夜に官舎に来る予定になっていたそうです」手帳をめくる美菜の手は少し震えている。

「一回、深呼吸するか？」

「え？　何でですか？」

「いいから」

美菜が松島の顔を見ながら、ゆっくりと肩を上下させた。それで何かに気づいたように、はっと目を見開く。

「すみません、緊張してました」

「当然だよ。こんなこと、滅多にないからな」いつも取材していた相手が突然自ら命を絶つ——松島も、一度も経験がない。

「はい、もう大丈夫です」美菜があっさり自分を取り戻して、説明を再開した。手は震えていないし、声も落ち着いている。「今日は、午後五時半に退庁。少し風邪《かぜ》気味だったということで、夜の捜査会議はパスしたそうです」

風邪で苦しんで自殺しようとする人もいないだろうが……風邪というのは言い訳で、もっと重い病を抱えていたのかもしれない。

「昼間の様子は?」

「特に問題なく、通常業務をこなしていたそうです」

「問題は動機か……」

「それは『分からない』の一点張りです」美菜が首を横に振る。「今、官舎の方を調べていますけど、何か出てくるかどうか、分かりませんね」

「そうだな」

副署長席がざわつき始めた。田村が立ち上がり、署長室に入って行く。記者たちが後を追ったが、田村は何も言わずにドアを閉めてしまった。ドアを押し開けてまでついて行く図々《ずうずう》しい記者はいない。

「何かあったんですかね」美菜が怪訝《けげん》そうに言った。

「署長室でややこしい電話をするつもりだろう。おそらく、本部の警務とだな……本部と言えば、県警記者クラブの方は?」

「一報は入れました。取《と》り敢《あ》えず、原稿はこっちで書くように指示されたんですけど……これじゃ、十行で終わりますよ」

「それ以上書くことがなければ、しょうがないさ。自殺はデリケートな問題だから、推測や必要ない事実は全部カットだ」松島は両手の人差し指を交差させて「バツ」を作った。「原稿は任せる」

「分かりました」

田村が署長室から出て来た。副署長席の前に立ったまま、「報道の方、ちょっといいですか」と声をかける。一階のあちこちに散らばっていた記者たちが、一斉に集まって来る。出遅れた松島と美菜は、その輪の最外縁に陣取るしかなかった。

「本部の警務課からの発表です。県警記者クラブでも同じ内容を発表していますが、お伝えします……小野署長には持病があり、最近の激務で体調を崩していました。これが自殺の動機とは断定できませんが、個人的な事情であり、未確認の情報を書くのはご遠慮いただきたい」

「病気って何ですか」質問が飛ぶ。

「それはプライベートなことなので」

「自殺自体を書くな、ということですか」

「そうは言っていません。確認が取れない情報を憶測で書かないでいただきたい、ということです」

しばらく押し問答が続いたが、松島は副署長席から離れ、諸田に電話を入れた。諸田は明らかに当惑している。

「今、こっちの広報から発表があったんですけど、病気って本当ですかね」

「嘘《うそ》かもしれない」松島は言った。「俺が見た限りでは、体調を崩している様子はなかった」

「断定していいですか？」

「いや……」大病を経験した人間は、他人の体調に敏感になるものだ。もちろん、話しているだけで相手の体調を見抜けるわけではないが、少なくとも小野はずっと元気そうだった。何かあったら打ち明けていたはずだとも思う。五十代も後半になると、久しぶりに会った旧友との会話は、体調の話が中心になるものだし。

「じゃあ、今回の事件と何か関係が？」

「それも頭の片隅に入れておいてくれ」詳しい事情はこの場では話せない。しかし、自分の胸の内だけにとどめておくのは無理だと思った。一緒に取材する仲間たちには後で報告しよう。

副署長はまだ記者たちに摑《つか》まっていたが、松島は美菜の肩を叩いて振り向かせた。

「取り敢えず、原稿だ」この立ち話で新しい情報が出てくるとは思えなかった。まず原稿を仕上げて、詳細な取材はその後でもいい。

美菜がうなずき、庁舎を出て行った。自分の車で原稿を書くつもりだろう。やっていることは、松島が若い頃から変わらない。自分のデスクで、じっくり考えながら原稿を書くことすら許されない場合もままある。松島が駆け出しの頃は、原稿用紙に書き殴った原稿を公衆電話で読み上げ、誰かに書き取ってもらうのが普通だった。慣れてくると、原稿用紙を使わず、メモを見て頭の中で組み立てた原稿をそのまま電話に吹きこんでしまう——通称「勧進帳《かんじんちょう》」——こともあった。しかしパソコンと携帯電話の普及で、送稿方法はすっかり変わった。今は、パソコンで書いた原稿を記事サーバーに送って終了。手間が二段階、あるいは三段階ぐらい減った感じがする。

現場へ行ってみようか、とも思った。当然規制線が張られて近づけないだろうが、見れば何かが分かるかもしれない。しかしスマートフォンが鳴ったので、自分の車で話すことにした。朽木。

「今、大丈夫ですか」朽木が低い声で訊ねる。

「何とか」松島はポロのドアを閉めた。急に静寂《せいじゃく》が訪れ、署内のざわついた雰囲気が遠いものになった。

「野田署でしょう」

「もう情報が入ってるんですか」

「ええ」

「この件は、何か——今回の記事に関連しているんですか」

「何とも言えませんけど、取り敢えず私はしばらく消えますよ」

「消える?」

「連絡しません。そちらからも連絡しないようにお願いします」

「ちょっと――」

もう電話は切れていた。やはり、小野の自殺は今回の記事に関連しているとしか考えられない。本部から情報漏れの責任を問われ、精神的に追い詰められて自ら死を選んだ――そう考えただけで胃が痛くなってくるようだった。記者は記事を書くのが最大で唯一《ゆいいつ》の仕事と言っていい。そのためには、大抵のことを犠牲にしても仕方ないとも思う。しかし、自分の記事が原因で自殺されたら、後悔してもしきれない。本当に胃が痛くなる。

実際に痛い。

松島は久しぶりに、鋭い痛みを鳩尾《みぞおち》に感じた。ある意味馴染《なじ》み深い痛みだが、慣れているわけではない。これは本当にまずい――しばらく感じていなかった痛みが恐怖を呼び起こす。

あまり意味はないと分かっているのだが、バッグを探って胃薬を見つけ出した。この薬は、胃酸の出過ぎを抑《おさ》えるためのものなのだが、取り敢えず頓服《とんぷく》的には痛みを和らげてくれる。錠剤を一粒、いつも持ち歩いているペットボトルの水で呑み下し、少しシートを倒して目を閉じた。鋭い物で刺されるような痛みが、鼓動に合わせて襲ってくる。これが続いてたら、仕事にならないな……額に手をやると、脂汗《あぶらあせ》が滲んでいるのが分かる。とにかくゆっくり呼吸して、体を楽にすることだ。

五分ほどじっとしていると、ようやく痛みが薄れてきた。体を楽にすることだ。何だ、これなら大丈夫だ。精神的なショックで、がん部分を取った胃に胃潰瘍《いかいよう》でもできたのかもしれない。大きな衝撃を受けた時など、そのストレスで短時間で潰瘍ができるという。

しかし、胃がんを切除した人間にとって、胃潰瘍ぐらいは何でもない。昔は重病だったのだが、今は薬でも治るのだし。

窓をノックする音で、はっと我に返る。慌てて外を見ると、美菜だった。ドアを開けると、心配そうに声をかけてくる。

「どうかしたんですか？　汗びっしょりですよ」

「いや、暖房を効《き》かせ過ぎたんだ」

言いながら、この嘘はすぐにバレるな、と思った。そもそもエンジンもかけていない。

「原稿、できました。一応チェックをお願いできますか」

美菜が差し出したノートパソコンを受け取り――手が震えていた――原稿をチェックする。問題なし。過不足なくまとまっていた。いつの間に調べたのか、小野の経歴さえ入っている。

「経歴、どうやって調べた？」

「記事データベースですよ。異動の記事で、分かった限りのことを入れておきました」

県警本部捜査一課管理官、成田《なりた》署副署長などを経て、二〇二〇年四月から野田署長。問題のない、順調な出世ぶりだ。ノンキャリアの警察官が署長にまでなれば、「上がり」の感覚も強いと思う。なのにどうして、自ら命を絶ったのか――答えのない迷宮に入りこみそうになり、松島は美菜にパソコンを返した。

「ＯＫだ。短い時間でよくまとめたな」

「送っておきますね」

「頼む」

ドアを閉め、胃の上に両手を当てて目を閉じる。痛みは、かすかな不快感にまで鎮《しず》まっていた。これからまた痛み出さなければ、放《ほう》っておいてもいいだろう。どうせ近いうちに、定期検診を受けるのだから――そうやって自分を納得させようとしたが、これが難しい。体調は精神状態にも大きく影響する。自分は今、肉体的にも精神的にも大きく揺れているのだと自覚した。

翌朝、松島は千葉支局に上がった。支局員全員が集まる「常会」ではなく、月に一度の支局長会議。東日の千葉県内の取材網は、「親支局」である千葉支局の他に、成田、船橋《ふなばし》、柏の三つのミニ支局、さらに一人勤務の通信局から成っている。四人の支局長が集まるこの会議で議題に上がるのは、普段の取材活動ではなく、経費や人事などの事務的な話だ。

幸い、今日は胃の痛みはまったくなかったが、面倒臭いという気持ちは消えない。午前中からわざわざ集まらなくても、オンライン会議で十分ではないか。実際、出社しなくても仕事はいくらでもできる。松島は、去年四月から五月の緊急事態宣言の最中、会社へは三回しか行かなかった。それでも仕事に大きな支障はなかった。会社も「不要な出社は避けるべし」という通達を出し、会議や打ち合わせも、基本的にはオンラインで行ってきた。しかしいつの間にかなし崩しになったようで、今では以前のように、大人数で集まっての打ち合わせや会議も普通に行われている。

会議は一時間ほどで終わった。ふと、県警本部へ寄ってみようかと思いつく。現在の庁舎は二〇〇九年に竣工《しゅんこう》したまだ新しいもので、旧庁舎時代に取材していた松島は、まだ一度も足を踏み入れていなかった。初めて見る庁舎は立派なものだった。窓の数を数えると、地上十一階建てと分かる。最上階の張り出した部分に円形の穴があってキラキラ輝いているが、あれはソーラーパネルか何かだろうか。

記者証を示すと、来客者名簿に名前を書かされたものの、すぐに中へ入れた。県警本部が発行する通行証があれば、何のチェックもいらないはずだが……。

「松島さん」

声がした方を向くと、諸田だった。一目見て分かるほど、顔色が悪い。

「どうした」

「松島さんこそ、どうしたんですか？」

「支局長会議だったから、そのついでに県警本部を見学してみようと思ってさ」

「ちょっといいですか？　お話が」

「もちろん」

「じゃあ、外で」

それだけ言い残して、諸田はさっさと本部を出てしまった。松島は事情を話して入館証を返し、彼の後を追った。諸田は、県警本部のすぐ近くにある円形の歩道橋——ここが千葉都市モノレールの県庁前駅へ続いている——の階段を駆け上がった。エレベーターがあるんだからそっちを使えよ、と思ったが、仕方なく階段で彼に続く。交差点を見下ろす円形の歩道橋に出ると、諸田が待っていて「向かいの公園でいいですか」と提案した。

「人がいる場所では話せないんだな？」

「支局へ行こうと思ってたんです。デスクに直《じか》に報告しないと」

それだけ重要な話なのか……県警記者クラブ、あるいは庁舎内から電話をかけると、誰かに聞かれる恐れがある。

二人は少し歩いて階段を降りると、広い公園に入った。下はコンクリートのタイル張りで味気ないし、植栽もそれほど豊かではない。諸田はずんずん進んで、公園の中央にあるベンチのところまで来た。座ろうとはせずに、いきなり話し始める。

「刑事部長に呼ばれたんですよ」

「今回の事件の件で？」

「いや、まったく別件です」

いったい何なんだ？　そして、どうしてそれを俺に話す？　諸田が口をつぐみ、周囲を見回した。誰かに聞かれていないか、異様に警戒している。しかし内密の話をするのに、ここはあまりよくない場所だ。南北に県庁と県警本部があるせいか、ひっきりなしに人が行き来している。

「特に怪しい奴《やつ》はいないぞ」松島は諸田を安心させようとして言った。

「サンズイのネタなんです」汚職の「汚」の偏からとって「サンズイ」。警察官や記者の間だけで通用する隠語だ。

「ああ？　刑事部長が漏らしたのか？」

「そうなんですよ。そういう情報がある、と。摘発間近だから、東日に優先的に教えてもいいと言ってるんです」

松島は首を横に振った。そんなことはあり得ない。どこの県警にとっても、汚職事件の摘発は大きな見せ場だ。最近は、知能犯を捜査する捜査二課の仕事は、特殊詐欺《さぎ》などへの対応が多いが、やはり本筋は公務員を巻きこんだ汚職である。最近は摘発がめっきり減ったが、やはり二課の「花形」事件であることに変わりはない。徹底した内偵捜査を進め、容疑者を逮捕した時には全て材料が揃《そろ》っていて、あとは自供させるだけというのが理想だ。それ故情報管理は徹底していて、記者の側からすると、他社に先駆けて抜くのは非常に難しい。もちろん、警察以外から情報が入って、捜査が進んでいることを知る場合もあるのだが……地方政界も複雑に入り組み、ライバルを蹴落《けお》とすためには、警察の力も平気で利用する。

「取り引きの申し出だろう？」

「はっきりとは言いませんでしたけど、今回の事件に触れて欲しくないのは間違いないですね」

「その話には絶対に乗るな」

「ですよね」真顔で諸田がうなずく。「汚職の特ダネを書かせてやる代わりに、連続殺人事件にはタッチするな——それだけ、連続殺人事件が大きいということですよね」

「汚職の摘発なんて、最近は十年に一回あるかないかだ。その情報と引き換えにするほどでかい、というわけだよ」

「ヤバいですね」

「ヤバいな」松島は諸田にうなずきかけた。「この件では、サツと喧嘩《けんか》する必要はない。無視すればいい。ついでに言えば、殺しの続報を書きながら、サンズイもすっぱ抜いちまうのが一番いいよ」

「刑事部長、倒れますよ。高血圧で薬を吞んでるそうですから」

「若いのに情けないな」松島は吐き捨てた。千葉県警の刑事部長なら、間違いなく自分より年下のはずだ。「自分の体調をしっかり管理するのも、キャリアの責任なんだぜ」

「昨日の野田署長の自殺といい、マジでヤバい感じになってきましたね」

「俺は、この件は埼玉県警が中心だと予想していたんだ。最初に圧力をかけてきたのは向こうだからな。千葉県警は、何らかの理由でそれに追従しただけだと思ってたけど……こっちも主体的に動いていたのかもしれない」

「大掃除が必要ですかね」

「ああ。君は、本気でやる覚悟はあるか？」

「もちろんです。俺もそろそろ、本社に上がりたいですから」

古山と諸田は同期だ。今回の記事の端緒《たんしょ》を摑んだ古山は、社会面トップの特ダネを置き土産《みやげ》に本社に上がる。諸田にすれば「出し抜かれた」感覚が強いだろう。

「この件は、ここから先が本番だぞ。あの記事は、単に関連していそうな事件を並べただけだ。裏に何があるか、そいつを調べ上げるのが、一番大事だ」

「分かってます。松島さんも協力して下さいよ」

「もちろん。おい、今の件、やっぱりデスクに報告しよう。俺もつき合うから」

「じゃあ、行きますか」

諸田が踵《きびす》を返し、県庁の方に向かって歩き始めた。支局は、都川《みやこがわ》を渡ってすぐ、ここからだと歩いて五分もかからない。

そんなに焦るなよ、と思いながら松島は一歩を踏み出したが、その瞬間、足が止まってしまう。膝《ひざ》が上手く上がらず、爪先《つまさき》がコンクリートに引っかかって、前のめりに倒れる。体に力が入らない。胃だ。急激な胃の痛みが襲ってきたのだ。昨夜よりもひどい——あっという間に意識が薄れていく。

「松島さん？」気づいた諸田が引き返してくる。「大丈夫ですか？」

「大丈夫……じゃないな」

気の利いた台詞《せりふ》さえ出てこない。掌に感じる硬いコンクリートの感触が、ひどく煩《わずら》わしかった。

3

「松島さんが倒れた？」古山は思わず声を張り上げ、不要な資料をゴミ袋に突っこむ手を止めた。反射的に壁の時計を見ると、午後三時半になるところだった。今日は既に仕事は免除され、支局と県警クラブの荷物をまとめて、その後に家を片づけることにしている。忙《せわ》しないが、何とか明日の引っ越しも無事に終えられそうだ。

「県警本部の近くで、昼過ぎに倒れたらしい」支局長の藤岡が渋い口調で告げる。

まさか誰かに襲われたのでは、と古山は一瞬想像した。県警内には、今回の記事に反感――いや、恨《うら》みを買う人さえいるだろう。しかし白昼堂々、お膝元とも言える場所で襲うとは考えられない。だいたいここは日本で、ロシアや中南米じゃないんだから。

もしかしたら、昨夜の一件のせいだろうか？　会合の途中で、野田署長が自殺したという一報が入り、松島は慌てて帰って行った。あの取材でストレスが一気に爆発したのだろうか？　自殺の記事は、今朝の朝刊社会面で、ベタ記事で掲載されたが……。

「病気のようだ。すぐ病院に運びこまれた」

「松島さん、何か持病でもあったんですか？」

「ああ……大きな声じゃ言えないけど、胃がんの手術を受けてるんだよ」

初耳だった。大きな手術を受けた人が、あんな元気に、執念深く取材ができるとは思えない。それは、去年初めて一緒に取材した時から感じていたことだった。あれぐらいの年齢になれば、息切れして、取材も手を抜きそうに思えるが。

「今、どこからの連絡ですか」

「千葉支局の菊田支局長だ。今後の取材に、ちょっと支障が出るかもしれない」

古山が異動した後の取材は松島が中心になって動く予定になっていた。埼玉支局の方は、自分の後《あと》釜《がま》に座る県警キャップの沢居《さわい》と石川が担当する。石川はまだ頼りないが、自分より一年下の沢居は、十分経験を積んでいる。何とかやってくれるだろうと、古山は自分を安心させていた。

「体は大丈夫なんですかね」

「まだ検査中で、詳しいことは分からないそうだ」

「そうですか……」できれば見舞いに行きたいが、今は無理かもしれない。後でさらに情報を集めて、今後どうするか決めよう。

機械的に手を動かし続け、資料と私物の選《え》り分けを続けたが、意識はどうしても松島の方へ飛んでしまう。もしかしたら松島は、記者としての最後の「残り火」を燃えたたせようとして、柏支局へ赴任してきたのかもしれない。本社ではもう経験できない現場の興奮を、もう一度味わいたいと思っても不思議ではないだろう。

何とか松島を元気づける方法はないだろうか。やっぱり原稿……あの事件の強烈な続報を書ければ一番いいのだが、今手持ちの材料では無理だ。そこで、彼から「コラムを書け」と言われたのを思い出す。そうか、それが励《はげ》ましのメッセージになるかもしれない。

古山はすかさず、デスクの徳永に相談した。

「それは、社会面ではきつくないか？　コラムだけど、一応ニュース性がないと……ただの反省文みたいになるだろう」

「だったら、地方版でもいいです。囲みで使ってもらえれば……千葉県版と共通ならもっといいんですけどね。千葉県版にも、そういうコラムはあるでしょう」

どこの地方版にも、記者が雑記帳的に書くコラムはある。書くのが好きな支局長が独占している場合もあるし、ローテーションで回している場合もある。

「五十行でいいです」古山はぱっと右手を広げた。

「お前、原稿なんか書いてる暇、ないだろう」徳永が呆れたように言った。

「すぐですよ。今、書きます」

古山は、長年使ってきたノートパソコンを立ち上げた。このパソコンは初期化されて別の記者の手に渡り、自分は新しいパソコンを支給されるだろう。最後に、このパソコンで事件のまとめを書くのもいいかもしれない。

パソコンに向かい、両手を擦《こす》り合わせる。これは記者になってからの癖《くせ》だったが、去年県警記者クラブで石川に指摘されて初めて意識したのだった。さて、これから——という気合い入れなのだが、去年からは揉《も》み手をする前に除菌用のアルコールを擦《す》りこむのが新しい癖になっている。自分だけが使うパソコンだから、汚染されている心配は少ないのだが、念のためだ。

新聞記者に転勤はつきものだ。私も4月1日から東日新聞本社に異動になる。異動は日常茶飯《さはんじ》事、仕事に影響はないと思っていたが、頻繁《ひんぱん》な人の異動が「穴」を生んでしまうものだと、今回学んだ。埼玉と千葉にまたがる、連続女児失踪《しっそう》・殺害事件である。

ちょっと硬いかな、と思った書き出しだが、原稿はスムーズに書けた。ほどなく、使いにくいノートパソコンのキーボードがリズミカルな音を立て始める。

これだけ重要な事件だったら、ずっと以前に誰かが関連性に気づいて記事にしていてもおかしくなかったが、記事になるまでには30年以上の歳月がかかった。この間、記者の間できちんと引き継ぎがなされていなかったのは事実である。

同時に、捜査を担当する警察でも、引き継ぎが十分なされていたとは言いにくい。行方不明事件に関しては、永遠に捜索を続けるのは実質的に不可能と言えるが、特定失踪者の事件のように、長い年月が経ってから、極めて重要な事件だったことが判明する場合がある。そのため、一件一件の事件に細心の注意を払って対応する必要がある。


三十分後、古山は原稿を記事サーバーに送り、「できましたよ」と徳永に声をかけた。

「おう」徳永がすぐに原稿に目を通し始めた。しかしすぐに、眉間《みけん》に皺《しわ》が寄り始める。ほどなく「弱いな」と結論を出した。

「弱い？」

「引き継ぎができていない——それは確かに問題だよ。特定失踪者の問題が明るみに出た時に、そもそも失踪したことを知らない地元の記者もいたぐらいだそうだから。それを反省するのは大事だけど、問題は、警察がどうして見逃していたか、じゃないか」

「それは、これからの取材で明るみに出すことですよ」

「そこまではっきり踏みこめば、社会面の『クロスロード』に売りこめるけど、これじゃ……まあ、やっぱり地方版だな」

「しょうがないですね」古山はさっさと諦めた。現段階ではこれ以上のことはどうしようもないし、議論している時間もない。「でも、千葉県版にも売りこんで下さい。掲載日がずれても構いませんから」

「向こうが欲しがるかどうかは分からないけどな。そもそも、他の支局の記者が書いた原稿を載せるのも筋違いだ」

言いながら、徳永が本社との直通電話を取り上げ、地方部のデスクと話し始めた。どうやら千葉県版にも売りこんでくれるようだ。ほっとして、荷物の整理を再開する。私物の本や電子機器で持ち帰りたいものは、段ボール箱一つにまとまった。

「一応、明日の朝刊で向こうと同時掲載になりそうだ」

「どうも……一応、ゲラは確認しますから、送って下さい」古山は段ボール箱を持ち上げた。小さな箱にまとまったものの、結構重い。

「明日、何時に引っ越しだ？」徳永が、急に柔らかい声で聞いてきた。

「昼に業者が来ます」それまでに荷物をまとめ、車を中古車専用のディーラーに持ちこんで……やることはまだ多い。荷物の整理のために、今夜は徹夜《てつや》になるだろう。「まあ、夕方には新しい家に入れると思いますよ」

「どこにしたんだっけ？」

「中目黒《なかめぐろ》です。東横線《とうよこ》というか、日比谷線《ひびや》の」

「えらくお洒落《しゃれ》な街にしたもんだな」徳永がニヤニヤ笑った。「せっかく東京に住むなら、そういう街がいいってか？」

「いや、サツに近いんですよ」古山は、社会部への異動を申し渡された時、三方面担当に決められていた。三方面は渋谷《しぶや》、世田谷《せたがや》、目黒《めぐろ》の三区で、取材拠点は渋谷中央署になる。

「なるほどね……しかし家賃は高いんだろう？」

「十一万です」

「なかなかだな」

今の部屋は、１ＬＤＫで八万三千円だ。十二畳のワンルームである今度のマンションよりも少し広い。そして古山が入った時には新築だった。中目黒の物件は築十七年だから、やはり埼玉と東京の家賃の差を感じる。

「じゃあ、取り敢えず失礼します」段ボール箱を持ったまま、古山は言った。

「本当は今回の記事の打ち上げと送別会を、一緒にやるべきなんだけどな」支局長の藤岡が残念そうに言った。コロナ禍《か》以来、支局員が集まる宴会は原則禁止になっている。せいぜい、二人で連れ立って飯を食べに行くぐらいだ。藤岡は、原稿の内容にはあまり口出ししないタイプだが、宴会は大好きなので、暇を持て余しているようにも見える。

「時節柄、しょうがないです……また来るかもしれませんが」

一礼して支局を出る。重い段ボール箱を抱えたままなので、一歩一歩を確認しながら歩かざるを得ない。車に荷物を積みこんで、ようやく一段落ついた。さて、後は県警クラブに寄って私物を引き上げ、軽く挨拶《あいさつ》回りをして帰宅だ。まだ時間が早いから、今日のうちにディーラーに寄って、車を預けていけるかもしれない。

車に乗りこんだ瞬間に、県警には行きたくないな、という気持ちが急に膨《ふく》らんでくる。例の記事を書いた後、幹部連中には会い辛《づら》くなっているのだ。特に捜査一課には……警告してきた課長には、特に会いたくない。つき合いの長い広報課もそうだ。とはいえ、何もしないまままさっさと荷物だけ持ち出すのは気が進まない。

仕方ない。冷たく無視されるかもしれないが、けじめは必要だ。

これから、こういうことは何回も繰り返されるだろう。慣れなくては、と古山は自分を奮い立たせた。

日勤の時間が終わる直前に県警本部について、まだ挨拶していない幹部に急いで挨拶回りをする。幸い、一番会いたくない捜査一課長と広報課長は不在だった。最後に、ライバル社の記者たちに挨拶を終える。それからさっさと荷物をまとめて駐車場に向かった。持ち出す荷物が段ボール箱二箱になったので、石川が一つを持ってくれた。

「フルさん、でかい荷物を置いてきましたよね」

「でかい荷物?」

「気まずさ」

「それはしょうがないだろう」古山は文句を言った。「サツとはいつでも仲良く、ウィン―ウィンの関係とはいかないんだぜ。そんなの、単なる癒着《ゆちゃく》だ」

そういう風に、先輩にも聞かされてきた。新聞の最大の仕事は権力の監視。粗探《あらさが》しばかりしているわけにはいかないが、不祥事があったら迷わず書く。今回は、はっきり「不祥事だ」と指摘したわけではない。しかし、実質的には「警察が見逃していた」と書いているし、取材過程では多くの人と衝突した。この後、石川たちが苦労するのは目に見えている。

「ま、お前には申し訳ないけど、頑張ってくれ」

「報復されるんじゃないですかね」石川は心底心配そうだった。

「報復?」

「うちだけ特オチさせるとか」

「特オチしないように頑張るしかないだろう。県警だって一枚岩じゃないんだから、いざという時には情報を耳に入れてくれる人がいるさ。そういう人を確保しておかないと」

「いなくなる人は気楽でいいですねえ」

お前こそ気楽じゃないか、と古山は苦笑した。特オチの恐怖を本当には知らずに、そんなことを言っているのだから。どこか一社にだけ特ダネが掲載されているなら、それはそれで諦めがつく。しかし自社を除く全社の紙面に同じ記事が載っていたら……こんなみっともないことはない。もちろん、そういう感覚が、マスコミ批判の対象でもある「横並び意識」につながっていくのだが。

まあ、県警も、そこまでひどいことはしないだろう。もしも本当に東日にだけ知らせなかったとバレたら、今度は東日側が再攻撃をしかける。新しいキャップの沢居はかなり激しやすい人間で、取材相手とよく衝突してはデスクや支局長に窘《たしな》められている。もしも県警がくだらない復讐《ふくしゅう》に出たら、自分以上の熱意を持って報復に出るだろう。そういう意味では頼もしい男だ。

「じゃあ、後はよろしく頼むな」荷物を積み終え、古山は石川と拳《こぶし》を合わせた。本当なら軽く握手のところだが、今はそういう習慣も過去のものになりつつある。

「本社勤務、いいっすよね」石川が心底羨《うらや》ましそうに言った。

「また一から警察《サツ》回りでやり直しなんだぞ」

「それでも、東京じゃないですか」

「もう東京が恋しくなったのか？」石川は、港区生まれ港区育ちである。東日に入るまで、東京以外に住んだことがないと言っていた。

「そりゃあそうですよ。でもまだ、先は長いですね」

「ちゃんと仕事してれば、早く上がれるさ——じゃあな」

何で俺がこいつを慰《なぐさ》めなければならないのかと苦笑しながら、古山は車に乗りこんだ。この車ともいよいよお別れか……しばらくはマイカーを持つこともないだろう。いや、東京に住んでいる限り、車など必要ないかもしれない。今度自分でハンドルを握るようになるのは、結婚して子どもが生まれてからではないだろうか。

ただし今のところ、その予定はまったくない。就職する直前、大学の四年間つき合った恋人と別れて以来、女っ気は一切ないままなのだ。仕事はそれなりに楽しいが、支局生活は完全なる一人暮らしの侘《わび》しさとの戦いでもあった。これからはもっと忙しくなるかもしれないから、彼女を探している暇など、とてもなさそうだ。

まあ、今は余計なことは考えなくていいだろう。まずは仕事に慣れること。彼女——結婚なんか、それからだ。

もっとも今は、マスコミ関係者は、必ずしもいい結婚相手と見られないだろう。自分の将来も、暗く細い穴の向こうに消えているような感じがする。衰退産業と言われているのは間違いなく——言われているだけでなく、実際に部数も広告収入も減っている。当然そのうち、給料にも影響が出てくるだろう。先細りの業界にいる人間と喜んで結婚してくれる人など、いないのではないか？　そう考えると、ひどく侘しくなってくる。

午後六時前、車をディーラーに持ちこんだ。既に査定は済んでいるから、何枚かの書類に書きこんで譲渡作業は終了。ディーラーのサービスで家まで送ってもらった。

明日には出て行く部屋を眺め渡すと、意外に荷物が少ないことに気づく。服と本ぐらいのもので、段ボール箱十数個に収まってしまった。食器や調理器具もあるのだが、警察回りの仕事をしながら、のんびり料理ができるとは思えなかった。その段ボール箱は開けないままで、次の引っ越しに回るかもしれない。

何とか徹夜せずに終わりそうだ、と目処《めど》がつく。気づくと、妙に腹が減っていた。もう午後九時を回っているのか……マンションから歩いて三十秒のところにコンビニエンスストアがあるのだが。埼玉最後の夕飯がコンビニ飯というのも悲しい。

ふとカレーが食べたくなる。何度も通った店のカレーの味が、懐かしく口中に蘇《よみがえ》ったのだ。車なら五分だが、歩くと十五分ぐらいだろうか……まあ、いい。確か十一時ぐらいまでやっている店だから、これから行っても十分間に合うだろう。

店に着いて、九時半。少し時間が遅いので、店内には客はほとんどいない。

店内の造りは喫茶店《きっさてん》風。しかし出てくるカレーは、インド風ともヨーロッパ風とも言えない独特のものだ。埼玉最後の晩餐《ばんさん》なので、古山はチキンカレーの全部載せに、さらにビールを頼んだ。

カレーはワンプレートで供される。右側にライス、その上には「全部載せ」の大量の野菜、左側にはカレーの入った容器が載っている。しかし、まいったな……全部載せだと、野菜の量が半端ではなかった。このままカレーをかけると、大量の野菜が崩壊して、酷《ひど》いビジュアルになるだろう。

古山は、野菜をビールの肴《さかな》にすることにした。軽く素揚げしてある野菜には塩味がついていて、酒の肴にもちょうどいい。レンコンや玉ねぎは最高だ。南瓜《かぼちゃ》とさつま芋の甘みは、さすがにビールに合わなかったが。

野菜を半分ほど片づけた後、カレーをライスにかける。やはり一気に崩壊してしまったが、味に変わりはないだろう。粘度が高く、味の強いカレーは、それ自体がビールによく合う。チキンはよく煮こまれていて、歯応《はごた》えを感じる間もなく口の中で解《ほど》けてしまった。ここ、やっぱり美味《うま》いよな……休日のランチに、よく食べに来たのだ。まあ、東京ではカレー店は星の数ほどあるから、自分好みの店は見つかるだろう。

一気に食べてしまい、残ったビールも呑み干《ほ》す。この店はまだ店内で煙草《たばこ》が吸えるので、食後の一服を楽しんだ。まあ、いろいろあったな――四年間の埼玉生活は、最後が特に濃かった。なかなかいい経験をしたと思う一方、中途半端に投げ出すことになる後悔も依然としてある。本当は異動を先延ばしにしても、この件の真相を探りたかった。しかし大事な異動のチャンスも逃したくない。

会計を終えたタイミングで、電話がかかってきた。既にコラムのゲラはチェックし終えており、こんな時間に電話してくる人間がいるとは思えなかった。

見ると、見慣れぬ携帯の番号が浮かんでいた。出ないわけにもいかず、店の外で話し始める。所あさひの父親、所信太だった。

「今、話して大丈夫ですか」

「ええ」

「お礼を言いたいと思いまして……あの記事、ありがとうございます」

「いえ」本当にお礼を言うために電話してきたのだろうか？　これまでずいぶん多くの記事を書いてきたが、取材相手からお礼の電話がかかってきたことなど、数えるほどしかない。しかも事件の記事となると尚更《なおさら》だ。

「おかげさまで、もう一度ちゃんと娘を捜そうと言ってくれる人たちが出てきたんです」

「警察じゃないんですか？」

「警察の人は……」信太の言葉は急に歯切れが悪くなった。「一度、挨拶に来られたんですが、何だか言い訳するみたいな感じで」

「そうですか」

「でも、あさひの同級生の親御さんや近所の人たちが、手を貸すと言ってくれたんです」信太の声が弾んだ。「捜索隊を作ってまで探すのは現実味がありませんけど、取り敢えず、またビラ配りをやろうという話になりまして」

「そうですか。それはよかったですね」ビラ配りが手がかりにつながる可能性は極めて低いと思ったが、ここは「よかった」と言うしかない。

「こんなことをお願いするのは図々しいかもしれませんが、また記事にしてもらえませんか？　ビラを配ったりする活動、記事になりますよね」

「ええ」

「ぜひお願いします。あさひの同級生の親御さんたちで、『探す会』を作ると言ってくれていますし」

「分かりました。ただ……」古山は一瞬言葉を呑んだ。適当な口約束で済ませるわけにはいかない。

「実は私、明後日《あさって》──四月一日付で異動なんです」

「そうなんですか？」

「サラリーマンですから、どうしても異動は──でも、後任の人間にしっかり引き継いでおきました。所さんの携帯の番号も、教えておいていいですか？　石川という若い記者ですけど、真面目な男ですから」

「構いませんけど……そうですか、残念ですね。古山さんにはすっかりお世話になったのに、お礼もできなくて」

「仕事ですから。でも、周りに関心を持ってもらうのは、絶対にいいことですよね」

「ええ。一歩前進──大きな前進です」

自分の記事が役に立ったと思うと、胸の中が温かくなってきた。電話を切り、石川のスマートフォンに、所の携帯電話の番号を入れたメッセージを送る。予想していたことだが、石川は十秒後に「了解！」と返信してきた。調子はいい男だが、実際にちゃんと取材するかどうか。後で電話して、念押ししておこう。先輩たちは、こんな感じで事件を申し送りして、それが結局上手くいかなかったのかもしれない。

まあ……悪くない記事だったよな、と思う。そして、被害者の家族からこんな風に感謝されたのは初めてだ。それだけでも、この記事で頑張ってよかった。

ただし、あさひが見つかる可能性は極めて低いだろう。古山はこの件を、一連の女児誘拐・殺人事件と見ている。まだ見つかっていない被害者は、おそらく殺され、冷たい土の中で眠っている。

そう考えると、一瞬の高揚感があっさり消えてしまった。

また電話が鳴る。石川がかけてきたのかと思ったが、思いもかけぬ相手だった。「X」。念のため、本名ではなく仮名で登録しておいたのだが、向こうからかかってきたのは初めてかもしれない。

「古山です」

「会えないか?」

Xこと森孝則《もりたかのり》。予想外の申し出に、古山はすぐには返事できなかった。

4

「悪かったな。まさか異動だとは知らなかった」

「こちらこそ……連絡しないですみません」

「いや、俺みたいな人間に義理を果たす必要はないよ」森が自虐《じぎやく》的に言った。「こういう時期に連絡されても困るしな。時節柄、送別会もできないし」

森は、県警捜査一課に長く在籍していた警部補で、強行犯係の主任として、ずっと容疑者の取り調べを担当してきた。古山はまだ新人の頃、たまたま現場で知り合った。刑事が新聞記者に声をかけてくることなどまずないのだが、その時の第一声は「兄ちゃん、靴の紐《ひも》が解けてる」だった。慌てて礼を言って、屈《かが》みこんで紐を結び直している間も、彼はその場を去ろうとしなかった。思い切って「本部の人ですか」と声をかけると無言でうなずき、しばらくその場で立ち話に応じ、しかも別れ際、何と名刺を渡してくれたのだ。

どういう気紛《きまぐ》れだったかは分からないが、古山はそれから森に密着し、ネタ元にした。酒好きで異様に強いのが古山にとっては難題で、何回潰《つぶ》されたか分からない。そしてたった一度もらったネタは……ある殺人事件の容疑者を逮捕した後、「まあ、明日には何とかなるな」と唐突に言われた。それまで完全黙秘していたのだが、彼が言った通りに翌日は全面的に罪を認めていた。要するに、取り調べ担当として確実に手応えを摑んでいる、と密《ひそ》かに打ち明けたのだろう。結局それは記事にならなかったのだが、その後もつき合いは続いた。古山が越谷支局に異動になると同時に、森も越谷署刑事課の係長として赴任。古山はわずか一年で埼玉支局に戻ってきてしまったが、森はまだ越谷にいる。結果的に、この一年ほどは一度も会っていなかった。

午後十一時。まだ片づけも終わっていないのだが、森が会いたいと言えば、やはり断れない。車を処分してしまったと打ち明けると、森は電話を切ってすぐにさいたま市までやってきた。本当は、勝手に管内を離れるとまずいのだが、係長となると、その辺の融通《ゆうずう》は利くのだろう。

芝川《しばかわ》第一調節池近くの道路に停めた彼のマイカー——四駆のホンダCR－Vに乗っているのは趣味がスキーだからだ——の中で、何だかおかしな異動の挨拶を済ませる。

「忙しかったんだろう？　例の記事で」

「ええ」

「まったく、よくあんな記事を書いたよな」呆れたように森が言った。「妨害、入ったんじゃないか？」

「妨害というか、取材しないように警告されました。でも、書いてよかったですよ。娘さんがまだ見つかっていない親御さんから感謝の電話をもらいました」

「行方不明事件の場合、人の噂《うわさ》にもならなくなるのが一番怖いからな」

「ですね」

「あんた、相当ヤバいところに首を突っこんだみたいだな」森が低い声で言って煙草をくわえる。二年前には、異動を前にして「ようやく禁煙した」と言っていたのだが。

「警察は、わざとまともに捜査しなかったんですよね」

「それは俺も知ってた。それぞれの事件を担当したことは一度もないけど、話としてはな」

「いい刑事は、他の刑事の事件もチェックしている、ですか」

「お、覚えてたか」森が嬉しそうに言った。

「覚えてますよ。森さんの格言は、なかなか身に染みます」

「あれは、自分の自慢をしただけだけどな」森が鼻の横をこすり、煙草をパッケージに戻した。「ただ、越谷の行方不明事件については知らなかった」

「古い案件ですから。二十二年も前ですよ」

「当時は俺もまだ三十歳だったか……しかし、覚えていないのは情けない。俺もいい刑事じゃないってことだな」

「いえ……」

「当時の記録をひっくり返してみたんだ。昔越谷署にいた刑事を探して話してもみた。どうも、捜索は早々に縮小されて、まともに探していた形跡がない」

「ああ」どこでも同じような話が出てくる。間違いなく警察は犯人を把握していた、と古山は確信した。森は名前を明かす気があるのだろうか。

「それに、捜査記録が一部廃棄されている可能性がある」

「それはまずいでしょう」古山は目を見開いた。警察は、異様に記録を大事にする役所なのだ。「公文書改竄《かいざん》にもなるんじゃないですか？」

「なくなった部分に何が書かれていたかは分からない」森が首を横に振った。

「何でちゃんと捜査しなかったんですか？　殺しでもそうですよ。警察官が犯人だったとか？」

「それは、俺にはまったく分からない」

「千葉県警の野田署長が自殺しました」古山はいきなり話を変えた。

「知ってる。何でも、ネタ元になったと疑われて、本部から相当きつく責められたようだぜ」森が低い声で打ち明ける。

「まさか」昨夜、松島は何も言っていなかった。実際に野田署長が松島のネタ元だったかどうかも分からない。彼は、信頼できそうな相手を見つけたとは言っていたが、この署長のことだったのだろうか……。

「自殺まで追いこまれたとなると、相当な圧力があったのは間違いないな。でも、この件は書くなよ。隣の県警の話で、俺は噂を又聞きした程度だから」

「分かってます」そもそも自分には、もうこの件を取材する権利もない。

「たぶん、一連の事件の犯人は分かってるんだ」森がいきなり、とんでもないことを言い出した。新聞記者の自分が想像しているのと、現職の刑事が言うのでは、重みが全然違う。

「やっぱり警察官なんですか？　内輪を庇おうとしている？」

「いや、普通の県警の警察官だったら、そこまで庇われないだろう。最初の事件ですぐに逮捕して、本部長が頭を下げて、その後似たような事件は起きなかったはずだ。一連の事件は警察のせいでもある……まあ、実態は俺には分からないが」

「森さんは、犯人の目星はついてるんですか」

「想像だけど、偉い人だろうな。二つの県警が揃って、捜査を手抜きしなければいけないぐらいの人」

「キャリアとか、政治家とか？」

「キャリアはどうかな。政治家の可能性はあると思うけど」

「政治家って言っても、国会議員レベルですよね？　地方議員じゃない」

まさか、国会議員が空いた時間に女児を誘拐して殺している？　さすがにそれはないだろう。政治家のプライベートな時間など、皆無《かいむ》に等しいはずだから。

「まあまあ、俺は可能性と言っただけだよ。根拠はない。ただ、警察の動きを止められる、あるいは警察が遠慮して捜査をストップする相手というと、それぐらいしか考えられない。何しろ事は殺しなんだから」森の声に力が入った。しかし急に軽い調子になって話を変えた。「あんたは、本社へ異動したらこの件の取材はできないだろうね」

「無理でしょうね」古山は認めた。「また下っ端からやり直しですから」

「そうか……この件、東日はちゃんとやってくれるんだろうな」

「もちろん」今度こそ、きちんと引き継ぎもした。石川たちがどこまで真面目に取り組んでくれるかは、今一つ確信がなかったが……今までは、これが上手くいかずに事件を見逃していた。

「一人、あんたが会った方がいい人がいる」

「誰ですか？」

「インサイダーだ。何かネタを持っている可能性もある。話すかどうか分からないが、チャレンジしてみる価値はあるんじゃないかな」

「インサイダーって……どこの人ですか？」

「今はどこの人でもないんだ」

どうも怪しい感じがするが、森は大事なことでは冗談を言わない。森が教えてくれた名前を、古山はメモに書き取った。支局で使っていたメモの最後の仕事――本社で最初の仕事になるのだろうか。


徹夜にはならなかった。午前三時には最後の段ボール箱を閉じ、準備完了。この作業は、森と会ってかき乱された気持ちを落ち着けるのにちょうどよかった。

汗をかいてしまった。シャワーを浴びたいところだが、取り敢えず寝ておかないとまずい。最後のシャワーは明日の朝にしよう。最後に使ったバスタオルは、そのままゴミ捨て場行き。引っ越すとなると、やはりゴミも多くなるものだ。

森に言われた「インサイダー」が頭に引っかかっている。いったい何者なのか……スマートフォンで検索してみたが、その名前では引っかからない。今時、少しでも社会的活動をしている人間なら、どこかに足跡を残しているものだが。

ベッドに寝転ぶと、やはり体が埃《ほこり》っぽいのが気になる。本当は、使っていた布団も処分して、新しいマンションには新しい布団……とも考えていたのだが、粗大ゴミを出すタイミングが合わなかった。なかなか、完全にゼロから再スタートとはいかないものだ、と考えているうちに意識が薄れていく。あれこれ気にかかるが、午前三時にややこしいことを考えるのは難しい。

寒気で目が覚めた。布団を引き寄せ、もう一度寝ようと思ったが、妙に目が冴えてしまう。スマートフォンを引き寄せて見ると、午前八時。引っ越し屋が来るのが昼前だから、まだ時間に余裕はある。明日からは本社でまた仕事に追いまくられるだろうから、少しでも睡眠時間を稼《かせ》いでおこうと思ったが、もう眠れなかった。

仕方なく起き出し、のろのろとシャワーを浴びる。三月三十一日、今日は少し肌寒いので、湯船を満たして体を温めたいところだが、それも面倒だった。そもそもこのマンションに住んで一年、湯船に湯を入れたことは一度もないのだ。予約機能で湯も張れるのだが、ゆったり湯船に浸《つ》かっている時間ももったいないぐらいだった。

いつもより長くシャワーを使い、ようやく体が温まった。使ったバスタオルはゴミ箱行き。急に空腹が気になってきた。昨夜も食事は遅かったのだが、時間が経てば腹も減る。

外へ出て、近くのファミレスへ足を運ぶ。ここにも何度となくお世話になった……古山は、どんなに忙しくても朝飯は食べる習慣なので、家の周りで、朝食が摂《と》れる店を何軒か確保している。このファミレスもその一軒だった。食べるものは毎度同じ、スクランブルエッグとソーセージ、ベーコンの組み合わせ。今日は妙に腹が減っていて、いつものパンではなく、ご飯と味噌汁を頼んだ。時間に余裕があるので、ゆっくりと味わいながら、家から持ってきた朝刊に目を通す。そうだ、今日で新聞を止めてもらう連絡を入れ忘れていた……それを思い出すと、他にもやりそびれていたことがあるのではないかと心配になり、慌てて食事を終えて家に戻った。

それからはあっという間だった。引っ越し業者は予定より少し早く、昼前に到着。まとめておいた荷物を積みこむのに、一時間しかかからなかった。大物は冷蔵庫と洗濯機《せんたくき》ぐらい。本は大量なのだが、これは段ボール箱に小分けしてあるから、プロの業者ならまったく難儀しなかった。

大学を卒業してから、これが四度目の引っ越しだ。四年で四回の引っ越しはいかにも慌ただしいが、新聞記者はこんなものだろう。しかし今度は、できるだけ長く同じ場所に住んで、落ち着いて仕事をしよう。次に引っ越すのは結婚する時で……今のところは単なる妄想《もうそう》で、まったく予定はないのだが。

一時前に、荷物を全て積み終えた。

「行き先は中目黒でしたね」

「はい」書類にサインしながら古山はうなずいた。

「道路状況にもよりますが、到着予定は三時過ぎになります」

「意外と早いですね」古山は腕時計を見た。近くで最後の昼食を食べていこうと思ったのだが、そんな時間もないかもしれない。これは、途中で立ち食い蕎麦《そば》か何かだな。

「埼玉から東京ですから」古山とさして年齢が変わらないように見えるこの業者は、いかにもプロっぽかった。「首都高であっという間ですよ。ただ、途中で昼食休憩《きゅうけい》をいただきます」

「分かりました。三時過ぎですね」古山はまた時計を見た。

「それと、引っ越し先ですけど、道路がかなり狭いですね」

「そうですね。マンションの前は一方通行になってます」

「できるだけ早く荷下ろしをしないといけないので、先に着いているようにお願いできますか。規則で、我々は鍵《かぎ》は預かれませんので」

「遅れないようにします」

何だか慌ただしくなってきた。南浦和から中目黒までは一時間ぐらいしかかからないのだが、やはりゆっくり昼食を食べている余裕はなさそうだ。

背中を押されるように、大きめのバックパックを背負い、スーツケースを引いて歩き出す。まず、近くの不動産屋に寄って鍵を返し、そのまま南浦和の駅まで……タクシーを使うほどの距離ではないのだが、スーツケースをずっと引いていくのが面倒臭い。引っ越しでスーツケースは大袈裟かもしれないが、途中で事故があって、引っ越し業者が辿《たど》り着かない可能性もある。心配性なのは自分でも分かっていたが、取り敢えず三日間は生活して、仕事へも行けるだけのものがスーツケースに詰めてあった。

結局、タクシーが通りかかったので手を上げてしまう。不動産屋で少し待たせ、そのまま駅へ。支局への最寄《もより》駅である浦和に比べるとかなり地味な駅だし、そもそも古山はあまり馴染みがない。支局では、移動は基本的に車だったのだ。電車を使ったことは数えるほどしかない。

東口の小さなロータリーのところまで行ってもらう。スーツケースは小さいので、隣席と運転席の間のフロア上に置いておいたのだが、いざタクシーを降りようとすると引っかかって、すぐには下ろせない。やけに親切な中年の運転手が手伝ってくれた。こういう時は、少しチップを弾んだりすると大人という感じなのだろうが、今はそもそもＰＡＳＭＯで払ってしまうから、チップという感覚もない。

「旅行ですか」スーツケースを古山の傍《そば》に置きながら、運転手が訊ねた。

「いえ、転勤なんです」

「じゃあ、このスーツケースは引っ越し荷物ですか」

「念のため、三日分の着替えが入ってます」

「ああ、そいつは準備がいいや——お気をつけて」

「ありがとうございます」

素直に礼が言えたのが何だか嬉しい。記者を長く続けていると、どんどん偏屈になってきて、普通の会話もできなくなる——そんな風に言っていた先輩もいたが、冗談じゃない。普通の感覚を失ったら、記者なんかやっていられないじゃないか。

さて、どうやって中目黒まで行くか……様々な行き方があるのだが、乗り換えはできるだけ少なくしたい。武蔵野線で武蔵浦和まで出て、埼京線《さいきょう》に乗り換えて恵比寿《えびす》まで行き、そこから日比谷線に乗るのが一番簡単なようだ。古山は前橋の出身だが、大学は東京だ。東京に住んでいた学生時代はまったく迷わずに地下鉄に乗り、歩き回っていたのだが、四年間、車移動中心の生活を送った今は、地下鉄に乗るのが何だか不安でもあった。

念のため、近くまで行っておく方がいいだろう。恵比寿か中目黒なら、食事ができる場所がいくらでもあるはずだ。時間がなければ、本当に立ち食い蕎麦かハンバーガーだが。

よし、行くかと自分に気合いを入れた瞬間、スマートフォンが鳴る。何だか気持ちを折られたような気がして、思わず舌打ちしてしまったが、画面を見て慌てて電話に出る。松島だった。

「松島さん……！　大丈夫なんですか？　昨日、倒れたって……」

「ああ、大丈夫だ。大したことはない」松島は平然と言ったが、声が少ししわがれている。「そっちは大丈夫か？　今日、引っ越しだろう」

「もう、荷物は出しました。これから移動です」

「忙しい時に申し訳ない。昨夜、電話しようと思ったんだが、このザマじゃな」

「こっちこそ、すみませんでした。話は聞いていたんですけど、病院にいたら、電話をかけても悪いし」

「今、入院中だよ」

「え」古山は一瞬言葉を失った。病室から抜け出してロビーに出て、わざわざ電話をかけてくれたのだろうか。外へ出られるということは、それほど重症ではないだろう。点滴を引っ張ったままよろよろ歩く松島の姿を想像したが、声を聞いた限り、そこまで悪いとは思えない。このまま少し話をしても大丈夫だろうと判断し、古山はスーツケースをロータリーの側にある不動産屋の前まで引っ張っていった。

「本当に大丈夫なんですか？」

「大したことはない。入院は慣れてる」

胃がん……その言葉が喉元《のどもと》まで上がってきたが、自分からは言えなかった。今は、がんだからと言って隠すようなこともないかもしれないが、やはり重病を簡単に話題にするのは無理だ。

「朝刊、読んだぞ。古山記者、大反省ってところだな」

「というより、完全に先輩をディスってますよね。殺されるかもしれません」

「ちゃんと取材や引き継ぎをしない方が悪いんだよ」松島が平然と言った。「とにかくこれで、一段落ついただろう。あとはこっちに任せてくれ」

「でも松島さん、体は……」

「大丈夫だよ。この歳《とし》になると、自分の体のことはよく分かるようになる。これは、大したことはない。今回は念のための検査入院で、すぐに出られるさ」

体の話題は避けないと……古山は昨夜の森とのやり取りを思い出した。

「実は昨夜、こっちのネタ元と接触したんです」

「引っ越しの前の日に？」松島が驚いたような声を上げた。「君、仕事し過ぎだよ」

「向こうから電話がかかってきちゃったんだから、しょうがないですよ。会ったんですけど、この件、県警の中でも良心派の人間は昔から知っていたみたいです」

「そいつらは良心派でも何でもない」松島の口調が急にきつくなった。「知ってて黙ってたら、共犯だ」

「でも、そう簡単には言えないでしょう。警察官が内部告発なんて、聞いたことがないですよ」

「警察官なんて、自己批判も反省もできない人種だからな。しかも典型的な官僚主義で、長いものには巻かれろ、だ。しかしこれはチャンスだぞ。埼玉県警の中に不満分子がいるなら、千葉県警にも同じような人間がいてもおかしくない」松島の声に力が入った。

「ですね」古山は一人うなずいた。「それで、その人が、東京で取材できるかもしれないって紹介してくれた人がいるんです」

「誰だ？」

名前を告げたが、松島もピンとこないようだった。

「インサイダーだっていう話なんですけどね」

「インサイダーか……警察官というか、OBかな？」

「そうかもしれません。辞めた不満分子で、何か情報を握っているとかですかね」

「君のネタ元はどうなんだ？　過去の事情を知ってるんじゃないのか」

「たぶん、知ってると思います。でも昨日は時間がなくて、ちゃんと話を聞けませんでした。今は所轄に出て、県警の主流からは少し外れていますから、話しやすいのかもしれません。時間があれば、何とか落とせたと思うんですが……」

「今回は、いろいろ間が悪いよなあ」松島が残念そうに言った。「君も、これから本番というところで異動はもったいない」

「でも、この新しいネタ元については調べてみようと思います。いくら忙しくても、少しぐらいは自分の取材ができるんじゃないですか？」

「そいつは甘いな」松島が忠告した。「警察回りの仕事を甘くみちゃいけない。たぶん、一週間後には遊軍に召し上げられて、何か仕事を押しつけられるよ」

「そんな風に聞いてますけど、それじゃ本来の警察回りの仕事なんかできないじゃないですか」

「今は警察回りといっても、警察取材はほとんどできないからな。昔は――それこそ昭和三〇年代とか四〇年代までは、警察回りは警視庁担当の手足で事件取材ばかりやってたみたいだけど、最近は事件そのものの扱いがよくない。今の警察回りは、遊軍の下働きみたいなものだよ」

「何か……イメージが違いますね」

「俺なんか、半年しか警察回りをやってないけど、その間、普通に担当の署で取材してたのは一ヶ月ぐらいだった」

「そうですか……」

「ま、気力体力が持つようだったら、何とか頑張れ。何か分かったら、いつでも俺の方には連絡してもらって構わないから。もちろん、埼玉支局に連絡を入れるのが筋だろうけどね。あまりはみ出して仕事をしてると、またうるさく言う人もいるだろうから」

「目立たないように頑張ります」急に「これは自分の事件だ」という意識が強くなってくる。そして、中途半端にして出ていかなければならない悔しさがこみ上げた。「松島さんは、取り敢えず体を大事にして下さいね。俺たち下っ端が頑張りますから」

「俺な、胃がんだったんだ」

松島の打ち明け話に、古山は反応に困った。既に分かっていることを相手から教えられて、どう言ったらいいのか……黙っていると、松島が低い、落ち着いた声で続ける。

「去年、君と一緒に取材した時、既に手術と抗がん剤の治療を受けていたんだ」

「全然元気だったじゃないですか」

「内視鏡でがんを取っただけの手術だから、体にはそれほど負担はかからなかったんだ。その後の抗がん剤の治療も、他の人に比べるとだいぶ楽だった。だから、君と一緒に取材した時は、完全に寛解していて、もう普通の生活をしていたんだ」

「今回は……」

「あくまで念のための検査入院だ。ま、何かあるかもしれないし、ないかもしれない……一度大きな病気をして、俺も諦めがよくなったかな」

「そんな弱気なこと、言わないで下さい」

「すまん、すまん」松島が素早く謝った。「また何かあって治療ということになったら、それを頑張る。でも、自分の頑張りだけではどうにもならないことがあるから、そう判断したら無理はしない。ただ、仕事はな……頑張れば何とかなることが多いじゃないか」

「はい」

「仕事は続けたいよな。来年は定年だけど、それまで頑張って、できればその後も記者としてやっていきたい」

「できますよね、もちろん」

「そりゃあ、できるように頑張るさ。でも、見切りが必要な時もある。その際は、確実に引き継ぎをやるよ。それを怠《おこた》ると、今回みたいなことが起きるわけだから。ただ俺は、引き継ぎのミスでマスコミが気づかなかったわけじゃないと思うな」

「何か摑んだんですか?」

「想像だよ。単なる想像だけど……例えば、歴代の県警の担当者が毎回圧力をかけられていたとしたらどうだ？」

「それでストップしますかね？」

「皆が皆、君みたいに圧力をはねのけられるわけじゃないだろう。実は、千葉県警がバーター取り引きみたいなことを申し出てきている」

松島の説明を聞いて、古山はかすかに動揺した。殺しの取材をしないようにサンズイのネタを提供する？　どう考えてもあり得ない。

「サンズイより重要な事件もあるってことですか？」

「あるさ。警察が何を守ろうとしているかを見極めていかないと」

「そこは、俺も頑張ります」

「俺もだ。置いていかないでくれよ」

「まさか」

「オッサンは、仲間外れにされるのが怖くて仕方ないんだ」松島が笑った。「ま、何日かは動きようがないけど、すぐに仕事に復帰するよ。これからも連絡を取り合おう」

「人にバレない程度で？」

松島がまた笑う。明るく軽い声を聞いただけで、古山もほっとした。倒れたと言っても、大したことはないだろう。だいたい、今回一緒に取材をしている間、古山はずっと元気だったではないか。自分の観察眼も大したことはないと、古山は自虐的に思った。

「まあ、体に気をつけて頑張ってくれ。それと、いきなりまた下っ端になるけど、そこは割り切って」

「そのつもりです」

「あと、今回の件については、人に聞かれない限り、喋らない方がいい。喋る時も、絶対に自慢したら駄目だ。あの記事は、本社でも話題になってる。あの記事を書いたのはどんな奴かって、絶対噂されてるぞ」

「何か……それも嫌ですね」

「記者ってのは、関心ないようで、同僚の仕事を異常に気にしてるから。まあ、その辺はさらりと流してくれ」

「分かりました……今回はいろいろ勉強になりました」

「俺は、もう一人も死なせないからな」

「え？」

「じゃあ、これで」

松島はいきなり電話を切ってしまった。一人も死なせない――彼が、自殺した野田署長のことを言っているのは明らかだった。自分に責任があると気に病んでいるのだろうか。

一本の記事が――記事になる前の取材が人を追いこみ、傷つけてしまうこともある。古山もそういうことは理屈では分かっていたが、今まで実際に経験したことはなかった。

松島はどうだろう。長い記者生活の中で、これまでも人を傷つけ、自殺にまで追いこんだことがあったのだろうか。

これが初めてだとすると……松島も傷ついているはずだ。

いつかまた彼と、この件について話し合うこともあるだろう。それまでは、仕事をこなすのみ。古山は、スーツケースを引いて大股《おおまた》で歩き出した。東京が俺を待っている。新しい事件が。


（下巻へつづく）

本書は書き下ろしフィクションです。

著者略歴

堂場瞬一（どうば・しゅんいち）
1963年茨城県生まれ。2000年、『8年』で小説すばる新人賞を受賞し、デビュー。著書に、「警視庁追跡捜査係」「ラストライン」「警視庁犯罪被害者支援課」「刑事・鳴沢了」「警視庁失踪課・高城賢吾」「アナザーフェイス」「捜査一課・澤村慶司」「刑事の挑戦・一之瀬拓真」の各シリーズの他、『刑事の枷』『コーチ』『ホーム』『ダブル・トライ』『空の声』など多数。

Kadokawa Haruki Corporation

堂場 瞬一

沈《ちん》黙《もく》の終《お》わり（上）

*

2021年4月18日第一刷発行

発行者 角川春樹
発行所 株式会社 角川春樹事務所
〒102-0074 東京都千代田区九段南2-1-30 イタリア文化会館ビル
電話03-3263-5881（営業） 03-3263-5247（編集）
印刷・製本 中央精版印刷株式会社

定価はカバーに表示してあります。落丁・乱丁はお取り替えいたします。
ISBN978-4-7584-1374-9 C0093
http://www.kadokawaharuki.co.jp/